KB014192

나, 티투바 세일럼의 검은 마녀

* 이 도서의 국립중앙도서관 출판예정도서목록(CIP)은 서지정보유통지원시스템 홈페이지 (http://seoji.nl.go.kr)와 국가자료공동목록시스템(http://www.nl.go.kr/kolisnet)에서 이용하실 수 있습니다.(CIP제어번호: CIP2019048302)

MOI, TITUBA, SORCIÈRE… NOIRE DE SALEM

by Maryse Condé

INSTITUT
FRANÇAIS

Cet ouvrage a bénéficié du soutien des Programmes d'aide à la publication de l'Institut français.
이 책은 프랑스문화원의 출판번역지원프로그램의 도움으로 출간되었습니다.

나, 티투바
세일럼의 검은 마녀

마리즈 콩데 장편소설

정혜용 옮김

은행나무

티투바와 나, 우린 1년 동안 한 몸처럼 붙어 살았다.
그녀는 나와 끝없는 대화를 나누다가
그 누구에게도 털어놓은 적 없는 이야기를 내게 들려주게 되었다.
—마리즈 콩데

"죽음은 기쁨으로 나아가기 위해 지나가는 문,
삶은 모든 것이 고통에 잠기고 마는 호수."
—존 해링턴(16세기의 청교도 시인)

차례

일러두기

1 원문의 이탤릭체는 고딕체로 표기했습니다.

2 본문의 주는 괄호 안에 글씨 크기를 줄여 표기했으며, 옮긴이주 표시가 없는 경우는 원주입니다.

1부

1

나의 어머니, 아베나. 16**년의 어느 날, 그녀는 바베이도스를 향해 항해 중인 크라이스트 더 킹호(號)의 갑판에서 영국인 선원에게 강간당했다. 이 폭행으로부터 내가 태어났다. 이런 증오와 멸시의 행위로부터.

길고 긴 몇 주가 흐른 뒤 브리지타운 항에 도착했지만 어머니의 상태를 아무도 알아차리지 못했다. 열여섯 살은 확실히 넘지 않아 보이는 데다 흑옥 같은 피부, 높이 솟은 광대, 어느 부족인지를 나타내는 섬세한 상흔 문신이 어우러져 아름다웠기에, 다넬 데이비스라는 이름의 부유한 대농장주가 비싼 값에 그녀를 샀다. 남자 두 명도 함께 구입했는데, 역시 둘 다 판티족과 아샨티족 사이에서 전쟁이 벌어졌을 때 패전한 아샨티족 출신이었다. 농장주는 아내가 영국에 대한 그리움을 떨쳐내지 못하여 육체적, 정신적으로 끊임없는 돌봄을 필요로 했기에 아내를 염두에 두고 어머니를 구입했다. 어머니가 노래하고, 어쩌면 춤도 추고, 또 검둥이들이 즐긴다는 마술도 부려서 아내의 기분을 풀어줄 수 있을지도 모른다는 생각이었다. 남자 둘은 작물이 잘 자라고 있는 사탕수수밭과 담배밭에 배치할 생각이었다.

　제니퍼, 그러니까 다넬 데이비스의 아내는 어머니보다 나이가 조금
더 많을까 말까 했다. 제니퍼는 배필로 짝지어진 그 거친 남자를 증오했
는데, 그는 저녁이면 아내를 홀로 내버려두고 술을 마시러 나가는 데다
가 이미 그가 만들어놓은 사생아들이 우글댔다. 제니퍼와 어머니는 우
정으로 엮였다. 이 둘은 결국, 밤중에 들려오는 야수의 울부짖음에, 그리
고 농장의 화염목, 케이폭 나무, 호리병박 나무들이 만들어내는 그림자
장난에 겁이 잔뜩 난 어린애 둘일 뿐이었다. 두 여자는 함께 잤고, 어머
니는 동무의 길게 땋은 머리를 갖고 장난을 치면서 고향 마을 아콰핌에
서 살던 시절에 자기 어머니로부터 들었던 이야기들을 들려줬다. 어머
니는 동이 틀 때까지 어두운 밤의 호의를 바라며, 흡혈귀들에게 피를 쪽
쪽 빨리는 일이 없기를 바라며 자연의 힘들을 몽땅 머리맡으로 불러들
였다.

　다넬 데이비스는 어머니의 임신 사실을 알자 어머니를 구입하느라
상당한 파운드스털링을 썼다는 생각에 격렬하게 분노했다. 튼튼하지
도 않고 아무짝에도 쓸모없는 여자를 떠안게 된 것이다! 그는 제니퍼의
간청에도 아랑곳하지 않고 어머니와 동시에 구입했던 아샨티 출신 노
예 야오에게 어머니를 줘버렸다. 심지어 어머니에게 다시는 농장에 발
을 들이지 말라고 명령했다. 젊은 전사였던 야오는 사탕수수를 심고 베
고 압착장으로 나르는 일을 받아들이지 않았다. 그리하여 두 번이나 독
초 뿌리를 씹는 방법으로 자살을 꾀했다. 주위 사람들이 아슬아슬하게
그의 목숨을 구해내어 그가 증오하는 삶으로 되돌려 보냈다. 다넬은 야
오에게 반려가 생기면서 사는 재미도 같이 생기기를 바랐다. 그래야 그
가 본전치기라도 할 수 있었으니까. 16**년 6월의 그날 아침 그는 브리

지타운의 노예시장에서 대체 무엇에 씌었던 걸까! 남자 노예 둘 중 하나는 죽었다. 다른 하나는 툭하면 자살을 시도했다. 게다가 아베나는 애를 배지 않았는가!

어머니는 저녁 식사 시간 직전에 야오의 가옥으로 들어갔다. 그는 오기로 되어 있다고 들은 여자에 대한 호기심도 별로 없을뿐더러 저녁을 챙겨 먹기에는 너무 기분이 처져 있어서 그저 침상에 누워 있었다. 그는 아베나가 들어서자 팔꿈치에 의지해 몸을 조금 일으킨 채 중얼거렸다.

"아콰바(어서 와요)!"

그러다가 누군지 알아보고 외쳤다.

"너구나!"

아베나는 눈물이 터졌다. 그녀의 짧은 인생 위로 천둥 번개를 몰고 오는 비바람이 이미 첩첩이 쌓여 있었다. 불타버린 마을, 방어하다가 칼에 배가 갈라진 부모, 강간, 이제는 자기만큼이나 다감하고 절망에 빠져 있는 존재와의 갑작스러운 이별.

야오가 몸을 일으키니 머리가 천장에 닿았다. 이 흑인은 아코마 나무처럼 우뚝했다.

"울지 마. 건드리지 않을게. 나쁜 짓 안 해. 우리 같은 말을 쓰잖아. 우리 같은 신을 섬기잖아. 안 그래?"

그러더니 그는 어머니의 배를 향해 눈길을 떨어뜨렸다.

"주인 애지? 그렇지?"

눈물이, 수치와 고통으로 더욱 뜨거워진 눈물이 아베나의 눈에서 솟구쳤다.

"아니야, 천만에! 어쨌든 백인의 애이기는 해."

그녀가 머리를 푹 숙인 채 앞에 그러고 서 있으니, 야오에게서 아주

다정한 동정의 마음이 거세게 일었다. 이 아이에게 안겨진 모욕은 뿔뿔이 흩어져 경매로 팔려 나간 민족 전체가 겪는 모욕을 상징하는 듯했다. 그는 그녀의 눈에서 흐르는 눈물을 닦아줬다.

"울지 마. 오늘부터 네 아이는 나의 아이야. 알아들었지? 아니라고 말할 놈은 조심해야 할걸."

그녀는 눈물을 그치지 못했다. 그러자 그가 그녀의 고개를 들어 올리며 물었다.

"종려나무 잎사귀를 비웃던 새 이야기 알아?"

어머니가 살그머니 미소를 지었다.

"어떻게 그 이야기를 모르겠어? 어렸을 때 제일 좋아했던 이야긴데. 나의 어머니의 어머니가 저녁마다 그 이야기를 들려줬어."

"나도 그랬는데…… 동물의 왕이 되고 싶었던 원숭이 이야기는? 녀석은 전부 다 자기 발밑에 엎드리라고 거대한 뽕나무 꼭대기에 올라갔잖아. 그러다가 가지가 부러졌고, 그 바람에 땅바닥으로 떨어져서 엉덩이를 흙구덩이에 굴렸지……."

어머니가 웃음을 터뜨렸다. 그녀는 벌써 여러 달 전부터 웃어본 적이 없었다. 야오는 그녀가 손에 쥐고 있던 보따리를 받아 한구석에 갖다 놓았다. 그러고는 미안해했다.

"여기는 온통 더러워. 사는 재미가 없었거든. 나로서는 산다는 게 마치 피하고 싶은 더러운 물웅덩이 같았어. 이제 네가 왔으니 완전히 다르지."

둘은 오누이처럼, 아니 차라리 아버지와 딸처럼, 자애롭고 순결하게 서로를 보듬으며 그날 밤을 보냈다. 두 사람은 일주일이 지나고 나서야 사랑을 나눴다.

넉 달 후, 야오와 어머니가 행복을 맛보고 있을 때 내가 태어났다. 노예의 서글픈 행복. 불안정하고 위협당하며, 형체조차 분간하기 힘든 부스러기 행복! 아침 6시면, 누더기 옷을 걸치고 발을 질질 끌면서 오솔길을 따라 줄지어 걸어가는 남자들 사이로 어깨에 큰 칼을 멘 야오가 끼어들어 함께 밭으로 떠났다. 그동안 어머니는 텃밭에 토마토, 오크라 혹은 다른 채소들을 키우고, 음식을 장만하고, 앙상한 닭에게 모이를 주었다. 저녁 6시면 남자들이 돌아왔고 여자들은 그들 주위에서 분주하게 움직였다.

어머니는 내가 사내아이가 아니어서 울었다. 여자의 운명이 남자의 운명보다 더욱더 고통스럽게 여겨져서 그랬다. 여자들은 자신들의 처지에서 벗어나자면 자신들을 예속 상태에 묶어두는 남자들이 원해야만, 그리고 그들과 잠자리를 나눠야만 가능하지 않던가? 야오는 반대로 만족스러워했다. 그는 뼈마디가 툭툭 불거진 커다란 두 손으로 나를 받았고, 붉은솜나무 아래 태반을 묻고 나서는 나의 이마에 닭의 신선한 피를 발랐다. 그러고는 두 발을 잡아 거꾸로 들고서는 동서남북 네 방향을 향해 내 몸을 보였다. 내게 티투바라는 이름을 지어준 사람도 야오다. 티-투-바.

그건 아샨티족의 이름은 아니다. 아마도 야오는 그런 이름을 지어주면서 내가 그의 의지와 그의 상상력으로 빚은 딸임을 보여주고 싶었나 보다. 그가 사랑으로 빚은 딸.

내 삶이 시작되고 처음 몇 해 동안에는 특별한 이야기가 없다. 나는 볼이 통통한 귀여운 아기였다. 엄마의 젖이 내게 아주 잘 맞았으니까. 그 뒤 나는 말하고 걷는 법을 배웠다. 내 주위의 세계를, 서글프나 휘황찬란한 세계를 발견했다. 가없이 펼쳐진 하늘을 배경으로 음울하게 서 있는 흙집, 세상을 무심히 꾸며주는 풀과 나무, 바다, 바다가 들려주는 얼얼한 자유의 노래. 야오는 내 얼굴을 난바다 쪽으로 향하게 한 뒤 귀에 속삭이곤 했다.

"언젠가 자유로워지면, 우린 고향을 향해 날개를 활짝 펴고 날아갈 거란다."

그러고는 매종(열대 지역의 피부병—옮긴이)에 걸리지 말라고, 말린 해초를 뭉쳐 피부를 문질러줬다.

사실, 야오에게는 아이가 둘이었다. 어머니와 나. 어머니에게 그는 연인 이상으로 아버지, 구원자, 피난처나 마찬가지였으니까! 어머니가 나를 사랑하지 않는다는 사실을 언제 알게 됐을까?

대여섯 살 먹었을 때지 싶다. 내가 "안 좋은 점만" 타고났지만, 그러니까 붉은 기가 거의 없는 피부색에 머리카락이 완전히 꼬불거렸는데도, 어머니는 나를 볼 때마다 크라이스트 더 킹호의 갑판에서 음란한 구경꾼들이 둘러서서 지켜보는 가운데 자신을 겁탈했던 그 백인을 절로 떠올렸다. 매 순간 나는 그녀에게 고통과 수치를 떠올리게 했다. 그래서 무릇 모든 아이가 그러기를 좋아하듯 나 역시 어머니 품에 열렬히 안겨들었지만, 그때마다 본인도 어쩔 수 없이 나를 밀어냈다. 내가 어머니 목을 얼싸안으면 서둘러 몸을 빼냈다. 어머니는 야오의 말만은 따랐다.

"애를 무릎에 앉혀. 안아봐. 쓰다듬어줘……"

하지만 나는 이러한 애정결핍으로 괴로움을 겪지 않았다. 야오가 두 사람 몫만큼 나를 사랑해줬으니까. 그의 거칠고 단단한 두 손에 놓인 나의 작은 손. 그의 거대한 발자국에 놓아보는 나의 작은 발. 그의 목덜미에 파묻힌 나의 이마.

삶에 일종의 감미로움이 묻어났다. 다넬이 금지했지만 저녁이면 남자들은 탐탐을 다리 사이에 끼고 앉았고 여자들은 반짝이는 다리가 보이게 누더기를 걷어 올렸다. 그네들은 춤을 췄다!

하지만 폭력과 고문 장면을 목도한 적도 여러 번이었다. 남자들이 가슴팍과 등짝이 진홍빛 줄무늬로 얼룩진 채 피투성이가 되어 돌아왔다. 그들 중 한 명은 내가 보는 가운데 보랏빛 거품을 토해내며 죽어서, 사람들이 케이폭 나무 아래에 묻어줬다. 그러고 나서 사람들은 즐거워했다. 적어도 그 사람은 이제 해방이 되어 귀향길에 오를 테니까.

모성과 특히 야오의 사랑 덕에 어머니는 변했다. 이제는 사탕수수꽃처럼 낭창낭창한 연보랏빛의 젊은 여인이었다. 어머니는 이마에 하얀 손수건을 둘렀고 그 아래로 두 눈이 반짝거렸다. 어느 날, 어머니는 내 손을 잡고 주인이 노예들에게 내준 텃밭에 참마를 심을 구덩이를 파러 갔다. 가벼운 바람이 불어오자 구름들이 바다 쪽으로 밀려나 씻은 듯이 맑은 하늘이 연청색을 띠었다. 바베이도스, 내 나라는 평평한 섬이다. 여기저기, 낮은 산이 몇 군데 보일까 말까.

우리가 기니아그라스 사이로 구불구불 뻗어나간 오솔길로 접어들었을 때 갑자기 성난 목소리들이 뒤엉켜 내는 시끄러운 소리가 들려왔다. 작업반장을 거칠게 몰아대고 있는 이는 다넬이었다. 어머니를 보자 그의 표정이 갑자기 바뀌었다. 놀라움과 기쁨이 다투는 표정이더니 이렇게 외쳤다.

"너로구나, 아베나? 그래, 내가 구해준 남편이 네게 아주 잘 맞는 모양이구나. 가까이 오너라!"

어머니가 어찌나 재빠르게 뒷걸음질을 쳤던지 큰 칼과 물바가지를 넣어 머리에 이고 있던 바구니가 떨어지고 말았다. 바가지가 세 조각이 나면서 안에 들어 있던 물이 수풀 사이로 번졌다. 큰 칼은 차갑게 살기를 뿌리며 땅에 내리꽂혔고 바구니는 곧 펼쳐질 비극의 장을 피하려는 듯 오솔길을 따라 굴러 내려갔다. 내가 깜짝 놀라 급하게 바구니 뒤를 쫓아갔고 끝내 잡아챘다.

내가 다시 어머니에게로 갔을 때 어머니는 숨을 헐떡이며 호리병박나무에 등을 대고 서 있었다. 다넬은 어머니로부터 1미터도 채 떨어지지 않은 곳에 버티고 있었다. 그가 셔츠를 벗어 던지고 새하얀 속옷을 내보이며 바지를 내렸고, 왼손은 성기를 찾아 속옷 속을 더듬었다. 어머니가 비명을 지르며 내 쪽으로 고개를 돌렸다.

"칼! 어서, 칼을 줘!"

나는 가녀린 두 손으로 거대한 칼을 쥐고 최대한 빨리 어머니의 말을 따랐다. 어머니가 두 차례 칼을 휘둘렀다. 서서히, 흰색 리넨 셔츠가 진홍색으로 물들어갔다.

사람들이 어머니를 목매달았다.

나는 붉은솜나무의 낮은 가지에 매달린 어머니의 몸뚱어리가 뱅글뱅글 도는 걸 봤다.

어머니는 용서받을 수 없는 범죄를 저질렀다. 백인에게 칼을 휘두른 것이다. 어쨌든 그를 죽이지는 못했다. 어설픈 분노에 휩싸여 어깨를 베는 것에 그치고 말았으니까.

사람들이 어머니를 목매달았다.

노예들은 처형 장면을 지켜보게끔 전부 다 불려 나왔다. 목뼈가 부러지고 그녀의 영혼이 떠나가자 반항과 분노의 노랫소리가 모든 이들의 가슴으로부터 솟아올랐고, 작업반장들이 노랫소리를 잠재우려고 쇠힘줄로 만든 채찍을 힘껏 휘둘러댔다. 어느 여인의 치마폭 사이에 몸을 숨기고 있던 나는 공포와 슬픔이 뒤섞인 감정이, 내게서 절대 떠나가지 않을 감정이 내 안에서 용암처럼 굳는 것을 느꼈다.

사람들이 어머니를 목매달았다.

어머니의 몸뚱어리가 허공에서 뱅글뱅글 돌자, 가까스로 나는 앙금앙금 걸어 현장에서 멀어졌고, 풀숲에 쪼그리고 앉아 끝없이 토했다.

다넬은, 함께 사는 여자가 범죄를 저질렀으니 야오를 벌주겠다며 힐러비산 너머에 살고 있는 존 잉글우드라는 이름의 농장주에게 야오를 팔아버렸다. 야오가 목적지에 도달하는 일은 결코 일어나지 않았다. 그는 가는 도중에 혀를 삼켜 목숨을 끊어버렸다.

겨우 일곱 살짜리였던 나는 다넬의 명에 따라 농장에서 쫓겨났다. 노예들 사이의 연대감이 흐트러지는 일은 아주 드문 만큼, 이번에도 그 연대감이 나를 구해주지 않았더라면 나는 죽었을 수도 있다.

어떤 나이 든 여인이 나를 거뒀다. 그녀는 살짝 제정신이 아닌 듯했는데, 남편과 아들 둘이 반란을 선동했다는 죄목으로 처형당해 죽는 것을 직접 보아서였다. 실제로 그녀의 두 발은 우리가 살고 있는 땅을 거의 딛지 않았고, 그녀는 보이지 않는 존재들과 교감하는 능력을 극도로 갈고 닦았기에 항상 그들과 함께 살아갔다. 어머니나 야오처럼 아샨티족이 아니었고 해안 쪽에 사는 나고족이었는데, 사람들이 예툰데라는 이름을 만 야야라고 크레올식으로 바꿔버렸다. 사람들은 그녀를 두려워했다. 그러면서도 그녀가 지닌 능력 때문에 멀리서부터 그녀를 보러 왔다.

그녀는 냄새가 고약한 뿌리들이 둥둥 떠 있는 물로 목욕부터 시켰다. 내 팔다리를 따라 물이 줄줄 흘러내렸다. 그러더니 손수 만든 물약을 마시게 한 다음, 작은 빨간색 돌들을 엮어 만든 목걸이를 걸어줬다.

"넌 살면서 고통을 받을 거다. 많이, 많이."

나를 공포에 빠뜨린 말, 그녀는 그런 말을 차분하게, 거의 미소를 띠다시피 하며 입에 올렸다.

"하지만 넌 살아남을 거다!"

그런다고 내게 위안이 되지는 않았다! 어쨌든 만 야야라는 등도 굽고 주름도 팬 인물에게서 어찌나 엄청난 권위가 뿜어져 나오던지 나는 감히 반박할 엄두도 못 냈다.

만 야야는 내게 식물들에 대해 알려줬다.

잠을 부르는 식물들. 상처와 궤양을 낫게 하는 식물들.

도둑의 자백을 끌어내는 식물들.

간질 환자를 진정시키며 축복 같은 휴식에 잠기게 하는 식물들. 분노한 사람, 절망한 사람, 자살하려는 사람의 입술에 희망의 말을 올리게 하는 식물들.

만 야야는 거세게 인 바람이 당장이라도 산산조각 낼 기세로 가옥들 위에서 힘을 겨루면 그 소리에 귀 기울이는 법을 알려줬다.

만 야야는 바다를 알려줬다. 높은 산과 낮은 산도.

그녀는 모든 것이 살아 있음을, 모든 것에 영혼이 있고 숨결이 있음을 알려줬다. 그리고 모든 것이 존중받아야 한다는 것도. 인간은 말을 타고 자신의 왕국을 돌아보는 주인이 아니라는 것도.

어느 날, 오후가 한창인데 잠이 들었다. 사순절 기간이었다. 더위로 찌는 듯했고, 노예들은 곡괭이나 큰 칼을 놀리면서 짓눌린 듯 노래를 웅얼거렸다. 어머니가 보였다. 뼈마디가 부러진 채 나뭇가지 사이에서 뱅글뱅글 돌고 있는 고통에 겨운 꼭두각시이기는커녕, 야오의 사랑을 받아 다채로운 색채로 치장한 어머니였다. 나는 외쳤다.

"엄마!"

그녀가 다가와 나를 품에 안았다. 신이여! 그 입술이 얼마나 부드럽던 지!

"내가 널 사랑하지 않는다고 믿었던 걸 용서해라! 이제 난 내 마음을 분명하게 볼 수 있단다. 널 절대 떠나지 않을 거야!"

난 행복에 취해 외쳤다.

"야오! 야오는 어디 있어요?"

그녀가 몸을 돌렸다.

"저기, 그이도 있잖니!"

그러자 야오가 내게 모습을 드러냈다.

나는 저녁거리로 뿌리채소를 다듬고 있는 만 야야에게 달려가 꿈 이 야기를 해줬다. 그녀가 꾀바른 미소를 지었다.

"그러니까 그게 꿈이라고 생각하니?"

나는 말문이 막혔다.

이때부터 만 야야는 나를 고차원의 지식으로 이끌었다.

죽은 자는 우리 마음에서 죽어야만 죽은 거다. 우리가 망자를 소중히 여기면, 우리가 망자에 대한 기억을 존중하면, 우리가 망자가 생전에 좋아하던 음식을 무덤에 갖다 놓으면, 우리가 규칙적으로 망자를 추모하고 망자와 교감하기 위해 묵상을 한다면, 망자는 산다. 망자는 관심을 갈망하고 애정을 갈망하며 여기저기, 우리 주위 어디에나 있다. 망자는 보이지 않는 자신의 육신을 우리의 육신에 바싹 갖다 댄 채 우리에게 도움이 되려고 안달이 나 있으니, 망자를 불러내려면 몇 마디 말이면 된다.

하지만 망자의 성질을 건드리는 자는 조심해야 하리라. 망자는 어쩌다가 그랬을지라도 자신을 모욕했던 자를 용서하는 법 없이 무자비한 증오로 끝까지 쫓아간다. 만 야야는 기도와 주문, 속죄의 동작을 여러 가지 알려줬다. 타고난 형체를 벗어 던지고 싶어질 때, 나뭇가지에 앉은 새나 마른 풀숲에 숨은 풀벌레나 오먼드강 가의 진흙에서 울어대는 개구리로 바뀌려면 필요한 변신법도 알려줬다. 그녀는 특히 희생 제의에 대해 알려줬다. 피, 젖, 반드시 필요한 액체. 어쩌랴! 나의 열네 번째 생일이 지난 뒤 며칠 안 되어, 그녀의 육신이 인간이라면 피할 수 없는 법칙을 맞았다. 나는 그녀를 땅에 묻으며 울지 않았다. 혼자가 아니라는 것을, 그림자 셋이 교대로 내 주위에서 지켜보고 있다는 것을 알고 있었다.

다넬이 농장을 매각한 것도 바로 이 시기였다. 몇 년 전, 그의 아내 제니퍼가 아들을 안겨주고 세상을 떴는데, 이 허약한 젖먹이는 피부가 창백했고 주기적으로 열병에 걸려 덜덜 떨어댔다. 이 젖먹이를 위해 노예한 명이 어쩔 수 없이 자기 아들은 버려두고 주인 아들에게 젖을 듬뿍먹였는데도, 그 젖먹이에게는 무덤행 낙인이 찍힌 듯했다. 다넬의 부성 본능이 유일하게 백인 혈통인 외동아들로 인해 깨어나자, 그는 아들을 치료해보려고 영국으로 돌아가야겠다는 결심을 했다.

새 주인이 노예는 빼고 토지만 구입했는데, 이는 당시에 흔한 관례는 아니었다. 그리하여 노예들은 두 발에 족쇄를 차고 목에 밧줄을 건 채 브리지타운으로 끌려가 새 구매자를 만났고, 섬 여기저기로 뿔뿔이 흩어지는 통에 아버지는 아들과, 어머니는 딸과 생이별하고 말았다. 그때 나는 다넬의 소유가 아니고 그저 몰래 농장에 빌붙어 사는 신세여서, 그 서글픈 행렬에 끼어 노예시장으로 가는 길에 오르지는 않았다. 나는 오먼드강 가의 구석진 곳을 알고 있었다. 땅이 질퍽해서 사탕수수 재배에 그다지 적합한 토양이 아닌지라 그 누구도 찾아오지 않는 곳이었다. 내 두 손을 움직여서 그곳에다가 혼자만의 힘으로 집을 짓기 시작했고, 마침내 말뚝 위에 집을 올릴 수 있었다. 나는 물기 있는 땅을 끈기 있게 흙으로 메워 뜰을 꾸몄고, 곧 그곳에는 태양과 공기의 뜻을 존중하며 제의적 방식으로 심은 갖은 식물들이 자라났다.

오늘에서야 알게 된 건데, 그때가 내 인생에서 가장 행복한 순간이었다. 보이지 않는 존재들이 주위에 함께 있었기에 결코 혼자가 아니었다. 더구나 그들은 결코 자신들의 존재로 나를 압박하지도 않았다.

만 야야의 가르침 가운데 일부는 식물에 관한 부분이었는데, 만 야야가 마지막으로 봐준 부분이기도 했다. 나는 그녀의 지도 아래 시계꽃과 황소자두를, 독성이 있는 캐슈와 별구스베리를, 왕진달래와 유황내파슬리를 섞어 대담한 조합을 시도해봤다. 또한 주술을 통해 그 효능을 증폭시킨 약제나 물약을 조제했다.

저녁이면 섬의 보랏빛 하늘이 커다란 손수건처럼 머리 위로 펼쳐지며 거기에 별이 하나둘 돋아나 반짝였다. 아침이면 해가 손을 원뿔 모양으로 입에 갖다 대고 자기와 함께 이곳저곳 떠돌아다니자고 나를 불러냈다.

나는 남자들, 특히 백인 남자들로부터 멀찌감치 떨어져 살았다. 나는 행복했다! 어쩌랴! 이 모든 것이 변하고야 말 테니!

어느 날, 거센 바람이 불어와 닭장을 뒤집어놓는 바람에 키우고 있던 닭들이 달아나버려서, 나는 암탉들과 목덜미가 진홍색인 잘생긴 수탉을 찾아 나섰고, 그러느라 그만 나 스스로 정해놨던 경계를 훌쩍 넘어 멀리까지 나아가고 말았다.

사거리에서 사탕수수를 가득 실은 손수레를 압착장으로 밀고 가는 노예들과 맞닥뜨렸다. 그 광경이 어찌나 슬프던지! 깡마른 얼굴, 흙물이 든 누더기, 야윈 팔다리, 영양실조로 붉은빛을 띤 머리카락. 열 살 남짓으로 보이는 소년이 수레를 미는 아버지를 돕는데, 음울하고, 그 어떤 것에도 믿음이 없는 어른처럼 무표정이었다.

나를 보자마자 그 사람들 모두 풀밭에서 펄쩍 뛰더니 무릎을 꿇었고, 존경과 공포가 뒤섞인 여섯 쌍의 눈이 나를 올려다보았다. 나는 어안이 벙벙했다. 대체 나를 두고 어떤 허황된 이야기들을 자아냈던 걸까?

사람들이 나를 두려워하는 듯했다. 대체, 왜? 목매달린 여자의 딸이며 강가 늪지에 처박혀 사는 나를 차라리 불쌍하게 여겨야 하는 게 아닌가? 사람들이 내가 만 야야와 연결되어 있다고 생각하고 만 야야를 무서워한다는 걸 눈치챘다. 대체, 왜? 만 야야는 자신의 능력을 좋은 일을 하는 데 사용하지 않았던가? 게다가, 멈춘 적 없이 여전히 그러고 있는데? 이런 공포심이 내게는 부당해 보였다. 아! 그들은 기쁨의 외침과 환영 인사로 나를 맞아들여야 했다! 내보이기만 한다면 최선을 다해 치료했을 테니, 내게 아픈 곳을 내밀었어야 했다. 나는 겁을 주라고 키워진 존재가 아니라 치유하라고 키워진 존재였다. 울적해져서 집으로 돌아갔고, 그 순간 큰길 풀숲에서 이리저리 뛰어다니고 있을 암탉들이나 수탉 생각은 전혀 나지 않았다.

동족과의 만남은 그 결과가 묵직했다. 바로 그날부터 나의 진짜 얼굴을 알릴 셈으로 여러 농장 근처를 기웃거렸다. 그녀를, 티투바를 사랑해야만 한다!

내가, 연민과 애정만을 품고 있는 이 내가 두려움을 불러일으킨다는 생각만 해도! 아, 그래! 주인들이 살고 있는 흰색 저택들을 지평선 저 너머로 날려버리라고, 개집에 묶인 개처럼 거세게 날뛰는 바람을 풀어놓을 수 있다면 좋았겠지! 섬 전체가 몽땅 불에 타서 정화되라고, 타닥타닥 튄 불꽃이 벌겋게 활활 타오르는 불이 되도록 불을 내 마음대로 부릴 수 있다면 좋았겠지! 하지만 내게 그런 능력은 전혀 없었다. 나는 그저 위안을 줄 수 있을 뿐이다!

　차츰차츰 내 모습에 익숙해진 노예들은 처음에는 머뭇머뭇, 그다음에는 조금 더 신뢰를 보이며 다가왔다. 나는 가옥 안으로 들어가 병든 자들과 죽어가는 자들의 기력을 북돋아췄다.

2

어이! 너야? 티투바가? 사람들이 널 무서워하는 게 놀랄 일은 아니군. 네 꼴이 어떤지 본 적은 있니?

내게 이렇게 말한 사람은 나보다 나이가 확실히 더 많을 듯한 젊은이였다. 스무 살 아래로는 보이지 않았으니까. 키가 커서 휘청이고 피부색은 연한 데다 희한하게도 머리카락이 곱슬거리지 않았다. 그에게 대답하려고 했지만 악의에 잡아먹히기라도 한 듯 말이 날아가버렸고, 단 한 줄의 문장도 만들어낼 수가 없었다. 너무나도 당혹스럽게 내 입에서 으르렁거림 비슷한 소리가 흘러나왔고, 그 소리에 상대방은 즉각 미친 듯이 웃어댔다. 그가 같은 말을 되풀이했다.

"그래, 사람들이 널 무서워하는 게 놀랄 일은 아니야. 넌 말하는 법도 모르고 머리카락은 덤불숲 같구나. 그래도 바탕은 예쁜데."

그러더니 대담하게도 가까이 다가왔다. 내가 남자를 대하는 일에 보다 익숙했더라면 그의 눈, 토끼 눈처럼 허둥대고 마찬가지로 적갈색인 그 눈 속에 깃든 두려움을 알아차렸을 텐데. 하지만 난 그러질 못했고 그의 목소리와 미소에서 허세만을 감지했다. 마침내 내 입에서 대답이 나왔다.

"맞아, 내가 티투바야. 그런데, 너, 넌 누구지?"

그가 말했다.

"사람들은 날 존 인디언이라고 불러."

그다지 흔한 이름이 아니어서 나는 눈살을 찌푸렸다.

"인디언?"

그가 잘난 척하는 표정으로 말을 이었다.

"내 아버지는 영국인들이 쫓아내지 못했던 몇 안 되는 아라와크 인디언이셨나 봐. 8피에(옛 길이 단위로, 1피에는 약 30센티미터―옮긴이)에 달하는 거인이셨대. 아버지가 씨를 뿌려 만든 사생아들이 셀 수 없이 많은데, 저녁만 되면 찾아갔던 어떤 나고족 여인에게서도 자식을 얻었다는군. 바로 그 아이가 나야!"

그가 웃음을 터뜨리면서 다시 한번 제자리에서 빙그르르 돌았다. 나는 그런 유쾌함에 깜짝 놀랐다. 이렇게, 이 불행의 대지 위에도 행복한 존재들이 있다니⋯⋯. 나는 더듬거리며 물었다.

"너도 노예니?"

그가 그렇다고 머리를 끄덕거렸다.

"저쪽, 칼라일 베이에 살고 있는 수재나 엔디콧 마님 소유야."

그는 수평선 부근의 반짝거리는 바다 쪽을 가리켰다.

"새뮤얼 워터먼스 농장에 가서 레그혼 종란들을 사 오라고 심부름 보내서 나왔지."

내가 물었다.

"새뮤얼 워터먼스가 누군데?"

그가 웃었다. 다시 한번, 그와 너무나 잘 어울리는 그 인간미 넘치는 웃음!

"다넬 데이비스의 농장을 산 사람이지. 몰랐구나?"

그러더니 몸을 숙여 발치에 놓아뒀던 둥근 바구니를 들어 올렸다.

"자, 이젠 가봐야 해. 안 그러면 늦을 텐데, 그러다간 또 엔디콧 마님께 매를 맞게 될 거야. 여자들이 매질하기를 얼마나 좋아하는지 알아? 늙어가기 시작하고 남편이 없다면 특히 그렇지."

웬 말이 저리 많은지! 머리가 어지러웠다. 그가 내게 손짓을 해 보인 뒤 멀어져가는데, 뭐에 씌었는지 모르겠다. 단 한 번도 내 입에서 나온 적 없는 억양으로 묻고 말았다.

"다시 볼 수 있니?"

그가 나를 바라봤다. 내 얼굴에서 무엇을 읽었는지 모르지만, 뻐기는 표정이 되었다.

"일요일 오후에 칼라일 베이에서 댄스파티가 열려. 올래? 난 가는데."

나는 발작적으로 고개를 끄덕였다.

난 느릿느릿 집으로 돌아왔다. 안식처가 돼주었던 그 장소를 처음으로 제대로 보았는데, 몹시 스산해 보였다. 도끼로 대충 네모지게 자른 판자들은 비바람에 거무스름해졌다. 집 왼쪽 측면에 다붙은 거대한 부겐빌레아 나무에 자주빛 꽃이 흐드러졌지만 그래도 집이 환해 보이지 않았다. 주위를 둘러봤다. 옹이 진 호리병박 나무 한 그루, 갈대. 몸이 가볍게 떨렸다. 얼마 안 되는 수이지만 여전히 충성스럽게도 내 곁을 떠나지 않은 닭들이 닭장에 남아 있어서, 닭장으로 다가간 나는 그중 한 마리를 붙잡았다. 노련한 손길로 그놈의 배를 갈라 점점이 드는 선홍빛 핏방울로 대지를 적셨다. 그러고는 조용히 불렀다.

"만 야야! 만 야야!"

그녀가 곧 모습을 드러냈다. 죽음을 겪게 될 나이 많은 노파의 형체가 아니라 영생을 위해 고른 형체를 띠고 나타났다. 향기를 풍기며, 보석 대신 향기로운 오렌지 나무 화관을 쓴 모습으로. 내가 숨이 턱에 차서 물었다.

"만 야야, 그 남자가 날 사랑하면 좋겠어요."

그녀가 머리를 저었다.

"남자들은 사랑하지 않아. 소유하지. 노예로 만든다고."

내가 항의했다.

"야오는 아베나를 사랑했잖아요."

"그건 아주 예외적인 경우였지."

"그 사람도 그런 경우일 수 있잖아요!"

그녀는 고개를 뒤로 젖혀 보다 확실하게 불신의 콧방귀를 터뜨렸다.

"사람들 말이, 칼라일 베이의 암탉 절반을 품었던 수탉이라던데."

"그 짓을 그치게 해줘요."

"놈이 헛바람과 뻔뻔함으로 꽉 찬, 속 빈 검둥이인지 알려면 지켜볼밖에."

만 야야는 내 눈길에 담긴 다급함의 정도를 가늠하더니 진지해졌다.

"좋아, 그럼 녀석이 널 칼라일 베이의 댄스파티에 초대했으니 거길 가거라. 놈이 모르게 놈의 피를 조금 내서 천에 묻히는 거야. 그 천과 함께 놈의 피부에 계속 닿았을 물건도 갖고 오너라."

그녀가 멀어져갔지만 난 그 얼굴에 서린 슬픈 표정을 놓치지 않았다. 아마도 그녀는 내 삶이 밟아나가게 될 과정의 첫 단계를 목격했나 보다. 나의 삶, 방향을 틀어 완전히 다르게 흘러갈 수는 없는 강.

그때까지 난 나의 몸에 대해 생각해본 적이 단 한 번도 없었다. 아름다운가? 추한가? 그에 대해 아는 게 없었다. 그가 뭐라고 했더라?

"바탕은 예쁜데."

하지만 그는 엄청 웃어댔다. 아마도 나를 놀리는 소리였나 보다. 옷을 벗고 잠자리에 누워 손으로 온몸을 쓰다듬었다. 볼륨감과 곡선이 잘 어우러진 느낌이었다. 성기로 손이 다가가자 이렇게 쓰다듬고 있는 사람이 내가 아니라 존 인디언이라는 느낌이 갑자기 들었다. 내 몸 저 깊은 곳에서부터 솟아난 액체가 특유의 향취를 풍기며 엉덩이를 흥건히 적셨다. 어둠 속에서 내가 헐떡이는 소리가 들려왔다.

어머니도 이렇게, 선원에게 강간당할 때 자기도 모르게 헐떡였을까? 그러자, 어머니가 애정 없이 소유당하는 모욕을 몸이 두 번 겪게 하고 싶지 않아 다넬을 죽이려고 들었다는 걸 깨닫게 되었다. 그가 또 뭐라고 했더라?

"머리카락은 덤불숲 같구나."

다음 날 잠에서 깨자 오먼드강 가로 가, 갈기털 같은 머리카락을 그럭저럭 잘라냈다. 양털 같은 마지막 머리 타래가 물로 떨어지는 순간 한숨 소리가 들렸다. 어머니였다. 내가 부른 적 없으니, 내게 닥친 위급 상황이 어머니를 보이지 않는 상태로부터 끌어냈다는 걸 알 수 있었다. 어머니가 탄식을 늘어놨다.

"왜 여자들은 남자 없이 살 수 없는 걸까? 이제 네가 물 저편으로 끌려가게 생겼구나……."

나는 깜짝 놀라 말을 가로막았다.

"물 저편이라니요?"

하지만 어머니는 더 이상의 설명은 하지 않고 여전한 탄식조로 같은 말을 되뇌었다.

"왜 여자들은 남자 없이 살 수 없는 거지?"

이 모든 반응, 그러니까 만 야야의 주저와 어머니의 탄식을 보며 신중하게 행동하는 쪽으로 기울 수도 있었다. 하지만 전혀 그러지 않았다. 일요일, 나는 칼라일 베이로 갔다. 여행 가방 안에서 어머니의 것이었을 연보랏빛 옥양목 원피스와 퍼케일 면 속치마를 골라내어 입고서였다. 옷을 입는데 물건 두 개가 굴러떨어졌다. 크레올풍의 귀걸이 한 쌍이었다. 나는 보이지 않는 존재에게 살짝 윙크를 건넸더랬다.

내가 마지막으로 브리지타운에 갔을 때는 어머니가 살아 있을 때였다. 근 10년 동안 도시는 엄청나게 확장됐고, 중요한 항구도시가 되었다. 잔뜩 늘어선 돛대들이 빽빽한 숲을 이뤘고 온갖 국적의 깃발들이 펄럭이는 것이 보였다. 어린아이의 두 눈처럼 창문들이 활짝 열려 있는 베란다와 거대한 지붕이 돋보이는 목재 가옥들이 내 눈에는 우아해 보였다.

댄스파티 장소는 어렵지 않게 찾아냈다. 멀리서부터도 음악 소리가 들렸으니까. 내게 시간에 대한 관념이 조금이라도 있었더라면 이때가 1년 중 유일하게 노예들이 마음대로 즐길 자유가 있는 사육제 기간임을 알아차렸을 거다. 그리하여 자신들이 더는 인간이 아니라는 사실을 잊어보려고 노예들이 섬 여기저기에서부터 몰려들었다. 사람들이 나를 바라보며 속삭이는 소리가 들려왔다.

"저 여자, 어디서 나타난 걸까?"

반쯤 전설이 된 티투바라는 존재에 대한 무훈담이 농장에서 농장으로 퍼져나갔음에도, 티투바와 그 우아한 젊은 여인을 연결 지을 생각을 하지 못한다는 게 명백했다.

존 인디언은 마드라스 천으로 만든 멋진 두건을 두른 키 큰 혼혈 여인과 춤추고 있었다. 그가 춤추다 말고 대번에 그녀를 버려두고는, 아라와크 조상을 기억하고 있는 두 눈 가득 반짝이는 별을 담고 내게로 다가왔다. 그가 웃었다.

"너구나? 맞지? 너지?"

그러더니 나를 이끌었다.

"이리 와, 이리!"

나는 뻗댔다.

"난 춤출 줄 몰라."

그가 다시 웃음을 터뜨렸다. 오, 신이여, 이 남자는 제대로 웃을 줄을 알았다! 그의 목구멍에서 웃음소리가 솟아날 때마다 심장의 빗장이 덜컹댔다.

"춤출 줄 모르는 검둥이 여인이라고? 그런 일을 본 적이 있나?"

곧 사람들이 우리 주위를 둥글게 에워쌌다. 뒤꿈치와 발목에서 날개가 돋았다. 엉덩이, 허리가 낭창거렸다! 신비의 뱀이 내 안으로 들어왔다. 만 야야가 그리도 여러 번 말해줬던, 대지 위의 모든 것을 창조한 신의 형상인 바로 그 원초의 뱀이었을까? 나를 물결치게 했던 게 바로 그것이었을까?

때때로 멋진 두건을 두른 그 키 큰 혼혈 여인이 존 인디언과 나 사이에 끼어들려고 했다. 우리는 그녀에게 조금도 신경 쓰지 않았다. 존 인디언이 퐁디셰리산 직물로 만든 커다란 손수건을 꺼내 이마의 땀을 훔친 순간 만 야야의 말이 기억났다. "피를 조금 내라. 피부에 계속 닿았을 물건도."

잠깐 완전히 도취되었더랬다. 꼭 그럴 필요가 있을까? 그는 "타고나기를" 유혹에 잘 넘어가게 타고난 듯한데. 그러다가 남자를 유혹하는 것만큼이나 남자를 지키는 것이 제일 중요하며, 존 인디언은 그 어떤 지속적인 언약도 웃어넘기고 쉽사리 유혹에 넘어갈 종류의 남자라는 사실을 직감적으로 깨달았다. 그래서 만 야야의 말을 따랐다.

눈치 못 채게 손톱으로 그의 새끼손가락을 할퀴면서 그의 손수건을 슬쩍 훔쳐내는데, 그가 소리를 질렀다.

"아야! 마녀, 뭐 하는 거야?"

그로서야 장난삼아 한 말이었지만, 그 말에 나는 어두워졌다.

마녀란 뭐지?

나는 그의 입에서 나온 그 말이 오욕으로 얼룩져 있음을 알아차렸다. 어떻게 그럴 수가? 어떻게? 눈에 보이지 않는 존재들과 교감하고, 이 세상에서 사라진 자들과 지속적으로 접촉하고, 치료하고 치유할 수 있는 능력은 존경, 감탄, 감사를 불러일으킬 만한 최상의 재능이 아닌가? 따라서 마녀는, 그런 재능을 지닌 여인을 마녀라고 부르기를 원한다니까 그리 불러주기는 하겠지만, 마녀는 두려움 대신 애정과 숭배의 대상이 되어야 하는 게 아닌가?

이런 생각들을 이어가다 보니 침울해진 나는 마지막 폴카를 춘 뒤 그 장소를 떠났다. 즐기느라 정신이 없는 존 인디언은 내가 떠나는 것도 알아차리지 못했다.

바깥으로 나오니, 밤이 몰고 온 검은색 밧줄이 목을 잘라버릴 기세로 섬의 목을 조여오고 있었다. 바람 한 점 없다. 나무들은 말뚝처럼 꼼짝 않고 서 있다. 어머니의 탄식이 떠올랐다.

"왜 여자들은 남자 없이 살 수 없는 걸까?"

그래, 대체 왜?

"난 산적이 된 검둥이도, 도망노예도 아니야! 네가 숲 한 가운데에 지어놓은 그 토끼장 같은 곳으로는 절대로 안 들어가. 나랑 함께 살고 싶으면 브리지타운의 내 집으로 와야 해!"

"네 집으로?"

나는 조롱의 웃음을 터뜨린 뒤 덧붙였다.

"노예에게 '내 집'이 어디 있어! 넌 수재나 엔디콧의 소유 아냐?"

그는 불만스러운 듯했다.

"맞아, 난 수재나 엔디콧 마님의 소유지. 하지만 마님은 아주 좋은 분이고……."

나는 그의 말을 끊었다.

"주인이 어떻게 좋은 분일 수가 있지? 노예가 주인을 사랑할 수도 있나?"

그가 내가 불쑥 내뱉은 말을 듣지 못한 척하더니 말을 이어갔다.

"마님의 저택 뒤에 내 소유의 가옥이 있어. 그곳에서는 내가 원하는 대로 해."

그가 내 손을 잡았다.

"티투바, 사람들이 너에 대해서 무슨 말을 하는지 너도 알지. 마녀라고……."

또 그 소리!

"……모두에게 그건 사실이 아니라고 보여주고 모두가 보는 앞에서 널 아내로 맞고 싶어. 함께 교회로 가자. 기도문을 알려줄게……."

난 달아나야 했던 게 아닐까? 그러는 대신 열렬히 숭배하며 거기 멀거니 서 있었다.

"기도문은 알아?"

난 고개를 저었다.

"어떻게 일곱 번째 날 세상이 창조되었는지는? 우리의 아버지인 아담이 우리의 어머니인 이브의 잘못으로 어떻게 지상낙원에서 내쫓겼는지……."

도대체 무슨 이상한 이야기를 주절거리는 걸까? 어쨌든 반박은 하지 않았다. 나는 손을 빼낸 뒤 뒤돌아섰다. 그가 내 목덜미에 대고 속삭였다.

"티투바, 날 원하지 않아?"

바로 거기에 불행이 도사리고 있었다. 나는 그를 원했는데 그를 만나기 이전에는 그 무엇도 그렇게 원해본 적이 없었다. 나는 그의 사랑을 갈구했는데 그 어떤 사랑도 그렇게 갈구했던 적이 없었다. 심지어 어머니의 사랑조차도. 그의 손이 내 몸에 닿기를 바랐다. 그가 나를 쓰다듬어주기를 바랐다. 그가 내 몸을 갖기를, 내 몸 안의 수문을 활짝 들어 올려 쾌락의 물줄기를 풀어놓아주기를 기다렸다.

그가 내 살갗에 대고 속삭이듯 말을 이어나갔다.

"멍청한 수탉들이 푸드득거리며 날아다니는 순간부터 태양이 바다로 잠겨들며 가장 뜨겁게 불타오르는 시간이 시작되는 순간까지 나와 함께 살고 싶지 않니?"

나는 기운을 내어 떨쳐 일어섰다.

"네가 지금 요구하는 건 아주 심각한 문제야. 생각 좀 해보게 일주일 시간을 줘. 바로 여기로 답을 가지고 올게."

그가 화가 나서 밀짚모자를 주워 들었다. 내가 이렇게 그에게 빠지다니, 대체 존 인디언, 그에게는 뭐가 있는 걸까? 5피에 7푸스(옛 길이 단위로, 1푸스는 약 3센티미터―옮긴이)니 큰 키는 아니고 중키 정도이고, 그렇다고 체격이 우람한 것도 아니고, 못생기지도 잘생기지도 않았다! 하얗게 빛나는 이와 불꽃이 튀는 두 눈! 이런 질문을 스스로에게 던지면서 완전히 위선을 떨고 있었다는 걸 고백하지 않을 수 없다. 나는 그의 주요 장점이 어디 있는지 잘 알고 있어서, 흰색 천의 코노코 바지(노예가 입는 짧고 꼭 끼는 바지)를 붙들어 맨 가는 황마 끈 아래로 그의 성기가 거대하게 불룩 솟아 있는 곳은 바라볼 엄두도 내지 못했다.

내가 말했다.

"그럼 다음 일요일에."

집에 도착하자마자 만 야야를 불러냈고, 만 야야는 서둘러 내 이야기를 들으려는 기색 하나 없이 찌푸린 얼굴로 나타났다.

"왜 또 그러는데? 도대체 만족을 모르는구나? 녀석이 네게 제안했네. 자기랑 같이……."

나는 낮은 목소리로 말했다.

"잘 아시겠지만 백인들의 세계로 돌아가고 싶지 않아요."

"거길 거쳐야만 한단다."

"왜요?"

나는 거의 울부짖다시피 했다.

"왜죠? 만 야야라면 그 사람을 이곳으로 데려올 수 있지 않나요? 발휘할 수 있는 능력에 제한이 있다는 말씀이세요?"

만 야야는 화를 내지 않고 아주 부드러운 연민을 내보이며 나를 바라봤다.

"내가 늘 말했지. 이 세상에는 나름의 법칙이 있어서 그것들을 완전히 뒤엎을 수 없다고. 그럴 수 있다면 이 세상을 부숴버리고 흑인들이 자유를 누리는 다른 세계를 다시 세우겠지. 이번에는 백인들을 마음대로 예속하게. 서글퍼라! 내겐 그럴 힘이 없어!"

나는 대꾸할 말을 전혀 찾지 못했고, 만 야야는 올 때나 마찬가지로 보이지 않는 존재가 지나갔음을 알려주는 유칼립투스의 향기를 남기고 사라졌다.

홀로 남은 나는 돌 네 개를 모아놓고 그 안에 불을 피운 뒤, 불 위에 토기 항아리를 올려놓은 다음, 고추와 염장한 돼지고기 한 조각을 물에 넣어 내가 먹을 스튜를 만들었다. 하지만 먹고 싶다는 생각이 안 들었다.

어머니는 백인에게 강간당했다. 백인 때문에 목매달렸다. 어머니의 입 밖으로 혀가 삐죽 나온 것도, 성기가 보랏빛으로 부풀어 오른 것도 봤다. 양아버지는 백인 때문에 자살했다. 이 모든 일을 겪고도 다시 그들 사이에서, 그들과 섞여, 그들에게 의존하며 살아갈 생각을 하고 있었다. 이 모든 게 어떤 유한한 인간에 대한 과도한 애착 때문이다. 이건 광기가 아닌가? 광기와 배신이?

나는 그날 밤 자신에 맞서 싸움을 벌였고, 그 뒤의 일곱 밤과 일곱 날도 그랬다. 그러다가 결국 패배를 인정했다. 그 누구도 내가 지나온 고통을 겪기를 바라지 않는다. 회한. 수치심. 강렬한 두려움.

다음 일요일이 되자, 나는 라탄 바구니에 어머니의 원피스 몇 벌과 속치마 세 벌을 차곡차곡 담았다. 대문을 장대로 고정시켰다. 가축들은 다 풀어줬다. 알을 낳아 내게 먹을거리를 제공했던 암탉과 뿔닭들을. 내게 젖을 줬던 암소도. 잡아먹겠다는 생각 없이 1년 전부터 키워왔던 돼지도.

나는 이곳을 버리고 가지만, 여기 머무는 존재들에게 바치는 길고 긴 기도를 읊조렸다.

그러고는 칼라일 베이로 가는 길에 올랐다.

3

수재나 엔디콧은 50세가량의 키가 작은 여자로, 정가운데에서 가르마를 탄 희끗희끗한 머리카락을 이마와 관자놀이께 피부가 당겨질 정도로 뒤통수로 바싹 끌어 모아 틀어 올렸다. 그 바다 색깔의 두 눈에서는 내가 불러일으킨 혐오감이 고스란히 읽혔다. 그녀는 나를 역겨운 물건 보듯 뚫어지게 바라봤다.

"티투바? 대체 그 이름은 어디서 나온 거지?"

내가 쌀쌀맞게 대답했다.

"아버지가 주셨어요."

그녀의 얼굴이 시뻘게졌다.

"내게 말할 땐 눈길을 낮춰."

나는 존 인디언과의 사랑을 위해 그 말에 복종했다. 그녀가 말을 이었다.

"기독교인인가?"

존 인디언이 급하게 끼어들었다.

"제가 기도를 가르치려고요, 마님! 그리고 브리지타운의 교구 목사님께 말씀드려서 될 수 있으면 빨리 세례를 받게 하겠어요."

수재나 엔디콧이 나를 다시 뚫어지게 바라봤다.

"집 안 청소를 해라. 바닥은 일주일에 한 번 연마제로 닦고, 빨래를 하고 다림질도 해. 하지만 음식 장만은 손대지 마라. 내 먹을 건 내가 직접 하겠어. 너희 검둥이들이 그 허여멀겋고 누르스름한 손바닥으로 내가 먹을 음식에 손을 댄다는 생각만 해도 참을 수가 없어."

나는 내 손바닥을 내려다봤다. 바닷가 조개처럼 회색과 분홍색이 뒤섞인 내 손바닥을.

존 인디언이 쨍그랑거리는 웃음소리로 그 말을 받아들이는 동안 나는 기가 막혀 멀거니 서 있었다. 그 누구도, 결코, 이렇게 나를 모욕한 적이 없었다!

"자, 이제들 가봐!"

존은 두 발을 번갈아 디디며 깡충대기 시작했고, 그러다가 특별히 귀여워해달라고 보채는 어린애처럼 어리광과 겸양이 동시에 묻어나는 목소리로 투덜댔다.

"마님, 검둥이가 아내를 맞아들이기로 하면, 이틀간 휴가를 누리는 것 아닌가요? 네? 마님?"

수재나 엔디콧이 침을 뱉었고 이제 그 두 눈에는 거센 바람이 이는 날의 바다 색깔이 돌았다.

"네가 직접 예쁜 여자를 골랐으니, 이젠 그 일을 후회하지 않기를!"

다시 웃음을 터뜨린 존이 명료한 웃음소리 사이로 이런 말을 내놓았다.

"그러기를! 그러기를!"

수재나 엔디콧이 갑자기 누그러졌다.

"썩 물러나고 화요일에 다시 오너라."

존이 여전히 그 우스꽝스럽고 과장된 태도로 끈질기게 요구했다.

"이틀요, 마님! 이틀요!"

마침내 허락이 떨어졌다.

"좋아, 네가 이겼다! 나를 상대로 늘 그렇듯이! 수요일에 오너라. 특히, 그날은 우편 업무 보는 날이란 걸 잊지 말고."

그가 자랑스럽게 말했다.

"제가 그걸 잊은 적이 한 번이라도 있나요?"

그러더니 바닥에 몸을 던졌고 주인의 손을 잡아 그 손에 입을 맞췄다. 그녀는 손을 내맡기는 대신, 얼굴 한복판을 냅다 후려갈겼다.

"썩 꺼져, 검둥이 녀석!"

내 몸 안의 피가 몽땅 부글부글 끓어올랐다. 내가 지금 무슨 감정을 느낄지 짐작하는 존 인디언이 서둘러 나를 끌고 나가는데, 수재나의 목소리가 우리 둘을 그 자리에 못 박았다.

"그런데, 티투바, 넌 내게 감사 표시를 안 하는 건가?"

존이 손가락이 으스러져라 내 손을 꼭 쥐었다. 나는 가까스로 대답했다.

"고맙습니다, 마님."

수재나 엔디콧은 과부였는데, 그녀의 남편은 부유한 농장주들, 그러니까 초창기에 사탕수수에서 설탕을 추출하는 기술을 네덜란드 사람들로부터 습득했던 농장주들에 들었다. 그녀는 남편이 죽자 농장을 팔고 노예들을 전부 해방시켰다. 나로서는 이해가 안 가는 역설이긴 한데, 검둥이들을 증오하는 한편, 노예제에 완강하게 반대했기 때문이다. 그녀는 태어나는 순간을 봤던 존 인디언만 곁에 뒀다. 주인이 살고 있는 칼라일 베이의 아름답고 널찍한 저택은 나무를 심어놓은 정원 한가운데에 떡하니 자리 잡고 있었고, 정원 구석에 존 인디언의 정말이지 제법 맵시 있는 집이 서 있었다. 목재를 엮고 그 위에 석회를 바른 집으로, 작은 베란다로 꾸며놓았고, 베란다 기둥에는 해먹이 달려 있었다.

존 인디언은 나무 막대기로 문에 빗장을 걸더니 나를 품에 안고 중얼거렸다.

"노예의 임무는 살아남는 거야. 알아듣겠어? 살아남는 거라고."

이런 말을 들으니 만 야야가 떠올랐고, 눈물이 뺨을 따라 흘러내리기 시작했다. 존 인디언은 굴러떨어지는 눈물방울들을 하나하나 마셨고, 눈물 줄기를 쫓아 입안으로까지 들어왔다. 나는 딸꾹질을 했다. 그가 수재나 엔디콧 앞에서 보인 행동이 촉발시킨 슬픔, 수치가 사라진 건 아니지만, 그런 감정들이 일종의 분노로 탈바꿈하여 그를 향한 나의 욕망을 자극해댔다. 나는 그의 목 부근을 사납게 물었다. 그가 예의 그 아름다운 웃음을 터뜨리며 외쳤다.

"이리 와, 암망아지, 내가 길들여줄게."

그가 나를 번쩍 들어 올리더니, 휘장 친 침대가 떡 버티고 있는 침실로, 예상치 못한 야릇한 성채로 데려갔다. 수재나 엔디콧이 줬을 게 틀림없을 이 침대에 내가 누워 있다는 사실에 분노가 증폭되어, 우리 사랑의 첫 순간들은 전투와 흡사했다.

나는 그 순간을 몹시 기다려왔다. 나의 욕망은 실컷 충족되었다.

기진맥진해서 잠을 청하려고 옆으로 돌아누웠을 때, 쓸쓸한 한숨 소리가 들려왔다. 아마도 어머니였을 테지만, 교감을 거절했다.

그 이틀은 마법 같았다. 존 인디언이 권위를 부리지도 토라지지도 않고 익숙하게 스스로 온갖 일을 도맡았고, 나를 여신처럼 대했다. 옥수수

빵을 빚은 사람도, 스튜를 장만한 사람도, 아보카도와 분홍빛 속살의 구아버와 살짝 썩은 내를 풍기는 파파야를 얇게 저민 사람도 그였다. 그는 손수 깎아 삼각형 무늬로 장식한 숟가락과 함께 호리병박 그릇에 음식을 담아 침대로 가져다줬다. 그는 사람들이 둘러싸고 있다고 상상하며, 그 한가운데에서 뻐기듯 걸음을 옮기는 이야기꾼 노릇을 자처했다.

"짝, 짝, 준비됐나요? 여러분, 잠들었나요?"

그가 내 머리를 풀어서 다시 자기 방식으로 빗겼다. 그가 일랑일랑(열대 나무의 일종으로, 꽃에서 고급 향료를 채취한다—옮긴이) 향이 나는 코코넛 기름으로 내 몸을 문질렀다.

하지만 그렇게 보낸 이틀은 그저 이틀일 뿐이었다. 한 시간도 더 연장되지 않았다. 수요일 아침, 수재나 엔디콧이 문을 쾅쾅 두드렸고, 우리 귀에 심술궂은 그 목소리가 들렸다.

"존 인디언, 오늘이 우편 업무 보는 날이라는 건 기억하지? 그런데 넌 아내 몸에 불이나 지피고 있구나!"

존이 침대에서 펄쩍 뛰어내렸다.

나는 훨씬 더 느릿느릿 옷을 입었다. 저택에 도착하자 수재나 엔디콧이 부엌에서 아침을 들고 있었다. 오트밀 한 사발과 메밀 빵 한 조각. 그녀가 벽에 붙여놓은 둥그런 물건을 손가락으로 가리키며 물었다.

"시간은 읽을 줄 아나?"

"시간요?"

"그래, 이 한심한 것아, 이건 추시계란 거야. 매일 아침 6시에 일을 시작해야 한다!"

그러더니 양동이, 빗자루, 바닥 솔을 내게 가리켰다.

"자, 이제 가서 일해!"

저택은 방이 열두 개였고, 사망한 조지프 엔디콧의 의복을 가죽 가방에 담아서 층층이 쌓아놓은 다락방이 하나 더 있었다. 그 남자가 아름다운 의복을 사랑했다는 건 분명해 보였다.

치마가 더러워지고 물에 젖은 채 지쳐 비틀거리면서 아래층으로 내려가자, 수재나 엔디콧이 친구들과 함께 차를 마시고 있었다. 대여섯 명 되는 그 여자들 모두, 상한 우유 색깔의 피부에 머리를 뒤로 바싹 당겨 묶고 숄 끝자락은 허리춤에서 매듭지은 모습이 수재나 본인과 흡사했다. 눈동자 색깔이 다채로운 그 여자들이 겁에 질린 표정으로 나를 뚫어져라 바라봤다.

"대체 어디서 튀어나왔답니까?"

수재나 엔디콧이 부러 장엄한 어조로 익살맞게 말했다.

"존 인디언의 반려랍니다!"

여자들이 다 같이 탄성을 질렀고 그중 하나가 항의했다.

"댁의 지붕 밑에! 내 의견은, 수재나 엔디콧, 그 녀석에게 늘 너무 많은 자유를 준다는 거예요! 검둥이라는 걸 잊었나요!"

수재나 엔디콧은 어깨를 으쓱 올리며 너그러운 몸짓을 취했다.

"그 아이에게 필요한 게 집에 있는 편이 더 낫죠. 이곳저곳 싸돌아다니며 정액을 쏟느라 몸이 허해지는 것보다는요!"

"적어도 기독교인이긴 한 거죠?"

"존 인디언이 기도를 가르쳐주겠답니다."

"둘을 결혼시킬 생각이세요?"

내게 놀라움과 반감을 불러일으킨 건 그들이 주고받는 대화 내용이 아니라 그 태도였다. 문턱에 가만히 서 있는 내가 마치 존재하지 않는 것만 같았다. 그들은 나에 대해 말을 하는 동시에 나를 무시했다. 인간

지도에서 나를 말소해버렸다. 나는 비존재였다. 보이지 않는 존재. 보이지 않는 존재들보다도 더 보이지 않는 존재. 적어도 보이지 않는 존재들은 사람들이 두려워하는 능력이라도 갖추고 있지 않은가. 티투바, 티투바는 그 여자들이 허용하는 꼭 그만큼의 실재감밖에 없었다.

그건 끔찍했다.

티투바는 추하고, 뚱뚱하고, 열등한 존재가 되었다. 그 여자들이 그러기로 결심해서였다. 내가 정원으로 나가는데, 그 여자들이 나를 모른 체하면서도 얼마나 요모조모 솔기까지 뒤집어가며 관찰했는지를 보여주는 말들이 귀에 들려왔다.

"피가 거꾸로 돌게 만드는 소름 끼치는 시선이네요."

"마녀의 눈이죠. 수재나 엔디콧, 조심해요."

나는 집으로 돌아가 진이 빠져 베란다에 털썩 앉았다.

잠시 후 한숨 소리가 들려왔다. 다시 어머니였다. 이번에는 어머니를 향해 몸을 돌리고 표독스럽게 쏘아붙였다.

"이 땅 위에서 살 때 사랑을 안 해봤나요?"

어머니는 머리를 끄덕였다.

"그는 날 끌어내리지는 않았지. 정반대였어. 야오의 사랑은 나 스스로에 대한 존중과 믿음을 되돌려줬단다."

그러더니 그녀는 흐드러진 개양귀비꽃 무덤가에 슬프게 몸을 사렸다. 나는 가만히 있었다. 내가 해야 할 동작이라고는 고작 몇 가지뿐이었다. 일어서기, 내 빈약한 옷 보따리를 집어 들기, 밖으로 나와 문 닫기, 오먼드강으로 난 길을 되짚어가기. 어쩌랴! 나는 그러지 못했다.

노예선에서 무더기로 노예들이 내리면 브리지타운의 상류사회 전체가 모여들어 그들이 걷는 모습이나 표정, 자세 등을 놓고 입을 모아 놀려대곤 했는데, 그 노예들조차 나보다는 더 자유로웠다. 그들 스스로 사슬을 선택한 게 아니니까. 그들이 전적으로 본인들의 의지에 따라서 웅장하고 날뛰는 바다를 향해 걸어 나와, 스스로를 노예 상인에게 넘겨주고 낙인을 찍으라고 등판을 내어준 건 아니지 않은가.

그런 일을 바로 내가 저질렀다.

"나는 전능하신 아버지 하나님, 천지의 창조주를 믿습니다. 나는 그의 유일하신 아들 우리 주 예수 그리스도를 믿습니다⋯⋯."

나는 발작적으로 고개를 저었다.

"존 인디언, 그런 건 따라 할 수 없어!"

"따라 해, 귀염둥이! 노예에게 중요한 건 살아남는 거라고! 따라 해, 여왕님. 설마 내가 그런 걸, 그들이 이야기하는 삼위일체를 믿는다고 생각하는 거야? 서로 다른 세 사람이 한 명의 신 안에 있다는? 그런데 그런 건 중요하지 않아. 그런 척하는 게 중요하지. 따라 해!"

"할 수 없어!"

"따라 해, 귀염둥이, 갈기털이 무성한 암망아지! 중요한 건, 급류 위의 뗏목과 닮은 이 커다란 침대에 우리 둘이 함께 있다는 거 아니겠어?"

"모르겠어! 모르겠어!"

"귀염둥이, 여왕님, 중요한 건 그것뿐이야. 내 말을 믿어! 그러니까 내 말을 따라 하라고!"

존 인디언이 억지로 내 두 손을 그러모았고 나는 그의 말을 따라 했다.

"나는 전능하신 아버지 하나님, 천지의 창조주를 믿습니다⋯⋯."

하지만 이런 말들은 내게 아무런 의미가 없었다. 이런 것들은 만 야야가 내게 가르쳐줬던 것들과 아무런 공통점이 없었다.

수재나 엔디콧이 존 인디언의 진정성을 믿지 않았기 때문에 직접 내게 교리문답 암송을 가르치고 자신의 성스러운 책에 나오는 말들을 설명하겠다고 나섰다. 매일 오후 4시에 가보면, 반드시 성호를 긋고 짤막한 기도를 중얼거리고 나야만 펼쳐보는 두툼한 가죽 제본 책 위에 두 손을 모아 올려놓고 나를 기다리는 그녀의 모습을 볼 수 있었다. 나는 그녀 앞에 선 채로, 내 나름의 말을 해보려고 애를 썼다.

그 여자가 내게 미치는 영향을 어떻게 설명해야 할지 모르겠다. 그 여자 앞에서는 몸이 굳었다. 그 여자는 공포를 불러일으켰다.

그 바다 색깔의 눈길을 받으면 아무런 힘을 쓸 수 없었다. 나는 그저 그녀가 원하는 대로의 존재일 뿐이었다. 역겨운 피부색에 멀대같이 키만 큰 검둥이. 나를 사랑하는 존재들에게 도움을 요청해도 소용없어서, 그들은 내게 전혀 도움을 주지 못했다. 수재나 엔디콧에게서 멀어지면 스스로를 꾸짖고 질책하며 다음번 만남에서는 저항하리라고 맹세했다. 심지어 그녀가 던지는 질문들에 대해 의기양양하게 내놓을 수 있는 불손하고 빈정거리는 대답들을 생각해두기까지 했다. 어쩌랴! 나의 오만함이 나를 버리는 데는 그녀 앞에 나서는 것으로 충분했다.

그날, 부엌문을 열었을 때 수업을 위해 그곳에 있던 그녀가 바라보는 눈길에서, 즉각 그녀가 무시무시한 병기를 갖고 있고 곧 그 무기를 휘두르겠다는 경고를 보내고 있음을 알아차렸다. 어쨌든 수업은 평소처럼 시작됐다. 나는 용감하게 입을 뗐다.

"나는 전능하신 아버지 하나님, 천지의 창조주를 믿습니다……."

그녀는 내 말을 가로막지 않았다.

내가 두서없이 더듬거리고 영어의 매끄러운 음절들에 걸려 비틀거리는 대로 내버려뒀다. 암송을 마치고, 마치 뛰어서 산에 올랐을 때처럼 숨이 턱에 차서 입을 다물자, 그녀가 내게 말했다.

"혹시 농장주를 죽인 그 아베나의 딸이 아닌가?"

나는 항의했다.

"죽이지 않았어요, 마님! 그저 상처를 입혔을 뿐이죠!"

수재나 엔디콧은 이런 미묘한 차이를 강조하는 궤변 따위는 전혀 중요하지 않다는 듯 미소를 짓더니 말을 이어갔다.

"너를 키운 자는 자기 나라에서는 마녀였고, 이곳에서는 만 야야로 불린 나고 출신의 어떤 검둥이였지 않나?"

나는 더듬으며 말했다.

"마녀라니요! 마녀라니요! 그분은 치료하고 치유했어요!"

그녀의 미소가 좀 더 뚜렷해졌고, 그 얄팍하고 창백한 입술이 파르르 떨렸다.

"존 인디언도 이 사실을 알고 있나?"

나는 가까스로 대꾸했다.

"거기에 숨길 만한 게 뭐가 있다고요?"

그녀가 다시 책을 향해 눈길을 떨어뜨렸다. 그 순간, 존 인디언이 부엌용 장작을 들고 들어왔다가 너무나 초췌해진 나의 모습을 보고, 뭔가 무시무시한 일이 벌어지고 있음을 눈치챘다. 어쩌랴! 오래지 않아 그에게 무슨 일이 벌어졌는지 털어놓을 수 있었다.

"알아! 내가 누군지 알더라고!"

그의 몸이 전날 죽은 사람의 몸뚱어리처럼 뻣뻣하고 차갑게 굳었다. 그가 중얼거렸다.

"네게 뭐라고 했는데?"

그에게 사건의 전말을 이야기해주자, 그가 반쯤 정신이 나간 상태로 속삭였다.

"사탄과 정을 통했다고 고소당한 노예 두 명이 있었어. 더턴 주지사가 그 둘을 브리지타운 광장에서 화형에 처했는데, 그 일이 벌어진 지 1년도 채 안 됐어. 백인에게 마녀가 의미하는 게 바로 그거야……!"

내가 항의했다.

"사탄이라니! 이 집에 발을 들여놓기 전에는 그 이름조차 몰랐는데."

그가 빈정거렸다.

"법정에 가서 그런 소리를 해보라고!"

"법정?"

존 인디언이 느끼는 공포가 얼마나 엄청났는지, 그의 심장이 펄떡거리는 소리가 방 안에 울렸다. 내가 그를 윽박질렀다.

"설명을 해봐!"

"넌 백인들을 몰라! 그 여자가 너를 마녀라고 믿게 만들면 그들은 화형대를 세우고 널 그 위에 올릴 거야!"

그날 밤, 함께 살게 된 뒤로 처음, 존 인디언은 사랑의 행위를 하지 않았다. 나는 그의 곁에서 활활 타오르는 몸으로, 그토록 많은 쾌락을 안겨줬던 대상을 찾아 손을 뻗으며 몸을 꼬아댔다. 하지만 그는 나를 밀쳐 냈다.

밤이 길게 이어졌다.

세찬 바람이 종려나무 꼭대기 위를 지나가며 울부짖는 소리가 들렸다. 거친 파도가 철썩이는 소리가 들렸다. 돌아다니는 검둥이들을 냄새로 찾아내도록 훈련받은 개들이 짖어대는 소리가 들렸다. 수탉들이 동이 터옴을 알리며 소란을 떠는 소리가 들렸다. 그러고는 존 인디언이 일어나 한마디 말도 없이, 내게 주기를 거절했던 육신을 옷 속에 가뒀다.

눈물이 쏟아졌다.

아침결에 해야 할 노역을 시작하려고 부엌에 들어가자 수재나 엔디콧이 목사 부인 벳시 잉거솔과 한창 대화 중이었다. 두 여자가 각자 김이 오르는 오트밀 사발을 앞에 놓고 서로 머리가 닿을 정도로 머리를 맞댄 채 내 이야기를 하는 중임을 알 수 있었다. 존 인디언이 옳았다. 음모가 획책되고 있었다.

법원에서 노예의 말, 더욱이 해방 노예의 말은 중요하지 않았다. 우리가 목청이 터져라 외쳐도, 사탄이 누구인지 모른다고 주장해도 소용없을 거다. 그 누구도 우리 말에 주의를 기울이지 않을 테니까.

스스로를 보호해야겠다는 결심을 한 것도 바로 그때였다.

더 이상 지체하지 말자.

오후 3시, 찌는 듯이 더울 때 밖으로 나갔으나, 찌르듯 따가운 햇살마저 느껴지지 않았다. 존 인디언의 집 뒤에 위치한 텃밭으로 내려가 기도에 빠져들었다. 이 세상에는 수재나 엔디콧과 나, 우리 둘 다를 위한 자리란 없었다. 둘 중 하나가 불필요한데, 그건 내가 아니었다.

4

밤새 불렀잖아요. 왜 이제야 오는데?

"고문으로 남편을 잃은 노예를 위로하느라고 섬 저편에 있었단다. 그
들이 채찍질을 하고 상처에 고추를 쏟아부었단다. 그러고는 성기를 뽑
아버렸지."

다른 때 같았다면 격렬한 분노가 일었을 그런 이야기에도 무덤덤했
다. 나는 열성적으로 다시 말을 이었다.

"그 여자가 가장 끔찍한 고통을 느끼면서, 그리고 그게 나 때문임을
알면서 서서히 죽어가면 좋겠어요."

만 야야가 고개를 저었다.

"복수하겠다는 생각에 끌려다니지 마라. 동족을 섬기고 그들을 안심
시키는 데 네 기예(技藝)를 써야지."

내가 항의했다.

"하지만 그 여자가 전쟁을 선포했다고요! 그 여자가 내게서 존 인디
언을 빼앗아 가려고 해요!"

만 야야가 서글프게 웃었다.

"어쨌든 그를 잃게 될 거다."

내가 더듬거리며 물었다.

"아니, 어떻게요?"

그녀는 마치 방금 입 밖으로 흘러나간 말에 아무것도 덧붙이고 싶지 않다는 듯이 대답하지 않았다. 내가 엄청난 충격에 휩싸인 걸 보고 우리 곁에 같이 있던 어머니가 나지막하게 말했다.

"아프게 잃게 될 텐데, 정말로! 그 검둥이 녀석 때문에 산전수전 겪게 될 거야."

만 야야가 어머니에게 질책의 눈길을 던지자 어머니가 입을 다물었다. 어머니가 한 말은 못 들은 척하는 쪽을 택하고, 만 야야를 향해 몸을 돌려 그녀만을 상대로 물었다.

"도와줄 거죠?"

어머니가 다시 말했다.

"허랑하고 뻔뻔해! 그 검둥이는 그저 허랑하고 뻔뻔스러운 놈이야!"

결국, 만 야야가 어깨를 으쓱했다.

"뭘 해주길 바라는데? 가르쳐줄 수 있는 건 전부 다 가르쳐주지 않았니? 게다가 곧 널 위해 아무것도 해줄 수 없게 될 거다!"

진실을 직시할 수밖에 없게 되어, 어쩔 수 없이 물었다.

"무슨 말이 하고 싶은 거예요?"

"넌 너무 멀리 떨어져 있게 될 거야. 물을 건너자면 너무나 많은 시간이 필요할 텐데! 게다가 그 일은 무척 어려울 거고!"

"왜 물을 건너야 한다는 거죠?"

어머니가 눈물을 쏟았다. 놀라워라! 살아서는 애정을 드러내며 나를 대했던 적이 거의 없던 그 여자가 저세상에서는 나를 보호하려고 들고, 심지어는 그게 지나칠 정도가 되었다. 살짝 짜증이 난 나는 완전히 등을 돌리고, 또다시 물었다.

"만 야야, 대체 왜 나를 보려면 물을 건너야 한다는 거죠?"

만 야야는 대답이 없었고, 나에 대한 애정에도 불구하고 유한한 인간이라는 나의 조건 때문에 그녀가 어쩔 수 없이 어느 정도 조심성을 보여야 한다는 사실을 알아차렸다.

그 침묵을 받아들이기로 한 나는 다시 원래의 관심사로 돌아갔다.

"수재나 엔디콧이 죽어버리면 좋겠어요!"

어머니와 만 야야가 동시에 일어섰고, 만 야야가 기운 빠진 목소리로 말했다.

"그 여자가 죽는다 해도 네 운명은 제 갈 길을 갈 거다. 그리고 네 마음만 탁해지겠지. 죽이고 파괴하는 것 말고는 아는 게 없는 그들처럼 될 텐데. 불편하고 창피한 병에 걸리는 정도로만 해!"

두 형체가 멀어져가자, 홀로 남은 나는 어떤 행동을 취할지 곰곰이 생각했다. 불편하고 창피한 병이라고? 어떤 병을 고를까? 황혼이 되어 존 인디언이 돌아왔는데도 여전히 결론을 내지 못한 상태였다. 내 남자는 공포에서 완전히 벗어난 듯 보였고, 깜짝 선물까지 갖고 왔다. 어떤 영국인 장사꾼에게서 구입한 연보랏빛 벨벳 리본으로, 손수 머리카락에 달아줬다. 나는 만 야야와 어머니 아베나가 그에 대해 부정적인 말들을 했던 생각이 나서 안심이 되는 말을 꼭 듣고 싶었다.

"존 인디언, 날 사랑해?"

그가 달콤한 말을 속삭였다.

"내 목숨보다 더. 수재나 엔디콧이 우리 귀에 못이 박히게 읊어대는 그 신보다도 더! 그렇지만 네가 무섭기도 해……."

"내가 왜 무서워?"

"네 성격이 격렬하다는 걸 알고 있으니까! 종종 넌, 이 섬을 할퀴고 가면서 야자나무를 뽑아버리고 납빛 띤 회색 파도를 하늘 끝까지 솟구치게 만드는 폭풍 같아."

"닥쳐! 사랑이나 해줘!"

이틀 뒤, 수재나 엔디콧은 목사 부인에게 차를 대접하다가 극심한 경련을 일으켰다. 목사 부인이 장작을 패고 있던 존 인디언을 소리쳐 부르려고 문 앞에 나가 서자마자, 악취를 풍기는 오줌 줄기가 그 정숙한 가정주부의 허벅지를 따라 흘러내렸고, 마룻바닥 위로 거품이 이는 물웅덩이가 생겨났다.

옥스퍼드 대학에서 수학했고《보이지 않는 세계의 경이》라는 책을 출간한 과학자 폭스 의사가 불려 왔다. 그 의사를 선택한 것에 저의가 없지는 않았다. 수재나 엔디콧의 병은 너무나 급작스러워서 의심을 불러일으키지 않을 수가 없었다. 전날만 해도, 그 꼿꼿한 허리에 숄 자락을 묶고, 머리에는 보닛을 쓰고서 아이들에게 교리문답을 가르쳤더랬다. 전날만 해도, 존 인디언에게 들러서 시장에 내다 팔 계란들에다가 파란색으로 십자가를 표시했더랬다. 어쩌면 그 여자는 주변 사람들에게 내가 뭔가 의심스럽다는 이야기를 했던 걸까? 어쨌든 폭스가 와서 그 여자를 머리부터 발끝까지 진찰했다. 기저귀에서 올라오는 끔찍한 악취가 불쾌했지만 그런 내색을 전혀 하지 않고 거기 틀어박혀서 그녀와 함께 거의 세 시간을 보냈다. 아래층으로 내려온 그가 목사, 그리고 몇몇 암양들에게 알아들을 수 없는 말을 지껄여대는 소리가 들려왔다.

"크든 작든, 악마가 그녀를 빨아서 생겼을 법한 돌출 부위는 몸의 그 어떤 은밀한 부위에서도 찾지 못했어요. 마찬가지로 벼룩에 물린 듯한 붉거나 푸른 반점도 전혀 찾지 못했답니다. 물렸으나 출혈은 없을 듯한 미세한 자국은 더더욱 그렇고요. 그래서 그 어떤 결정적 증거도 내놓을 수 없군요."

더러운 기저귀를 찬 갓난쟁이가 되어버린 적의 완전한 참패를 지켜볼 수 있었다면 얼마나 좋았을까! 하지만 음식 쟁반이나 요강을 올리고 내리느라 종종걸음을 치는 그녀의 충실한 친구 한 명을 들여보내고 내보낼 때에만 방문이 열렸다.

속담에도 나와 있지 않던가. "고양이가 없으면 쥐들이 춤판을 벌인다!"

수재나 엔디콧이 병상에 누운 뒤 돌아온 토요일에, 존 인디언이 댄스파티를 열었다! 내가 노인네하고만 생활하며 커서 음울한 편이고 존은 그와는 다르다는 건 알고 있었지만, 그렇게나 친구가 많으리라는 건 짐작도 못 했다! 도처에서, 심지어 세인트루시나 세인트필립처럼 구석진 곳에서부터 찾아온 사람들도 있었다. 어떤 노예는 이틀이나 걸려서 코블러스 록에서부터 찾아왔다.

여전히 마드라스 천으로 만든 멋진 두건을 두른 그 키 큰 혼혈 여인도 방문객들 틈에 섞여 있었다. 그 여자는 내게 다가오지는 않고, 마치 자신이 강적을 만났다는 걸 알고 있는 듯 그저 분노로 번쩍이는 눈길을 던지는 걸로 만족했다. 남자들 중 한 명이 주인의 창고에서 럼 한 통을 몰래 빼 와서 나무망치로 통을 열었다. 술이 두어 순배 돌고 나자 사람들이 달아오르기 시작했다. 옹이 진 기다란 장대 같은 콩고 사람이 탁자 위로 뛰어 올라가더니 목청껏 수수께끼를 내기 시작했다.

"내 말을 들어봐, 검둥이들! 잘 들어보라고! 나는 왕도 왕비도 아니야.

하지만 사람들이 떨어. 나는 누굴까?"

그곳에 있던 사람들이 폭소를 터뜨렸다.

"럼, 럼!"

"아무리 작아도 집 안을 밝힌다면?"

"촛불, 촛불!"

"빵을 갖고 오라고 마틸다를 보냈는데, 마틸다는 안 오고 빵이 먼저 왔다면?"

"야자 열매지, 야자 열매! 따려고 올라가면 톡 떨어져버리잖아"

이런 야단법석에 익숙하지 않은 나는 겁이 났고 사람들이 뒤죽박죽 뒤섞여 있는 게 역겨웠다. 존 인디언이 내 팔을 잡았다.

"그런 표정 짓지 마. 그러면 친구들이 네가 잘난 척하는 여자라고 입 방아들을 찧을 거야. 피부는 검은색이나 그 아래 하얀색 가면을 쓰고 있다고 할 거라고……."

내가 속삭였다.

"그런 게 아니야. 하지만 누군가 이 시끄러운 소리를 듣고서 무슨 일인지 보러 올지도 모르잖아."

그가 웃었다.

"그러면 어때. 주인이 뒤돌아서자마자 검둥이들이 술에 잔뜩 취해 춤판을 벌이고 흥청망청 먹어댈 거라고 생각하고 그걸 기대한다고. 검둥이의 역할을 완벽하게 해내야지."

나로서는 그런 말이 전혀 재미있지 않았지만, 그는 내게 더 이상 관심을 기울이지 않고 휙 돌아서서 광란의 마주르카 춤에 급하게 끼어들었다.

파티는 노예들이 수재나 엔디콧이 오줌에 절어 누워 있는 집 안으로 몰래 숨어 들어가서 그녀의 죽은 남편이 입던 옷들을 한 아름 들고 돌아 왔을 때 정점을 찍었다. 그 옷을 주워 입은 노예들이 그런 신분의 남자들 특유의 점잔 빼고 거들먹거리는 태도를 흉내 냈다. 그중 한 명이 손수건을 목에 둘러 매듭을 짓더니 목사 흉내를 내기 시작했다. 책을 펼쳐 책장을 넘기는 척하다가, 기도문을 읊을 때의 어조로 음란한 말들을 계속해서 읊조렸다. 모두 눈물이 흐를 정도로 웃어댔고, 그 누구보다도 존 인디언이 가장 먼저 웃었다. 그러더니 그 가짜 목사가 술통 위로 뛰어올라가 목소리를 키웠다.

"티투바와 존 인디언, 두 사람의 혼인을 거행하겠습니다. 이 둘의 결합이 이루어져서는 안 될 이유를 아시는 분은 앞으로 나와서 발언하세요."

마드라스 천으로 만든 두건을 쓴 키 큰 혼혈 여자가 앞으로 나와 손을 들었다.

"제가, 제가 하나 알고 있습니다! 존 인디언은 동전 두 개가 서로 꼭 닮은 만큼 본인과도 꼭 닮은 사생아 둘을 제게 만들어줬습니다. 그리고 제게 결혼을 약속했다고요."

농담이긴 하지만 썰렁해질 수도 있었을 것이다. 그런데 전혀 그러지 않았다. 새로이 웃음 폭풍이 휘몰아쳤고, 급조된 목사는 계시를 받았다는 표정으로 선포했다.

"우리 모두 아프리카에서 왔는데, 그곳에서는 자신이 원하는 만큼, 두 팔로 포옹할 수 있는 만큼 여자를 가질 권리가 누구에게나 있습니다. 평화가 당신과 함께하기를. 존 인디언, 이제 당신의 검둥이 여자 둘 다를 데리고 사세요."

모두 박수를 쳐대는 와중에 누군가 우리 둘을, 혼혈 여자와 나를 존 인디언의 가슴팍으로 확 밀어버렸고, 그러자 존 인디언이 우리 둘에게 마구 입맞춤을 해댔다. 웃는 척했지만 내 몸 안의 피가 전부 부글부글 끓었다는 사실을 털어놓지 않을 수 없다. 혼혈 여인은 춤추고 있는 다른 남자의 품 안으로 날아가면서 이런 말을 던졌다.

"이봐요, 남자들이란 나눠 가지라고 있는 거예요."

나는 아무런 대답 없이 베란다로 나갔다.

그 난리법석은 새벽까지 지속됐다. 이상하게도, 그 누구도 우리에게 조용히 하라는 명령을 내리러 오지 않았다.

이틀 뒤, 수재나 엔디콧이 우리, 존 인디언과 나를 불러들였다. 등에 베개를 댄 채 침대에 앉아 있는데, 피부는 이미 그녀의 오줌색만큼이나 누랬고, 얼굴은 몹시 여위었으나 평온해 보였다. 그녀를 보러 오는 사람들의 후각을 생각해서 창문을 활짝 열어놓은 덕분에 온갖 역겨운 기운이 바다 내음에 잠겨 정화되고 있었다. 그녀가 똑바로 쳐다보자 나는 이번에도 그 시선을 버텨내지 못했다. 그녀가 한 음절 한 음절 또박또박 발음했다.

"티투바, 마술을 써서 나를 이런 상태로 몰아넣은 게 바로 너라는 걸 알고 있다. 폭스 선생이나 책에서 학식을 얻은 사람들 모두를 속여 넘길 정도로 노련하더구나. 하지만 날, 네가 날 속일 수는 없다. 오늘은 너의 승리라고 말해주지. 까짓, 좋아! 다만, 내일은, 너도 알겠지, 내 거고 난 복수할 거다, 아! 네게 복수할 거야!"

존 인디언이 징징대기 시작했지만 그녀는 어떤 관심도 주지 않았다. 그저 벽을 향해 돌아누움으로써 우리에게 면담이 끝났음을 알렸다.

오후에 들어서자 어떤 남자가 그녀를 보러 왔다. 브리지타운 거리에서, 사실대로 말하자면 그 어디에서도 본 적 없는 그런 사람이었다. 키가 크고, 아주 크고, 머리에서 발끝까지 검은색으로 휘감았고, 얼굴은 백묵처럼 흰색이었다. 그가 계단을 오르려다가, 빗자루와 양동이를 들고 흐릿한 빛 속에 잠겨 있던 내게 잠깐 시선을 주었다. 하마터면 뒤로 나자빠질 뻔했다. 수재나 엔디콧의 시선에 대해 말한 적이 이미 여러 번이지만, 이번에야말로! 그 푸르스름하고 차가운 눈동자를, 교활하고 음흉하며 도처에서 악을 보기 때문에 악을 만들어내는 그 두 눈동자를 상상해보라. 마치 뱀이나 심술궂고 해로운 그 어떤 파충류와 맞닥뜨린 듯했다. 대뜸, 그들이 우리 귀에 못이 박히도록 악마 얘기를 하고 또 해주더니만, 바로 그 악마가 길을 잘못 들게 하고 길을 잃게 만들고 싶은 사람들이 있을 때 꼭 그렇게 뚫어져라 바라보리라는 강한 확신이 들었다.

그가 입을 여는데, 그 목소리 또한 시선과 같아서 차갑고 찌르는 듯했다.

"검둥이, 그렇게 나를 보는 이유가 뭐지?"

나는 시선을 거두었다.

그러고는 몸을 움직일 기운을 되찾자마자 존 인디언에게로 달려갔다. 그는 춤곡을 흥얼거리며 베란다에서 여러 자루의 칼을 갈고 있었다. 나는 그에게 바싹 몸을 갖다 대고, 겨우 중얼거렸다.

"존 인디언, 방금 사탄을 만났어!"

그가 어깨를 으쓱댔다.

"저런! 이젠 기독교 신자처럼 말을 하네!"

그러다가 내가 불안해한다는 걸 알아차리고는 끌어당겨 안아주며 다정하게 말했다.

"사탄은 햇빛을 좋아하지 않아. 네가 놈이 걸어 다니는 모습을 보게 된다면 그건 햇살이 가득할 때는 아닐 거야. 놈은 밤을 좋아한다고……."

나는 그 뒤의 시간을 불안에 시달리며 보냈다.

처음으로 나의 무능함이 저주스러웠다. 나의 기예가 완성되고 완벽해지려면 아직 많이 부족했으니까. 인간의 대지를 너무 빨리 떠나는 바람에 만 야야에게는 나를 가장 높고 가장 복잡한 세 번째 단계로 입문시킬 겨를이 없었다.

보이지 않는 힘과 교감할 수 있고 그들의 도움을 받아 현재의 흐름을 바꿀 수는 있지만, 미래를 예고하는 신호들을 해독하는 법은 몰랐다. 내게 미래란, 공기도 빛도 마음대로 돌아다닐 수 없을 정도로 몸통들이 서로 뒤엉켜 있는 나무들로 빽빽하게 뒤덮인 채 회전하는 천체와 같았다.

느끼고 있었다. 무시무시한 위험이 나를 위협하고 있음을. 하지만 그런 위험이 무엇인지 정확한 이름을 댈 수는 없었다. 그리고 알고 있었다. 나의 어머니 아베나도 만 야야도 내게 깨우침을 주기 위해 개입할 수 없으리라는 것을.

그날 밤 사이클론이 몰아쳤다.

저 멀리서부터 다가오는 소리가, 점점 거세어지고 격렬해지는 소리가 들려왔다. 정원의 붉은솜나무가 맞서다가 자정쯤 꺾였고, 그 바람에 꼭대기 부분의 나뭇가지들이 부러지면서 무시무시한 굉음이 발생했다. 바나나 나무들은 얌전히 몸을 뉘었고, 아침에 나가보니 흔치 않은 황폐한 광경이 기다리고 있었다.

이런 자연재해가 발생하니 수재나 엔디콧이 내뱉은 위협이 더더욱 무섭게 다가왔다. 내가 저지른 일을 어쩌면 조금 이를지 모르지만 수습하고, 그 고집이 대단한 가정부인을 치료해줘야 하는 게 아닐까?

내가 그러고 있을 때, 그러니까 앞으로 어떤 행동을 취할지에 대해 곰곰이 생각해보고 있을 때, 벳시 잉거솔이 와서 주인이 우리를 들어오라고 한다고 알렸다.

마지못해 그 심술궂은 여자 앞에 나섰다. 핏기 없는 입술이 양옆으로 늘어나면서 떠오르는 그 교활한 미소에서 좋은 징조라고는 하나도 읽을 수 없었다. 그녀가 입을 뗐다.

"죽음이 가까이 왔어……."

존 인디언은 요란스러운 울음을 터뜨리는 것이 마땅하다고 여겼지만, 그녀는 아무런 관심도 주지 않고 계속 할 말만 했다.

"이런 경우에 주인의 의무는 하나님이 자신에게 책임을 지웠던 사람들의 앞날을 배려하는 거지. 그러니까 자식들과 노예들 말이다. 나는 어머니가 되는 기쁨을 맛보질 못했어. 하지만 너희 둘, 내가 거느렸던 노예들을 위해 새 주인을 물색해뒀다."

존 인디언이 더듬거리며 말했다.

"새 주인이라니요, 마님!"

"그래, 너희들의 영혼에 대해 관심을 가져줄 하나님의 사람이다. 새뮤얼 패리스라는 이름의 목사야. 이곳에서 무역을 해보려고 했지만 사업이 잘되지 않았어. 그래서 보스턴으로 떠날 거다."

"보스턴이라고요, 주인님?"

"그래, 아메리카 식민지에 있지. 그를 따라나설 채비를 하거라."

존 인디언은 겁에 질렸다. 그는 어린 시절부터 수재나 엔디콧의 소유였다. 그녀가 기도서를 읽고 이름 쓰는 법을 가르쳐줬더랬다. 그는 언제가 됐든 그녀가 해방 얘기를 꺼낼 거라고 믿고 있었다. 하지만 그러기는 커녕, 대뜸 그를 팔았다는 소식을 전해왔다. 주여, 누구에게? 아메리카

에서 한재산 일구려고 바다를 건넌다는 낯선 이에게……. 아메리카라
고? 아메리카로 간 사람이 그 누가 있었던가?

나는 수재나 엔디콧의 끔찍스러운 셈속을 이해했다. 과녁은 나, 오로
지 나였다. 아메리카로 추방되는 것은 바로 나였다. 태어나고 자란 땅으
로부터, 사랑하는 사람들로부터 떼어놓으려는 것은 바로 나. 그런데 내
게는 그들을 곁에 두는 게 필요했다. 그녀는 내가 대꾸할 말을 잘 알고
있었다. 내가 써먹을 수 있는 대응책을 모르지 않았다. 그래, 이렇게 받
아칠 수 있었다.

"싫어요, 수재나 엔디콧! 내가 존 인디언의 아내라지만, 나를 산 건 아
니잖아요. 어떤 소유권도 없으니 의자, 서랍장, 침대, 깃털 이불과 함께
나를 소유 품목으로 열거할 순 없어요. 따라서 나를 팔 수도 없고, 보스
턴의 그 신사가 내게 소중한 것들을 가져갈 수도 없다고요."

그랬다. 하지만 그렇게 말한다면 존 인디언과 헤어져야 하리라! 수재
나 엔디콧은 잔인함에 있어서는 탁월했지 않나? 우리 둘 중 누가 더 무
시무시했나? 결국 병마와 죽음은 인간의 삶 속에 새겨져 있어서 어쩌면
나는 수재나 엔디콧의 삶 안으로 그것들이 난입하는 순간을 더 앞당겼
을 뿐이지 않았을까! 그런데 그 여자, 그 여자는 내 삶의 나날을 갖고 무
슨 짓을 했나?

존 인디언이 털썩 엎드리더니 네 발로 침대 주위를 벌벌 기었다. 그래
봤자 아무 소용 없었다! 수재나 엔디콧은 양옆으로 쳐놓은 주름진 벨벳
휘장 때문에 액자처럼 보이는 캐노피 침대에 누운 채 요지부동이었다.

절망에 빠진 우리는 다시 아래층으로 내려갔다.

부엌에서는 목사가 야채 수프가 뭉근히 끓고 있는 화덕 앞에서 어떤
남자와 대화를 나누고 있었다. 우리의 발소리에 그 남자가 돌아보는 순

간, 전날 나를 그토록 두려움에 떨게 했던 바로 그 낯선 인물임을 알아본 내 전 존재가 공포에 질려 침묵에 잠겼다. 끔찍한 예감이 밀려들었고, 단조로우나 도끼질하듯 딱딱 끊어지고 억양이 없지만 치명적 폭력성이 가득한 목소리에 실려 나온 말들에서 그 예감이 확인됐다.

"무릎 꿇어, 지옥의 쓰레기들! 내가 너희들 새 주인이다! 이름은 새뮤얼 패리스. 내일 태양이 눈을 뜨자마자 블레싱호(號)를 타고 출발한다. 아내와 딸 벳시, 그리고 부모가 일찍 죽는 바람에 우리가 거둔 처조카 애비게일, 이 셋은 벌써 배에 올랐다."

5

새 주인은 밧줄과 통들이 널려 있는 갑판에서 엉큼한 선원들이 둘러서서 지켜보는 가운데, 무릎을 꿇리고 이마 위로 얼음장처럼 차가운 물줄기를 흘려보냈다. 그러더니 일어나라고 명령했고, 나는 그를 따라 존 인디언이 서 있는 배 뒤편으로 갔다. 그는 우리 둘에게 나란히 무릎을 꿇고 앉으라고 명령했다. 그가 다가오니, 그 그림자가 햇빛을 가리면서 우리를 덮었다.

"존과 티투바 인디언, 죽음이 너희를 갈라놓을 때까지 평화롭게 함께 살아가도록, 결혼의 신성한 인연으로 너희 둘이 결합되었음을 선언하노라."

존 인디언이 머뭇대며 화답했다.

"아멘!"

나로서는 한마디 말도 입 밖으로 낼 수 없었다. 두 입술이 서로 꼭 들러붙어버렸다. 찌는 듯한 무더위에도 불구하고 한기가 들었다. 말라리아, 콜레라 혹은 티푸스에 걸리려는 것처럼 어깨뼈 사이로 식은땀이 줄

줄 흘러내렸다. 새뮤얼 패리스가 불러일으키는 두려움이 너무나 엄청나서 감히 그가 있는 쪽은 쳐다보지도 못했다. 우리 주위의 바다는 새파랬고, 계속해서 이어지는 해안선 쪽은 어두운 녹색이었다.

6

새뮤얼 패리스가 내게 불러일으키는 공포심과 혐오감을 누군가는 공유하고 있었다. 오래지 않아 그러한 사실을 눈치챘는데, 바로 그의 아내 엘리자베스였다.

독특하게 예쁘장한 젊은 여자로, 소박한 보닛을 쓰고 있어서 가려지긴 했지만 아름다운 금발이 빛나는 후광처럼 얼굴 주위로 굽실댔다. 선실 안에 갇혀 있는 공기가 미지근한데도 불구하고 추위에 떠는 사람처럼 숄과 담요를 휘감고 있었다. 그녀가 미소를 짓더니 오먼드강 물처럼 쾌활한 목소리로 말을 걸어왔다.

"너로구나, 티투바가? 식구들하고 헤어져야 하다니, 네겐 정말 잔인한 일일 거야. 아버지, 어머니, 부족 사람들하고도……."

이런 동정을 받자 깜짝 놀랐다. 나는 유순하게 대답했다.

"다행스럽게도, 제겐 존 인디언이 있어요."

그녀의 섬세한 얼굴이 뒤틀렸다.

"남편이 매력적인 동반자가 될 수 있다고 생각하다니, 그 손이 닿아도

등줄기를 따라서 소름이 달리지 않는다니, 정말 다행이야!"

그러더니, 너무 많은 말을 했다는 듯이 갑자기 입을 다물었다. 내가 물었다.

"마님, 건강이 안 좋아 보이는군요! 어디 불편한 데라도 있나요?"

그녀가 전혀 즐거워 보이지 않는 웃음을 지었다.

"스무 명도 넘는 의사들이 침대 머리맡에 줄줄이 왔다 갔지만, 왜 아픈지 발견하지 못했어. 내가 아는 거라고는 내 삶은 고통이라는 게 전부야. 일어서면 머리가 빙글빙글 돈단다. 아이라도 가진 듯이 구역질이 나. 하지만 하늘이 자비를 베풀어서 아이는 하나만 주었지. 가끔은 참기 힘든 고통이 배 속을 훑고 간단다. 생리는 끔찍한 처벌이고, 두 발은 늘 두 개의 차가운 얼음장과 흡사하지."

그녀가 한숨을 내쉬며 좁은 침상 위로 다시 몸을 뉘더니, 거친 양털 담요를 목까지 끌어 올렸다. 가까이 다가가자 그녀가 곁에 앉으라고 손짓을 하더니 중얼거렸다.

"넌 정말 아름답구나, 티투바!"

"아름답다고요?"

나는 불신을 가득 담아 그 말을 내놓았다. 수재나 엔디콧과 새뮤얼 패리스가 내게 내밀었던 거울은 그 반대라고 생각하게 만들었으니까. 맺혔던 뭔가가 내 안에서 풀어졌고, 나는 저항할 수 없는 충동에 자극받아 제안했다.

"마님, 제가 치료해드려도 될까요!"

그녀가 미소를 짓더니 내 두 손을 잡았다.

"너보다 앞서 수많은 사람들이 애를 썼지만 성공하지 못했단다! 하지만 네 손이 부드럽기는 하구나. 잘린 꽃잎처럼 부드러워."

내가 놀렸다.

"검은 꽃을 본 적이 있기라도 한가 봐요?"

그녀는 잠깐 생각에 잠겼다가 대답했다.

"아니, 하지만 존재한다면 아마 네 손 같지 않겠니."

나는 놀랍게도 차가운 동시에 땀으로 축축한 그녀의 이마에 손을 올렸다. 무엇 때문에 아픈 걸까? 인간이 겪는 대부분의 고통이 그러하듯, 육신을 끌고 다니는 건 정신이리라는 짐작이 들었다.

그 순간 문이 거칠게 불쑥 열렸고, 새뮤얼 패리스가 들어왔다. 패리스 부인과 나, 둘 중에 누가 더 당황하고 누가 더 공포에 질렸는지 말하기는 힘들다. 새뮤얼 패리스는 손톱만큼도 목소리를 높이지 않았다. 그 백묵 빛깔 얼굴에 핏기가 오르지도 않았다. 그는 그저 이렇게 말했다.

"엘리자베스, 미쳤소? 이 검둥이가 옆에 앉게 내버려두다니? 티투바, 나가, 어서!"

나는 그 말에 따랐다.

갑판의 차가운 공기가 나를 질책하듯 덮쳤다. 뭐야? 말 한마디 꺼내보지도 못하고 그 남자가 나를 가축 다루듯이 하는데 내버려뒀단 말이야? 생각을 고쳐먹고 다시 선실로 돌아가려는데 여자아이 두 명과 시선이 마주쳤다. 두 아이는 치렁치렁한 기다란 검은색 드레스를 입고 있어서 그 위에 걸친 새하얀 좁다란 앞치마가 눈에 확 띄었고, 머리에는 머리카락 한 올 빠져나오지 않게 보닛을 쓰고 있었다. 그런 식으로 차려입은 아이들은 본 적이 없었다. 그중 하나는 방금 헤어진 그 여자, 가엾게도 틀어박힌 채 살아가는 그 여자의 판박이였다. 그 아이가 물었다.

"너로구나, 티투바가?"

아이의 말투에서 그 어머니의 우아한 억양을 가려낼 수 있었다.

두세 살 더 많아 보이는 다른 여자아이는 참아주기 힘든 오만한 태도로 나를 뚫어져라 쳐다봤다.

내가 부드러운 목소리로 말했다.

"아가씨들이 패리스 씨네 자녀들인가요?"

대답을 한 아이는 나이가 더 많은 쪽이었다.

"쟤는 벳시 패리스. 나는 애비게일 윌리엄스. 목사의 처조카야."

내게는 어린 시절이 없었다. 어머니가 매달렸던 교수대의 그림자가 근심 걱정 없이 놀면서 보냈어야 할 그 모든 세월을 그늘지게 했다. 물론 나와는 다른 이유에서였겠지만, 벳시 패리스와 애비게일 윌리엄스 또한 유년기를 빼앗겼음을, 경쾌함과 다정함이라는 그 자산을 영원히 박탈당했음을 알아챘다. 그 누구도 두 아이에게 자장가를 불러주지 않았고, 옛날이야기를 들려주지 않았고, 마법 같고 유익한 사건들로 상상력을 채워주지 않았음을 알아챘다. 그 두 아이에 대한, 특히 그토록 매혹적이고 무방비 상태인 어린 벳시에 대한 동정심이 우러났다. 그 아이에게 말했다.

"이리 와요. 잠자리를 봐드릴게. 굉장히 피곤해 보이네요."

다른 아이, 그러니까 애비게일이 재빨리 끼어들었다.

"도대체 뭔 소리를 지껄이는 거지? 쟤는 아직 기도도 올리지 않았는데. 쟤가 고모부한테 채찍으로 맞기를 바라는 거야?"

나는 어깨를 으쓱하고는 계속 걸음을 뗐다.

존 인디언은 갑판 뒤쪽에서 선원들에게 둘러싸인 채, 뭔 덜떨어진 소리를 주절대고 있는지 선원들의 감탄을 자아내고 있었다. 희한하게도, 우리가 너무나 사랑하는 바베이도스의 윤곽이 안개에 묻혀 지워지자 온몸으로 눈물을 쏟아냈던 존 인디언은 벌써 슬픔을 털어버렸다. 그는 선원들을 위해 온갖 힘든 일을 해줬고, 그렇게 해서 번 잔돈푼으로 노름판에 끼어들어 함께 럼주를 마셨다. 지금 그는 노예들의 오래된 노래를 가르쳐준다면서 그 듣기 좋은 목소리로 노래를 부르고 있었다.

"일어나라, 움직여라,

수탉이 노래하네, 꼬끼요꼬……."

아! 내 몸이 골라낸 이 남자는 얼마나 경박한지! 하긴, 내가 걸치고 있었던 상복처럼 그 역시 음울한 상복 차림이었더라면 그를 사랑하지 않았겠지.

그가 내가 가까이 다가가는 것을 보자, 가르치던 학생들이야 시끄럽게 항의하든 말든 내버려두고 급하게 내게로 왔다. 그가 내 팔을 잡고 속삭였다.

"우리 새 주인은 정말 이상한 사람이야! 상인으로 실패하고 난 뒤, 삶을 버려뒀던 바로 그곳에서 다시금 삶을 시작하려 하다니……."

내가 그의 말을 막았다.

"험담이나 듣고 있을 생각은 조금도 없어."

우리는 갑판을 한 바퀴 돌고 나서 보스턴 항을 향해 실려 가고 있는 사탕수수 통들이 쌓여 있는 곳 뒤편으로 몸을 피했다. 달이 떴는데, 그 온화한 달은 대낮의 태양만큼 밝은 빛을 뿌렸다. 나는 존 인디언에게 몸을 바싹 갖다 댔다. 우리 두 사람의 손이 서로의 몸을 찾고 있는데, 목재 바닥과 사탕수수 통들을 울리는 묵직한 발소리가 들렸다. 새뮤얼 패리스였다. 우리의 자세를 보고 그 창백한 뺨에 살짝 핏기가 돌더니 독살스럽게 말을 뱉었다.

"너희 피부 색깔이 저주받았음을 보여주는 확실한 표지이지만, 그래도 내 집 지붕 밑에서 사는 동안은 기독교인으로 행동해라! 와서 기도를 올려!"

우리는 복종했다.

패리스 마님과 어린 소녀 애비게일과 벳시는 이미 선실 안에서 무릎을 꿇고 있었다. 주인이 꼿꼿하게 서서 천장을 향해 두 눈을 들어 올리고 울부짖기 시작했다. 죄, 악, 악령, 사탄, 악마 등 이미 수도 없이 들었던 몇 가지 단어를 빼면 도대체 무슨 말을 하는지 거의 알아들을 수가 없었다. 가장 괴로운 순간은 고백의 순간이었다. 각자 커다란 목소리로 그날 저지른 죄를 털어놓아야만 했는데, 그 가여운 아이들이 더듬거리는 소리가 들려왔다.

"존 인디언이 갑판 위에서 춤추는 걸 봤어요."

"보닛을 벗고 햇살이 머리카락을 어루만지게 내버려뒀어요."

평소 하던 대로, 존 인디언은 온갖 어릿광대짓을 했다고 털어놓고 위기를 잘 빠져나갔다. 주인이 그저 이렇게 말하고 말았으니까.

"주님의 용서가 너와 함께한다, 존 인디언! 가서 다시 죄짓지 마라!"

내 순서가 됐는데 일종의 분노가, 어쩌면 새뮤얼 패리스가 불러일으킨 공포의 다른 면이었겠지만, 분노가 밀려들어서 단호한 목소리로 말하고 말았다.

"대체 왜 고백을 해야 하죠? 내 머릿속과 내 마음에서 일어난 일은 오로지 나하고만 관계가 있답니다."

그가 때렸다.

딱딱하고 각진 손으로 내 입을 치니 피가 터졌다. 핏줄기를 보자 기운을 차린 패리스 마님이 벌떡 일어서서 화를 냈다.

"새뮤얼, 그럴 권리가 있나요……!"

그가 이번에는 그녀를 때렸다. 그녀 또한 피를 흘렸다. 그 피로 우리의 동맹이 조인되었다. 가끔 척박하고 황량한 땅이 감미로운 화려함을 자랑하는 꽃을 피워내, 그 덕분에 꽃 주위의 풍광이 향기롭고 환해진다. 나와 패리스 마님, 어린 벳시를 묶어준 우정을 설명할 비유로 그것 말고 다른 것은 찾을 수 없다. 우리는 함께 패리스 목사라는 그 악마가 자리를 비우도록 수없이 꾀를 부렸다. 그들의 땋아 올린 머리는 일단 풀어놓으면 발목까지 닿았는데, 나는 그 길고 긴 금발을 빗겨주었다. 만 야야 덕분에 알게 된 신비로운 효능을 지닌 기름으로 그들의 병색 짙고 창백한 피부를 문질러주면, 내 손길 아래에서 피부가 차츰차츰 황금빛을 띠어갔다.

어느 날 패리스 마님의 피부를 문질러주다가 대담하게 물었다.

"몸이 이렇게 변했는데, 그 뻣뻣한 남편분께서 뭐라고 하던가요?"

그녀가 웃음을 터뜨렸다.

"가여운 티투바, 그이가 그걸 알아차릴 거라는 생각을 대체 어떻게 할 수 있지?"

나는 눈을 들어 하늘을 봤다.

"그분보다 더 그럴 만한 입장인 사람이 어디 있으려고요!"

그녀가 한결 크게 웃었다.

"네가 몰라서 그래! 그이는 자기 옷도 벗지 않고 내 옷도 벗기지 않고 날 안아. 그저 급하게 그 추악한 행위를 끝내려고 들지."

내가 항의했다.

"추악하다뇨? 내겐, 그게 이 세상에서 가장 아름다운 행위인데."

그녀가 내 손을 밀어버리는데도 설명을 이어갔다.

"그럼요. 생명을 영원히 이어주는 게 그 행위 아닌가요?"

그녀의 두 눈이 공포로 그득해졌다.

"그만, 그만하라고! 그건 우리 안에 도사린 사탄에게서 물려받은 거야."

그녀가 심하게 충격을 받은 듯해 더 고집하지는 않았다. 보통 나와 패리스 마님의 대화는 그런 양상을 띠지는 않았다. 그녀는 거미 인간 아난시, 악마와 계약 맺은 자들, 악령 들린 자들, 짐승에 관한 이야기부터 다리 셋짜리 말 위에 올라 종횡무진 날뛰는 마귀 할멈에 이르기까지, 벳시를 홀리는 옛날이야기들을 들으며 즐거워했다. 그녀가 딸아이와 마찬가지로 밤색 눈동자를 행복으로 반짝거리면서 내 이야기를 귀 기울여 듣다가 질문을 던졌다.

"그런 일이 벌어질 수 있니, 티투바? 인간이 껍데기를 벗어 던진 다음 그 영(靈)이 멀리 떨어진 곳까지 돌아다니는 것 말이야."

나는 고개를 끄덕였다.

"그럼요, 그럴 수 있죠!"

그녀가 집요하게 물었다.

"이동하려면 빗자루가 필요하겠지?"

내가 웃음을 터뜨렸다.

"대체 무슨 생각을 하는 거예요? 빗자루로 뭘 하라고?"

그녀가 당황했다.

나는 어린 애비게일이 와서 벳시와 나의 대화를 방해하는 게 싫었다. 그 아이에게는 나를 몹시 불편하게 만드는 뭔가가 있었다. 내 말에 가만히 귀를 기울이고 있다든가, 마치 내가 무시무시하면서도 끌리는 물건이라도 된다는 듯이 나를 바라보는 그 태도! 그 아이는 권위적인 태도로 온갖 것에 대해 미주알고주알 물어댔다.

"악마와 계약 맺은 자들이 껍데기를 벗어 던지기 전에 해야 하는 말이 뭐지?"

"악령 들린 자들은 희생자의 피를 마실 때 어떻게 하지?"

나는 모호한 대답을 해줬다. 사실 애비게일이 우리가 나눈 대화를 고모부인 새뮤얼 패리스에게 이야기할까 봐, 그로 인해 그 대화가 우리 삶에 가져다주는 한 줄기 즐거움의 빛마저 사그라질까 봐 두려웠다. 애비게일은 아무런 짓도 하지 않았다. 그녀 안에는 감쪽같은 은폐 능력이 있었다. 저녁 기도 시간에, 패리스에게 속죄받을 수 없을 죄로 여겨질 만한 것에 대해서는 입도 뻥끗 안 했다. 그저 이렇게 고해하는 걸로 그쳤다.

"갑판에 나가서 물보라를 흠뻑 맞았어요."

"오트밀 절반을 바다에 버렸어요."

그러면 새뮤얼 패리스가 죄를 사해줬다.

"애비게일 윌리엄스, 가서 다시는 죄짓지 마라!"

나는 벳시를 생각해, 차츰차츰 애비게일을 우리끼리의 친밀한 관계에 받아들이게 되었다.

어느 날 아침, 패리스 부인에게 오트밀보다는 위에 더 잘 받는 차를 조금 따라주고 있는데, 그녀가 다정하게 말했다.

"아이들에게 그런 이야기 해주지 마! 그런 이야기를 듣고 나면 꿈을 꿀 텐데, 꿈은 좋은 게 아니야!"

나는 어깨를 으쓱했다.

"꿈이 왜 안 좋다는 거죠? 현실보다 더 낫지 않나?"

그녀는 아무런 대답 없이 한참을 잠자코 침묵에 잠겼다. 잠시 후, 이렇게 다시 말을 이었다.

"티투바, 여자로 태어난다는 건 저주 같지 않니?"

나는 화를 냈다.

"패리스 마님, 마님은 늘 저주에 대한 얘기만 하네요! 여자의 몸보다 더 아름다운 게 뭐가 있나요! 특히 남자의 욕망으로 그 몸이 고귀해질 때면……."

그녀가 소리를 질렀다.

"그만! 그만해!"

그게 우리 사이의 유일한 말다툼이었다. 정말이지 나는 그 이유를 이해하지 못했다.

어느 날 아침, 우리는 보스턴에 도착했다.

아침이라고 말은 했지만 그날의 색채에서 아침임을 알려주는 것은 아무것도 없었다. 하늘로부터 늘어진 회색빛 너울이 그 겹겹의 주름으로 빽빽하게 늘어선 선박의 돛들을, 부두에 쌓아놓은 물품들을, 창고의 거대한 윤곽을 휘감았다. 얼음장같이 차가운 바람이 불어와서 나와 존 인디언, 면직물 옷을 입은 우리는 덜덜 떨었다. 숄을 두르고 있었지만 패리스 마님과 아이들도 마찬가지였다. 홀로 고개를 꼿꼿이 쳐들고 서 있는 주인은 챙이 넓은 검은색 모자를 쓰고 있어서 마치 더럽고 흐릿한 빛 속에 나타난 유령 같았다. 우리는 부두에 내렸는데, 존 인디언은 짐 무게로 허리가 휘었고, 패리스 목사는 기대라고 아내에게 팔을 내줬다. 난 양옆으로 각각 두 아이의 손을 잡았다.

그렇게나 높이 솟은 집들로 가득하고, 소나 말이 끄는 수레들로 뒤엉킨 포장길에 그리도 많은 수의 사람들이 돌아다니는 보스턴 같은 도시가 존재한다는 것을 어찌 상상이나 했겠는가. 나는 나와 같은 색깔의 수많은 얼굴들을 알아본 순간, 이곳에서도 역시 아프리카의 자녀들은 불행에게 그들 몫의 조공을 바치고 있음을 깨달았다.

새뮤얼 패리스가 길을 물어보려고 단 한 번도 멈추지 않은 것을 보면, 이곳을 완벽하게 꿰고 있는 듯했다. 드디어, 뼛속까지 젖어서 우리는 2층 목재 건물 앞에 도착했다. 보다 연한 색깔의 들보들이 당초무늬처럼 얽혀 전면을 장식하고 있었다. 새뮤얼 패리스는 아내의 팔을 놓고, 마치 기가 막히게 근사한 거처라도 된다는 듯 말했다.

"여기야!"

집 안에서는 고여 있던 공기 냄새와 축축한 습기가 느껴졌다. 우리의 발걸음 소리에 쥐 두 마리가 재빨리 달아났고, 재와 먼지 속에서 졸고 있던 검은 고양이 한 마리는 게으르게 몸을 일으키더니 옆방으로 옮겨 갔다. 그 불행한 검은 고양이가 아이들뿐만 아니라 엘리자베스와 새뮤얼 패리스에게마저 미친 효과를 어떻게 묘사할 수 있을지 모르겠다. 새뮤얼 패리스가 급하게 기도서를 꺼내 들고 끊임없이 이어지는 기도를 읊조리기 시작했다. 그러다가 조금 진정이 되었는지, 몸을 꼿꼿이 세우고 명령을 내리기 시작했다.

"티투바, 이 방을 청소해라. 그다음에는 잠자리를 준비하고. 존 인디언, 너는 나와 함께 장작을 사러 가자!"

존 인디언은 한 번 더, 내가 몹시도 혐오하는 태도를 대놓고 취했다.

"나가자고요, 주인님! 이렇게 비바람이 몰아치는데! 그러니까 제 관을 짜는 데 필요한 나무판자를 사려고 곧 돈을 쓰고 싶으신 거죠?"

아무 말 없이 새뮤얼 패리스는 입고 있던 커다란 검은색 망토를 벗어 그에게 던졌다.

남자 둘이 나가자마자 애비게일이 헐떡거리는 목소리로 물었다.

"고모, 그거 악령 맞죠? 그렇죠?"

엘리자베스 패리스의 얼굴에 경련이 일었다.

"조용히 해!"

나는 호기심이 일어서 물었다.

"대체 무슨 얘길 하는 건가요?"

"고양이! 검은 고양이 말이야!"

"도대체 무슨 소리를 하고 싶은 거예요? 우리가 도착해서 불안해하는 동물일 뿐이에요! 대체 왜 쉬지 않고 악령 얘길 하죠? 주위의 보이지 않는 존재들은 우리가 자극할 때만 우리를 괴롭힌다고요. 그리고 마님 나이라면, 그런 건 두려워할 게 아니죠!"

애비게일이 소리를 질렀다.

"거짓말쟁이! 무식한 불쌍한 검둥이! 악령은 우리 모두를 괴롭혀. 우리 모두가 악령의 먹잇감이라고. 우리 모두 저주받겠지, 그렇지 않아요, 고모?"

이런 대화가 패리스 마님과 특히 가여운 벳시에게 끼친 효과를 보고 재빨리 애비게일의 말을 막아버렸다.

존 인디언이 장작을 땠는데도 집 안에 퍼져 있는 찬기 때문인지, 아니면 그날 나눴던 대화의 영향 때문인지, 그날 밤 패리스 마님의 상태가 나빠졌다. 새뮤얼 패리스가 자정쯤 나를 깨우러 왔다.

"내 생각엔 곧 죽을 것 같다!"

어떤 감정도 실리지 않은 목소리! 그저 사실을 통고할 뿐인 어조!

죽다니, 내 가여운 그 다정한 엘리자베스가? 괴물 같은 남편과 함께 애들만 놔두고? 고통받는 내 어린양이, 죽음은 그저 문일 뿐이란 걸, 그 세계를 잘 아는 사람이라면 그 문을 활짝 열어 잡고 있을 수 있다는 것도 모른 채 죽음을 맞는다고? 급하게 침대에서 내려온 나는 어서 구조해야겠다는 생각에 서둘러 달음박질을 쳤다. 하지만 새뮤얼 패리스가 나를 멈춰 세웠다.

"옷을 입어!"

아내가 죽어가는 자리에서도 정숙함만 챙기는 한심한 남자!

그때까지 엘리자베스 패리스를 치료하면서 그 어떤 초자연적 요소도 동원한 적이 없었다. 그저 몸을 따뜻하게 해주고, 뜨거운 음료를 억지로라도 마시게 하는 데 그쳐왔다. 스스로에게 허용했던 유일한 자유는 그녀가 마시는 탕약에 약간의 럼주를 섞는 정도였다. 그날 밤, 나는 내가 가진 재주를 발휘하기로 결심했다.

하지만 나의 기예를 실천하는 데 필요한 요소들이 부족했다. 보이지 않는 존재들의 쉼터-나무들. 그들이 좋아하는 음식에 칠 양념들. 치유력을 지닌 식물들과 뿌리들.

나는 이 낯설고 혹독한 고장에서 무엇을 하려는가?

술책을 써야겠다는 결심이 섰다.

잎들이 붉게 변해가고 있는 단풍나무가 붉은솜나무를 대신했다. 윤기가 나고 뾰족한 호랑가시나무 이파리들로 기니아그라스를 대체했다. 노랗고 향기가 없는 꽃들로, 낮은 산의 중간 고도에서만 자라며 육체의 온갖 고통에 대한 만병통치약인 금사매를 대체했다. 나머지는 내 기도가 맡았다.

아침에 패리스 마님의 두 뺨에 혈색이 돌아왔다. 그녀는 마실 물을 조금 달라고 했다. 그날 정오쯤에는 음식을 섭취하기까지 했다. 저녁이 되자 갓난아이처럼 잠이 들었다.

사흘 뒤, 그녀가 천창 너머 보이는 태양처럼 움츠린 미소를 내게 건넸다.

"고마워, 티투바! 네가 내 생명을 구했어!"

7

우리는 보스턴에 1년 머물렀다. 새뮤얼 패리스가 같은 신앙을 가진 사람들, 즉 청교도들이 교구를 맡겨주기를 기다렸기 때문이다. 어쩌랴! 제안이 밀려들지 않았다! 내 생각에, 패리스라는 인물 자체가 문제였다. 그와 신앙을 공유하는 사람들이 아무리 광신적이고 음울하다 해도 그보다는 덜했고, 무채색으로 우뚝 솟은 그 모습과 입만 열면 쏟아지는 질책과 훈계는 두려움을 불러일으켰다. 바베이도스에서 장사에 뛰어들어 잠깐 외도할 때 만들어놓은 얼마 안 되는 저축은 초가 녹듯 녹아내렸고, 우리는 최악의 궁핍에 처했다. 가끔은 말린 감자 말고는 하루 종일 먹을 게 아무것도 없었다. 불을 때려 해도 장작이 없어서 모두 덜덜 떨었다.

그러자 존 인디언이 더 블랙 호스라는 이름의 선술집에 품팔이를 나가기로 했다. 고객이 와서 불을 쬐는 거대한 벽난로마다 불이 꺼지지 않게 관리하고, 비질하고, 쓰레기를 치우는 게 그의 일이었다. 그는 동틀 녘이나 되어야 브랜디나 스타우트 냄새를 물씬 풍기면서, 옷 밑에 숨긴 음식 꾸러미 때문에 옷이 불룩 솟은 모습으로 내 곁으로 돌아왔다. 그가 잠기가 가득 묻어나는 느릿느릿해진 목소리로 이야기를 들려줬다.

"나의 여왕님, 이 보스턴이라는 도시에서 말이야, 새뮤얼 패리스 같은 교회의 참견쟁이들로부터 두 걸음도 채 안 떨어진 곳에서 말이야, 다들 어떻게들 살아가고 있는지를 알게 된다면 제 눈과 귀를 못 믿을걸. 창녀들, 한쪽 귀에 귀걸이를 단 뱃사람들, 끈적거리는 머리카락을 삼각모로 가린 선장들, 처자식이 있고 성경을 잘 안다는 신사들까지. 이 사람들 모두 술에 절어 욕을 하고 남녀가 붙어먹는다고. 오! 티투바, 넌 백인 세계의 위선을 이해할 수 없을 거야!"

내가 그를 침대에 눕히는 동안에도 그는 계속 떠들었다.

그는 원체 기질이 그랬기에 얼마 안 가 수많은 친구를 사귀었고, 그들과 나눈 대화를 들려줬다. 노예무역이 더 활발해졌다는 사실을 알게 됐다. 아프리카로부터 우리 동족들을 수천씩 억지로 끌고 오고 있었다. 우리가 백인들이 노예로 만든 유일한 민족이 아니며, 우리의 사랑하는 바베이도스에서 그랬듯이 아메리카 대륙에서도 최초의 거주민이던 인디언들을 노예로 삼았음도 알게 됐다.

그의 말을 듣고 있으면 경악과 반발심이 치솟았다.

"더 블랙 호스에는 인디언 두 명이 일하고 있어. 놈들이 그들을 어떻게 다루는지 봐야 하는데. 인디언들이 어떻게 땅을 빼앗겼는지, 어떻게 백인들이 그들이 기르던 가축의 씨를 말렸는지, 얼마 되지도 않아 사람을 무덤으로 이끄는 '불의 물'을 그들 사이에 퍼뜨렸는지를 이야기해줬어. 아! 백인들이란!"

이런 이야기를 들으며 나는 당혹감을 느꼈고 어떻게든 이해를 해보려고 애를 썼다.

"피부색이 검다는, 피부색이 붉다는 이유만으로 자신들과 다를 바 없는 사람들을 상대로 그토록 엄청난 악행을 저질렀기 때문에 그들은 지옥에 떨어질 거라는 느낌을 그렇게 강하게 갖는 거겠지?"

존은 이런 의문에 답을 해줄 수 없었을 뿐만 아니라 그런 의문은 그의 머릿속을 스쳐 가지도 않았다. 우리 모두 가운데에서 확실히 그가 가장 덜 불행했다!

새뮤얼 패리스가 내게 자신의 생각을 털어놓은 건 물론 아니지만, 우리에 갇힌 짐승처럼 집 안에 처박혀서 끝나지 않을 기도를 올리거나 그 무시무시한 책을 뒤적이고 있는 모습을 보고 있노라면, 그의 생각의 흐름을 파악하기란 쉬웠다! 그가 늘 집에 있다는 사실이 쓴 물약처럼 우리 모두에게 효력을 미쳤다. 은밀히 나누는 다정한 대화도, 후다닥 들려주는 옛날이야기들도, 숨죽인 소리로 흥얼거리던 노래도 이제는 모두 끝나버렸다! 그 대신 그가 벳시에게 글자를 가르치겠다고 나섰는데, 그가 사용하는 음절 발음 교본은 정말이지 끝내줬다.

아—아담이 타락하면서
우—우리 모두 휘말렸네.
오—오로지 성서가 우리를
구—구원할 수 있다네.
고—고양이가 노니나
가—가죽을 벗긴 뒤……

이런 식으로 끝없이 이어졌다! 안 그래도 그토록 약하고 영향을 받기 쉬운 가여운 벳시는 핏기가 가시며 소스라쳤다.

그가 점심을 먹고 나서 짧게라도 산책을 나가는 습관을 들인 것은, 겨우, 날씨가 화창해지던 4월 중순부터였다. 나는 그 틈을 타서 집 뒤편에 펼쳐진 작은 뜰로 아이들을 이끌었고, 그러고는 얼마나 놀았던지! 얼마나 난리법석을 떨며 둥글게 손을 잡고 춤을 췄던지! 늙은 노파 얼굴처럼 만들어버리는 그 흉측한 보닛을 벗기고, 피가 더워지고 건강한 땀방울이 그들의 작은 몸을 적시라고 허리띠를 풀어줬다. 문턱에 서서 엘리자베스 패리스가 가냘픈 목소리로 청했다!

"조심해, 티투바! 춤추지 못하게 해! 춤추지 못하게 하라니까!"

하지만 엘리자베스는 1분도 안 되어 곧 스스로 자신의 말을 부인했으니, 우리가 팔짝팔짝 뛰는 것을 보면서 어느덧 열렬하게 박자를 맞추고 있었다.

아이들을 롱 워프까지 데려가도 된다는 허락을 받아낸 뒤, 우리는 그곳으로 가서 선박과 바다를 바라봤다. 눈앞에 펼쳐진 이 너른 바닷물 건너편의 한 곳, 바베이도스.

참 이상하기도 하지, 고국에 대한 사랑이란! 우리는 그걸 마치 피처럼, 장기처럼 몸 안에 품고 있다. 우리 몸 깊숙한 곳에서 결코 늦춰지는 법 없이 계속 솟아나는 고통을 느끼기 위해서는 우리를 우리의 대지로부터 떨어뜨려놓기만 하면 된다. 다넬 데이비스의 농장이, 그 우뚝한 저택이, 낮은 산 정상에 위치한 그 주랑들이, 고통과 활기가 우글거리고 검둥이의 가옥들이 들어선 거리가, 배가 볼록 튀어나온 아이들이, 나이보다 일찍 늙은 여자들이, 팔다리가 잘린 남자들이 눈앞에 선했고, 내가 잃어버리고 만 그 즐겁지 않은 풍경이 이제는 소중해져서 뺨 위로는 눈물이 흘러내렸다.

아이들이야 내 기분은 개의치 않고 바닷물이 고여 있는 웅덩이에서 뛰놀고 서로 밀치고 그러다가 밧줄 더미 한가운데 벌러덩 나자빠지기도 했는데, 새뮤얼 패리스가 이런 광경을 목격한다면 어떤 얼굴을 할지 상상해보지 않을 수 없었다. 매일, 매 순간 억눌렀던 생기가 몽땅 뿜어져 나왔고, 그들이 그토록 두려워하던 그 악령이 드디어 아이들 몸에 들어간 듯했다. 애비게일이 둘 중 제일 날뛰고 제일 격렬하여 나는 다시 한번 그 아이의 시치미 떼는 재주에 감탄했다. 그 아이는 집에 돌아가자마자 고모부 앞에 서면 완벽할 정도로 말이 없고 엄격해지지 않던가! 그들의 성서라는 데 들어 있는 말들을 고모부를 따라 되뇌지 않던가? 자그마한 동작 하나에까지도 조심성과 엄숙함이 배어 있지 않던가?

어느 날 오후, 롱 워프에서 돌아오는 길에 어떤 광경을 목도하게 됐는데, 그때 받은 끔찍한 인상이 결코 뇌리에서 사라지지 않았다. 프런트 스트리트로 접어들었을 때, 감옥과 법원과 회당 사이에 위치한 광장에 새까맣게 사람들이 몰려 있는 것이 보였다. 처형이 집행될 참이었다. 그래서 교수대를 세워놓은 단 아래로 군중이 몰려든 것이었다. 교수대 주위로, 챙이 넓은 모자를 쓴 음산한 남자들이 분주하게 움직였다. 거리가 가까워지자 어떤 여자가, 나이 든 여자가 목에 밧줄을 감고 서 있는 게 보였다. 갑자기 그 남자들 중 한 명이 그 여자가 딛고 있던 발판을 확 빼버렸다. 여자의 몸이 활처럼 휘었다. 무시무시한 비명 소리가 들려오고, 그 여자의 머리가 옆으로 푹 꺾였다.

나 자신도 비명을 지르며, 흥분과 호기심으로 거의 즐거워 보이기까지 하는 군중 한가운데에서 무릎을 푹 꺾었다.

마치 어머니가 처형당한 사건을 다시 한번 겪으라고 강요받는 것만

84

같았다! 그래, 저기에서 저렇게 흔들리고 있는 건 나이 든 여자가 아니었다! 꽃다운 나이의, 아름다움이 절정에 이른 아베나였다! 그래, 바로 그녀였고 나는 다시 일곱 살이었다! 그 순간 이래로 삶은 되풀이되어야 하는 거였다!

나는 울부짖었고, 그러면 그럴수록 울부짖고 싶은 욕구가 더 강해졌다. 나의 고통, 나의 반항, 나의 무력한 분노를 울부짖고 싶은 욕구. 나를 노예로, 고아로, 최하층 천민으로 만든 이 사람들은 대체 뭐지? 내 동족으로부터 나를 떼어놓은 이 사람들은 대체 뭐지? 대체 누가 나와 같은 언어를 말하지 않고 나와 같은 종교를 믿지 않는 사람들과 어우러져, 친절과 호의라고는 찾아볼 길 없는 이런 고장에서 살아가게 만들었지?

벳시가 뛰어와 그 가냘픈 두 팔로 나를 끌어안았다.

"그만! 오, 그만해, 티투바!"

이 사람 저 사람에게 설명을 구하며 군중 사이를 헤집고 다니던 애비게일이 우리 곁으로 다가오더니 차갑게 말했다.

"그래, 그만해! 저 여자는 저런 일을 당해도 싸. 마녀라니까. 점잖은 집안의 아이들을 홀렸대!"

나는 가까스로 몸을 일으켜 다시 집으로 돌아가는 길에 올랐다. 가는 곳마다 처형에 관한 얘기만 해댔다. 그 장면을 본 사람들은 보지 못한 사람들에게, 글로버네 여편네가 개가 달을 보고 짖어대듯이 어떻게 죽음을 보고 울부짖었는지, 그 여자의 영혼이 박쥐의 모습을 하고 빠져나가는 동안 어떻게 그 존재의 추악함을 보여주는 증거인 역겨운 똥물이 비비 꼬인 두 다리를 타고 흘러내렸는지를 이야기해줬다. 나는 그런 광경은 전혀 보지 못했다. 내가 목격한 것은 전적인 야만의 모습이었을 뿐이다.

이 일이 있고 나서 얼마 안 되어 아이가 생겼음을 알게 되었고, 아이를 죽이기로 결심했다.

벳시의 뺨에 재빨리 입을 맞추거나 엘리자베스 패리스와 속내 이야기를 나누는 순간을 제외하면, 나의 서글픈 삶에서 유일하게 행복한 순간들은 존 인디언과 보내는 순간들이었다.

내 남자는 밤마다 더러움을 잔뜩 묻히고 추위에 떨고 피곤해서 몽롱한 상태로 돌아와, 나와 사랑을 했다. 우리는 패리스 주인 부부의 침실과 맞닿은 골방에서 잠을 잤기에, 우리 행위의 성격을 노출시킬 법한 탄식이나 신음 소리를 내지 않도록 신경 써야만 했다. 역설적이게도, 우리의 격렬한 사랑의 나눔은 그로 인해 더욱더 짜릿한 맛을 띨 뿐이었다.

노예에게 모성은 행복이 아니다. 모성이란 굴종과 비천의 세계에 무구한 어린것을 내던지는 셈이며, 그 어린것의 운명을 바꾸기란 불가능하리라. 어린 시절 내내, 어머니가 된 노예들이 갓난아기의 아직 말랑말랑한 머리통에 기다란 바늘을 찔러 넣거나 독약이 묻은 칼로 탯줄을 자르거나 혹은 한밤중에 화가 난 영들이 돌아다니는 장소에 아이를 내다 버리는 짓을 통해, 갓난아기를 살해하는 것을 봤더랬다. 어린 시절 내내, 자궁의 생산력을 없애버리고 자궁을 한낱 진홍빛 수의로 덮인 무덤으로 바꿔버리는 물약, 하제, 주사액의 제조법을 노예들끼리 주고받는 소리를 들었더랬다.

바베이도스에서라면, 초목 하나하나가 내게 친숙했던 그 환경에서라면, 이 거추장스러운 열매를 떼어내는 데 그 어떤 어려움도 없었으리라. 하지만 이곳 보스턴에서는 어떻게 해야 하나?

보스턴에서 벗어나 반 리외(옛 거리 단위로, 약 4킬로미터—옮긴이)도 채 떨어지지 않은 곳에 빽빽한 숲이 있어서, 그곳을 둘러보기로 결심했다.

어느 날 오후, 벳시는 그 끔찍한 음절 발음 교본에 잡혀 있고 애비게일은 패리스 마님 곁에서 비록 정신은 딴 데 가 있는 게 확연하지만 자수를 놓느라고 손가락을 재게 움직이고 있는 걸 보고서, 그 틈을 타 집 밖으로 빠져나갔다.

일단 바깥으로 나가보니, 이 고장에도 나름의 매력이 있다는 것을 깨닫고 놀랐다. 오랫동안 뼈만 남아 방추 모양의 음산해 보이던 나무들이 새순으로 단장을 했다. 잔잔한 바다처럼 끝없이 푸르게 물결치는 풀밭에는 꽃들이 여기저기 피어났다.

막 숲으로 들어서려는데, 어떤 남자가 나를 소리쳐 불렀다. 말에 올라탄 그 남자는 얼굴이 모자 그늘에 잠겼고 시꺼멓고 꼿꼿한 윤곽만 눈에 들어왔다.

"이봐, 검둥이! 인디언들이 무섭지 않은가?"

인디언들? 비록 내가 문명인들 사이에 섞여 살아가고 있지만 노파의 목을 매다는 그 문명인들보다는 그들, 그 '야만인'들이 덜 두려웠다.

무수히 많은 효능을 자랑하는 레몬그라스와 아주 흡사한 향기로운 초목 위로 몸을 숙이고 있는데, 누군가 내 이름으로 나를 부르는 소리가 들렸다.

"티투바!"

나는 소스라쳤다. 얼굴 윤곽이 말랑말랑한 빵 속처럼 뭉개졌지만 상당히 쾌활한 노파였다. 나는 깜짝 놀랐다.

"내 이름을 어떻게 알죠?"

그녀가 수수께끼 같은 미소를 지었다

"네가 태어나는 걸 봤단다!"

내 놀라움이 커졌다.

"바베이도스에서 오셨어요?"

그녀의 미소가 더 진해졌다.

"난 보스턴을 떠난 적이 없어. 최초의 순례자들과 함께 이곳에 도착했는데, 그 뒤로 그들 곁을 한 번도 떠난 적이 없거든. 자, 제법 수다를 떨었군! 너무 늑장을 부리면 새뮤얼 패리스가 네가 나갔다는 걸 알게 될 테고, 그러면 넌 고약한 한때를 보내게 될 텐데!"

나는 굳건히 버텼다.

"난 할머니를 몰라요. 대체 제게서 뭘 바라는 거죠?"

그녀는 숲 안쪽을 향해 종종걸음을 치다가, 내가 꼼짝 않고 서 있으니 몸을 돌려 이런 말을 던졌다.

"바보처럼 굴지 마. 난 만 야야의 친구란다! 내 이름은 주다 화이트야!"

노파 주다가 각 식물의 이름과 그 효능에 대해 알려줬다. 나는 그녀가 털어놓는 조제법 몇 가지를 머릿속에 새겨 넣었다.

사마귀를 떼어내려면 살아 있는 두꺼비를 잡아서 두꺼비의 피부가 사마귀를 흡수할 때까지 두꺼비로 사마귀가 난 자리를 문지른다.

겨울 동안 추위 때문에 생기는 문제들을 예방하려면 독당근 탕약을 마셔라. (조심할 것. 독당근 즙은 치명적이니 다른 목적으로 사용될 수 있다.)

관절염을 피하려면 왼손 약지에 생감자로 만든 반지를 껴라.

모든 상처는 양배추 이파리로 만든 연고로 치료할 수 있고, 물집은 날무를 갈아서 붙이면 가라앉힐 수 있다.

급성 기관지염의 경우 검은 고양이의 가죽을 환자의 가슴에 얹어라.

치통: 가능하다면 담뱃잎을 씹어라. 귀가 아플 때에도 마찬가지다.

온갖 설사에는 하루에 세 번 오디를 달인 탕약을 마셔라.

이전이라면 신경도 쓰지 않았을 동물과 벌레들, 털이 검은 고양이, 부엉이, 무당벌레와 찌르레기 안에서 친구를 알아보는 법을 배우고 나니, 살짝 기운이 돋아 보스턴으로 돌아왔다.

나는 주다의 말을 머릿속에서 되새김질했다.

"우리가 없으면 이 세상이 어떨까? 응? 어떻겠니? 사람들은 우리를 미워하지만, 우리가 제공하는 도구가 없다면 그들의 삶은 슬프고 제한적이겠지. 우리 덕분에 그들은 현재를 변화시키고 가끔은 미래를 읽을 수 있지. 우리 덕분에 그들은 기대를 품을 수 있어. 티투바, 우리는 이 땅의 소금이야."

그날 밤, 검은 핏줄기가 배 속의 아이를 태 밖으로 실어 갔다. 아이가 날뛰는 올챙이처럼 두 팔을 미친 듯이 휘젓는 게 보였고 나는 눈물이 터졌다. 존 인디언에게는 속사정을 털어놓지 않았기 때문에 운명이 또 한 번 우리를 후려쳤다고 생각한 그도 눈물을 흘렸다. 사실, 그는 더 블랙 호스 선술집에 드나드는 선원들과 함께 스타우트 잔을 수도 없이 비웠기 때문에 반쯤 취한 상태였다.

"나의 여왕님! 우리 노년에 지팡이가 되어줄 아이가 이렇게 지다니! 여름도 없는 이 고장에서 우리 둘 다 등이 굽었을 때 우리는 무엇에 기대게 될까?"

배 속 아이를 죽인 일에서부터 회복되기가 쉽지 않았다. 그것이 최선의 행동이었음을 알고 있었지만, 실제 어떤 모습이 됐을지 이제는 결코 알 수 없게 된 그 작은 얼굴의 영상이 내 머릿속을 떠나지 않았다. 죽음의 통로로 접어들면서 글로버네 노파가 내질렀던 비명이, 동일한 사회에 의해 형벌을 받고 동일한 재판관들에 의해 선고를 받는 내 아이의 폐부에서부터 올라온 비명인 것만 같은 기이한 착란이 일었다. 벳시와 엘리자베스 패리스는 내 마음의 상태를 눈치채고 관심과 다정함을 배로 쏟아부었으니, 평소라면 새뮤얼 패리스의 관심을 끌지 않을 수 없었을 것이다. 그런데 그는 점점 더 늘 음울한 기분에 휩싸여서 지냈다. 상황이 점점 더 나빠져서였다. 집으로 들어오는 유일한 돈은 존 인디언이 더 블랙 호스의 벽난로 불을 활활 타오르게 해주고 벌어 오는 돈이었다. 그래서 우리는 글자 그대로 굶어 죽어가고 있었다. 아이들의 얼굴은 야위었고 옷이 헐렁해서 겉돌았다.

여름으로 접어들었다.

태양이 찾아와 보스턴의 회색 지붕과 푸른 지붕들을 비추었다. 태양이 나뭇가지에 이파리들을 매달리게 했다. 태양이 바닷물에 빛살을 곧게 내리꽂았다. 태양이 우리 삶의 슬픔에도 불구하고 혈관의 피를 뛰놀게 했다.

그로부터 몇 주가 흐른 뒤, 새뮤얼 패리스가 음울한 목소리로 교구를 맡아달라는 제의를 수락했다며, 곧 세일럼 마을로 떠난다고 우리에게 통보했다. 보스턴에서부터 약 20마일(1마일은 약 1.6킬로미터―옮긴이) 떨어진 곳이었다. 존 인디언은 여느 때처럼 모든 소식을 알고 있어서, 새뮤얼 패리스에게서 왜 그리도 좋아하는 기색을 찾아보기 힘든지, 그 이유를 설명했다. 세일럼 마을은 베이 콜로니에서 악명이 높았다. 교구민 대다수가 적대감을 보이며 목사의 생활비 대기를 거부하는 바람에 두 번이나 목사 둘이, 그러니까 제임스 베일리 목사와 조지 버로스 목사가 내쫓긴 곳이었다. 연봉 66파운드는, 장작이 제공되지 않고 숲에서 겨울을 나기가 혹독하니만큼, 겨우 먹고살 수 있는 정도였다. 더구나 세일럼

주위에는 온통 인디언들이 살고 있었고, 사납고 야만스러운 이들은 누군가 위험을 무릅쓰고 숲에 바싹 접근하면 머리 가죽을 벗길 태세였다.

"우리 주인님은 공부를 마치지 못했대……."

"공부?"

"응, 목사가 되려면 신학 공부를 해야 하거든. 그런데도 그는 인크리스 매더(1639-1723. 영국의 청교도 박해를 피해서 뉴잉글랜드로 이주한 리처드 매더의 아들로 신학자이자 교육자—옮긴이)나 존 코튼(1585-1652. 영국에서 가장 영향력 있는 목회자이자 뉴잉글랜드 최고의 지성인으로, 17세기 청교도주의의 상징적 인물—옮긴이)인 것처럼 대우를 받고 싶어 해."

"그 사람들이 누군데?"

그러자 존 인디언이 혼란스러워했다.

"나도 몰라, 예쁜이! 그 이름들을 입에 올리는 걸 그저 들은 거지."

우리는 그러고도 여러 주를 보스턴에서 보냈다. 덕분에 주다 화이트의 중요한 충고들을 간략히 적어둘 시간이 생겼다.

새집에 들어가기 전 혹은 들어가자마자, 각 방의 네 귀퉁이에 겨우살이 나뭇가지와 꽃박하 이파리들을 놓아둬라. 서쪽에서 동쪽을 향해 먼지를 쓸어 모아 조심스럽게 불태운 뒤, 그 재를 바깥에 뿌려라. 갓 눈 오줌을 왼손으로 받아서 땅을 적셔라.

해가 떨어질 무렵, 굵은 소금을 섞어서 인디언포플러 잔가지를 불태워라.

보다 중요한 건, 정원을 만들어 그곳에 기본적인 필수 약제들을 모두 모아두는 거다. 정원이 없으면 흙으로 채운 상자에 재배해라. 잠에서 깨면 그 위에 반드시 네 번 침을 뱉어라.

대부분의 경우, 이 모든 것들이 내게는 너무 유치했다는 것을 숨기지 않겠다. 앤틸리스제도에서는 우리의 기예가 훨씬 더 고상하고, 사물보다 정신적 힘에 더 기댄다. 어쨌든 만 야야도 충고하지 않았던가. "만약 네가 앉은뱅이들의 나라에 가 닿게 되면, 거기에 맞춰 땅바닥을 기어라!"

8

잃어버린 아이를 위한 애가

물 위로 월장석이 떨어졌어
강물 위로
내 손이 건져 올리지 못했지
가여워라, 나!
월장석이 떨어졌어.
강가 바위에 앉아
눈물 흘리며 한탄했네.
오! 다정하고 다감한 보석아,
넌 강바닥에서 반짝이는구나.
사냥꾼이 지나가다가 묻더라.
화살통엔 화살이 한가득.
아가씨, 아가씨, 왜 울지?

월장석이 강물 바닥에 가라앉아서

우는 거예요.

아가씨, 아가씨, 고작 그것 때문이라면

내가 도와줄게.

하지만 사냥꾼은 가라앉은 뒤 떠오르지 않았네.

나는 벳시에게 이 슬픈 노래를 가르쳤고, 어쩌다가 둘만 있게 되면 둘이서 남몰래 그 노래를 흥얼거렸다. 다정하고 애조 띤 벳시의 어여쁜 나지막한 목소리는 내 목소리와 기가 막히게 잘 어우러졌다.

어느 날 놀랍게도 애비게일 역시 그 노래를 부르는 걸 들었다! 벳시를 꾸짖고, 내가 가르쳐주는 걸 혼자만 알고 있으라고 부탁하고 싶었다. 그러다가 이번에도 생각을 고쳐먹고 말았다. 애비게일은 벳시의 유일한 놀이 친구가 아닌가? 그리고 마찬가지로 아이가 아닌가? 아이는 위험한 존재일 수가 없다.

9

세일럼 마을은 덥수룩한 머리카락 한가운데가 빈 대머리처럼 숲 한 가운데 자리 잡고 있는 마을로, 제법 세련되어 보였던 동일 이름의 도시 와 혼동해서는 안 되었다.

새뮤얼 패리스는 말 세 마리와 마차 한 대를 빌렸고, 우리 꼴은 상당 히 보기 딱했다! 다행스럽게도 우리를 맞이하러 나온 사람이 아무도 없 었다. 그 시각이면 남자들은 밭에 있을 시간이었고, 여자들은 그들에게 시원한 음료나 음식을 져 나를 때였다. 새뮤얼 패리스가 들보들을 한데 엮어 만든 웅장한 문이 달린 거대한 건물이 회당이라고 우리에게 가리 켜 보이고 나서, 우리는 가던 길을 계속 갔다. 세일럼에 살고 있는 주민 은 얼마나 될까? 보나 마나 2천 명이 될까 말까일 텐데, 보스턴에서 오 는 길이라 그 고장은 정말 벽촌처럼 느껴졌다. 암소들이 목에 매달린 방 울들을 쨍그랑거리며 한가하게 중심 도로를 가로질렀고, 나는 소뿔에 붉은 헝겊 조각들을 묶어놓은 걸 발견하고 깜짝 놀랐다. 울타리를 쳐놓 은 곳에서는 시커먼 진흙 속을 뒹구는 대여섯 마리의 돼지들로부터 악취가 피어올랐다.

우리에게 배당된 가옥 앞에 도착했다. 그 집은 잡초로 완전히 뒤덮인 거대한 정원 한가운데에 살짝 삐딱하게 자리 잡고 있었다. 시커먼 단풍나무 두 그루가 촛대처럼 집 옆구리에 서 있었고, 집으로부터는 사람을 밀어내는 적대감이 흘러나왔다. 새뮤얼 패리스가 여행하는 동안 엄청나게 힘들어했던 아내를 말에서 내려오게 도왔다. 내가 어린 벳시를 땅바닥에 내려놓는 동안 애비게일이 도움을 기다리지 않고 땅 위로 폴짝 뛰어내리더니 현관을 향해 뛰어갔다. 새뮤얼 패리스가 그 아이를 낚아채며 호령질을 했다.

"그런 짓 하지 마라, 애비게일! 악마가 네 안에 들어간 거니?"

애비게일을 그다지 좋아하지는 않았지만 그 말이 아이에게 미치는 영향을 보니 가슴이 철렁했다.

집 안은 집 외관이 주는 인상대로였다. 음울하고, 살가움이라고는 없었다. 하지만 누군가가 배려의 손길로 벽난로마다 불을 지펴놓아서 활활 타오르는 불길이 기분 좋게 장작을 삼키고 있었다. 엘리자베스 패리스가 물었다.

"방이 몇 개나 있는 걸까? 티투바, 향(向)이 제일 좋은 방들을 찾아봐!"

이 말에 대해서도 새뮤얼 패리스는 잔소리할 거리를 찾아냈다. 묵직한 시선으로 엘리자베스를 짓누르며, 이런 말을 내뱉었다.

"향이 제일 좋은 유일한 방은 우리 모두 언젠가는 그 그늘에서 쉬게 될 관이 아니겠어?"

그러더니 무릎을 꿇고, 보스턴과 우리 사이에 위치한 그 숲에 들끓던 늑대와 다른 야수로부터 우리를 지켜줘서 감사하다는 기도를 예수에게 올렸다. 그 끝없이 이어지던 기도가 마침내 끝이 난 건 끼익 소리와 함께 출입문이 열리면서였고, 그 소리에 우리 모두 소스라쳤다.

"저는 메리 시블리 자매예요. 여기 불을 피워둔 것도 저고요. 부엌에 소고기 한 덩어리와 홍당무, 무, 그리고 달걀 열두 개도 갖다 놨어요."

새뮤얼 패리스가 감사의 표시를 하는 둥 마는 둥 하더니 말을 이었다.

"신도들을 대표합니까? 여잔데?"

메리 시블리가 웃었다.

"네 번째 계명에 따르면, 이마에 땀이 흐르게 노동해야 하잖아요. 남자들은 밭일을 하고 있어요. 밭에서 돌아오자마자 디컨 잉거솔, 토머스 퍼트넘 하사, 월컷 대령, 그리고 또 몇몇이 인사를 드리러 올 거예요."

그 말까지 듣고 나서, 아이들의 가여운 위장에 생각이 미친 나는, 다행스럽게도 메리 시블리가 챙겨 올 생각을 한 염장 소고기 한 덩어리를 요리하려고 부엌으로 향했다. 잠시 뒤 그녀가 부엌으로 와서 내 얼굴을 뚫어져라 바라봤다.

"새뮤얼 패리스는 어떻게 남녀 검둥이를 시중들라고 데리고 있을 수가 있지?"

그녀의 목소리에는 심술보다는 순진한 호기심이 더 많이 들어 있었다. 그래서 가볍게 말했다.

"그 질문은 그분께 해야 하는 거 아닐까요?"

그 여자는 잠시 침묵을 지키다가 결론을 내렸다.

"이상도 하지, 목사님이 말이야!"

잠시 뒤 그 여자가 다시 추궁에 나섰다.

"몹시 창백하던데, 엘리자베스 패리스는! 무슨 병이지?"

내가 답했다.

"정확히 무슨 병인지 아무도 몰라요!"

"이 집에서 생활하는 게 패리스 부인에게 좋지 않을까 봐 걱정이 되는 군!"

그녀가 목소리를 낮췄다.

"위층 침실의 침대에서 여자 둘이 죽어나갔어. 이 교구에서 처음으로 받았던 목사님의 부인 메리 베일리. 두 번째 목사님의 부인이었던 주다 버로스도."

나도 모르게 저절로 불안의 외침이 흘러나왔다. 제대로 달래주지 못한 망자들이 얼마나 산 자들을 괴롭힐 수 있는지 모르지 않았으니까. 정화 의식을 거행해서 그 가여운 영혼들에게 뭔가 만족할 만한 것을 제공해야 하지 않을까? 다행스럽게도, 내 마음대로 오갈 수 있을 커다란 정원이 저택을 둘러싸고 있었다. 메리 시블리가 내 눈길이 가는 방향을 따라서 바라보더니, 혼란스러운 목소리로 말했다.

"아, 그래, 고양이들! 세일럼은 고양이 천지지. 끝없이 죽이는데도 그래!"

진짜로 풀밭에는 떼 지어 몰려다니는 고양이들이 줄을 이었다. 그들은 야옹거리고, 땅에 등을 대고 벌러덩 누워 뾰족한 발톱으로 마무리된 신경질적인 네발을 치켜들었다. 몇 주 전이었다면 그런 광경에서 초자연적인 것을 전혀 발견하지 못했을 것이다. 주다 화이트의 가르침을 받고 난 지금에는, 이 장소의 영들이 내게 인사를 건네는 중임을 눈치챘다. 고양이 같은 동물들을 통해 자신의 권력을 표출하려고 들다니 피부가 하얀 인간들은 얼마나 유치한지! 그들과 다른 우리는 다른 규모의 동물, 예를 들자면 시커먼 환형 무늬가 근사한 파충류 뱀을 선호한다!

세일럼에 들어가자마자 그곳에서 결코 행복하지 못하리라는 걸 느꼈다. 내 삶은 이곳에서 끔찍한 시련을 겪게 될 테고 전대미문의 고통스러운 사건들을 겪고 머리카락이 전부 하얗게 세리라는 것을 느꼈다!

저녁이 되자, 남자들이 밭에서 돌아왔고 집 안에 방문객이 가득했다. 앤 퍼트넘과 키가 10피에에 달하는 거구인 남편 토머스, 곧장 구석에서 애비게일과 속닥거리기 시작한 그들의 딸 앤, 그리고 세라 훌턴, 존과 엘리자베스 프록터 부부, 그 밖에 일일이 이름을 말하기 어려운 수많은 다른 사람들. 그 모든 사람이 이곳으로 몰려든 것은 호감이라기보다는 호기심 때문임을, 그리고 그들은 새로 부임한 목사가 앞으로 마을의 공동생활에서 담당하게 될 역할을 알아보려고 몰려와서 그를 판단하고 재보고 있는 것임을 느꼈다. 새뮤얼 패리스는 아무것도 알아차리지 못하고 평소 모습을, 그러니까 밉살스러운 성격을 드러냈다! 그는 사람들이 자신이 올 것에 대비해서 장작을 잔뜩 패서 광에 높이 쌓아 갈무리해 두지 않았다고 불평을 했다. 집이 낡았다고, 마당의 잡초가 무릎까지 올라온다고, 개구리들이 창문 아래까지 몰려와서 시끄럽게 운다고 불평을 늘어놓았다.

어쨌든 세일럼에 정착하게 되면서 행복을 맛보게 됐지만 그것이 순간이리라는 건 몰랐다. 집이 어찌나 넓은지 각자에게 방이 하나씩 돌아갔다. 존 인디언과 나, 우리의 거처는 얼기설기 엮어놓은 벌레 먹은 들보가 천장을 지탱하고 있는 흉측한 지붕 밑 다락방이었다. 이처럼 고립되어 있어서 우리는 다시금 자제할 필요 없이, 절제할 필요 없이, 소리가 들릴까 봐 두려워할 필요 없이 사랑을 나눌 수 있었다.

완전히 나를 놓아버리는 그 순간에 나는 이렇게 외치지 않을 수 없었다.

"존 인디언, 겁이 나!"

그가 어깨를 어루만져줬다.

"우리네 여인들이 겁을 먹으면 이 세상이 어떻게 되겠어? 이 세상이 무너져 내릴 거야! 세상의 궁륭이 떨어져 내려 그곳에 점점이 박혀 있던 별들이 길거리 흙먼지와 뒤섞이겠지! 네가 겁이 난다고? 대체 뭐가?"

"우리를 기다리고 있는 내일이……."

"어서 자, 공주님! 우리를 기다리고 있는 내일은 갓난아기의 미소를 띠고 있다고."

두 번째 행복은 목사의 책무에 붙잡힌 새뮤얼 패리스가 늘 분주하게 돌아다닌다는 거였다. 기껏해야 아침과 저녁 기도 때 모습이 보이는 정도였다. 집에 머물 때면 남자들에 둘러싸여 격렬한 토론을 벌였는데, 그 주제가 종교적으로 들리지는 않았다.

"내 봉급 66파운드를 마을 주민들이 분담하고 있던데, 소유한 토지 면적에 따라 정해져야 합니다."

"물론, 장작도 제공받아야죠."

"안식일인 경우, 헌금은 지전(紙錢)으로 지불되어야 합니다……."

새뮤얼 패리스의 등 뒤에서 삶이 다시금 제자리를 찾았다.

이제 내 부엌이 여자아이들로 가득해졌다.

내가 그 아이들 모두를 좋아한 것은 아니다. 특히 앤 퍼트넘과 앤 퍼트넘을 따라다니는 비슷한 또래의 어린 하녀 머시 루이스가 싫었다. 그 두 아이에게는 유년기의 순수함에 대해 의구심을 품게 만드는 뭔가가 있었다. 결국, 아이들도 성년에 겪는 욕구불만이나 강렬한 욕망으로부터 벗어나 있는 건 아니지 않을까? 어쨌든 앤과 머시는 우리 모두의 내면에 있는 악령의 존재에 대한 새뮤얼 패리스의 설교를 어쩔 수 없이 떠올리게 해줬다. 애비게일도 마찬가지였다. 나는 그 아이의 내면에 도사린 폭력, 하루에도 수시로 발생하는 아주 사소한 사건들에다가 특별한 모습을 부여하려고 발휘하는 상상력, 어른들이 관을 짜서 자신의 청춘을 묻어버린 걸 용서하지 않겠다는 듯이 어른들의 세계에 대해 품고 있는 증오, 그래, 증오라는 표현이 지나친 건 아닌데, 그러한 증오가 있다는 사실을 의심하지 않았다.

그래서 그 여자아이들 전부를 좋아한 것은 아니었지만 밀랍 같은 낯빛에, 그토록 가능성이 무궁무진한데도 정원사들이 애써 자라지 못하게 잘라대는 나무들처럼 훼손된 몸을 지닌 그 아이들이 안타까웠다! 대조적으로, 노예의 자식들인 우리가 보낸 유년기는 몹시도 쓰라렸지만 빛이 나는 듯했고, 다 함께 나들이를 떠나고 몰려다니며 놀던 기억으로 환한 햇살을 받고 있는 느낌이었다. 우리는 세차게 흘러가는 강물 위에 사탕수수 껍질로 만든 뗏목을 띄웠더랬다. 나뭇가지를 얼기설기 엮어 만든 격자망 위에 분홍색, 노란색 물고기들을 올려 구웠더랬다. 내 주위에 아이들이 몰려들어도 내버려두고 그 아이들을 즐겁게 해주려고 나섰던 것은 동정심, 나로서는 막아낼 수 없었던 동정심 때문이었다. 나는 이 아이 혹은 저 아이가 커다랗게 웃음을 터뜨리고 웃느라 숨 쉬기가 곤란해질 때까지 계속 밀고 나갔다.

"티투바, 오, 티투바!"

아이들이 가장 좋아하는 이야기는 악마와 계약 맺은 자에 관한 이야기였다. 아이들은 나를 둘러싸고 둥글게 앉았고 그 아이들의 자주 씻지 않는 몸에서는 시큼한 냄새가 났다. 아이들이 질문을 쏟아냈다.

"티투바, 세일럼에도 그런 사람이 있다고 생각해?"

나는 웃음을 지으며 그렇다고 고개를 끄덕였다.

"그럼요, 세라 굿도 그럴걸요!"

세라 굿은 아직 젊었는데도 망가져서 절반쯤은 걸인이나 마찬가지였고, 아이들은 그녀가 늘 잇새에 물고 있는 악취 풍기는 파이프와 마치 기도를 읊조리듯 끊임없이 웅얼대는 그녀 자신만 이해할 수 있는 종잡을 수 없는 말들 때문에 두려워했다. 그것만 빼면 너그러운 성품이었다. 적어도 나는 그리 믿었다! 아이들이 쩍쩍거렸다.

"그렇게 생각한다고, 티투바! 그럼 세라 오즈번은? 마찬가지야?"

세라 오즈번은 노인이었고, 걸인이기는커녕 오히려 부유했으며, 떡갈나무 판자를 댄 아름다운 저택의 소유주였으나, 젊은 시절, 나로서는 알수 없는 어떤 실수를 저질렀다는 사실 때문에 신망을 잃었다.

나는 크게 숨을 들이쉰 뒤 잠깐 생각하는 척하며 아이들의 궁금증이 조금 더 끓어오르게 뒀다가 엄숙하게 선언했다.

"아마도!"

애비게일이 묽고 늘어졌다.

"그 두 여자가 껍데기를 완전히 벗어 던지고 날아가는 걸 봤어? 그럼 엘리자베스 프록터는, 그 여자도 봤어? 봤어?"

나는 엄격한 태도를 취했다. 프록터 마님은 마을에서 가장 훌륭한 여자 중 한 명이고, 유일하게 노예제와 내가 떠나온 고장과 그곳의 사람들에 대해 대화를 나누려고 하면서 마음을 써줬다.

"농담이란 걸 잘 알잖아요, 애비게일!"

그러고는 아이들을 전부 내보냈다. 벳시와 나, 우리끼리 남게 되자 벳시 역시 그 가느다란 목소리로 물어왔다.

"티투바, 악마와 계약 맺은 자가 존재해? 정말 존재해?"

나는 벳시를 품에 안았다.

"그게 뭐 중요한가요? 만일 그들이 아가씨에게 해를 끼치려고 한다해도 보호해줄 내가 여기 있지 않나요?"

벳시가 내 눈을 뚫어져라 바라봤고, 나는 그 눈동자 깊숙한 곳에서 흔들리고 있는 그늘을 보고 그 그림자를 없애주려고 애를 썼다.

"티투바는 모든 병을 고쳐주고, 모든 상처에 붕대를 감아주고, 모든 매듭을 풀어주는 주문을 알고 있어요! 그걸 몰랐어요?"

벳시는 말이 없었고, 안심시켜주는 말을 했는데도 몸을 점점 더 심하게 떨었다. 나는 아이를 더 꼭 안아줬고, 그 심장이 새장에 갇힌 새처럼 절망적으로 퍼덕이고 있기에 다시 되뇌어줬다.

"티투바는 모든 걸 할 수 있어요. 티투바는 모든 걸 알고 있어요. 티투바는 모든 걸 다 본답니다."

곧 여자아이들의 범주가 더 넓어졌다. 놀이복 가슴팍이 팽팽하고 확신컨대 가끔씩 더운 피로 엉덩이가 달궈질 게 분명한 멀쑥한 여자아이들이 애비게일의 충동질에 휘말려 부엌으로 몰려든 것이다. 그 아이들은 전혀 마음에 들지 않았다. 메리 월컷도, 엘리자베스 부스도, 수재나 셸던도. 그 아이들의 눈에는 자기들 부모가 우리 종족에 대해 품고 있는 온갖 경멸이 그대로 실려 있었다. 그러면서도 그 아이들은 밍밍한 죽 같은 자기네 삶에 양념을 치기 위해 나를 필요로 했다. 그러니 그 아이들은 부탁하는 대신 명령했다.

"티투바, 노래 하나 불러봐!"

"티투바, 이야기 하나 해봐. 아니, 그런 이야기로 뭘 하라는 거야. 그거 말고, 악마와 계약 맺은 자들 이야기를 해!"

어느 날, 상황이 안 좋게 흘러갔다. 내 주변을 맴돌던 뚱뚱한 메리 월컷이 결국 이런 이야기를 던졌다.

"티투바, 네가 모든 걸 알고, 모든 걸 보고, 모든 걸 할 수 있다는 게 사실이야? 그러니까 마녀란 말이지?"

나는 대놓고 화를 냈다.

"의미를 모르는 말들은 사용하지 말아요. 마녀가 뭔지는 알고요?"

앤 퍼트넘이 끼어들었다.

"우리야 물론 알지! 악마와 계약을 맺은 자야. 메리가 옳아. 너 마녀지, 티투바? 물론 그렇겠지만."

이건 너무 나갔다! 나는 그 어린 독사들을 전부 부엌에서 내쫓고 길거리까지 내몰았다.

"다시는 내 곁에 오지 말아요. 절대. 절대."

아이들이 흩어지자 어린 벳시를 끌어당겨 꾸짖었다.

"내가 들려준 이야기를 왜 전부 다 옮기는 거죠? 꼬아서 듣는 게 보이죠?"

아이는 얼굴이 빨개지더니 내 품에 폭 안겼다.

"미안, 티투바! 이젠 다시는 아무 말도 안 옮길게."

세일럼에 살게 된 뒤로 그 아이가, 벳시가 변했다! 신경질적이 되었고, 쉽게 흥분했으며, 걸핏하면 별거 아닌 일에도 눈물을 흘리고, 반 페니 동전만큼 휘둥그레 커진 두 눈동자로 허공을 뚫어져라 바라보기 일쑤였다! 마침내 걱정이 되기 시작했다. 어떤 상황에서 2층에서 숨을 거뒀는지 알기 힘든 죽은 여자 두 명의 영이 그 허약한 천성에 영향을 미친 게 아닐까? 어머니를 보호했듯이 아이도 보호해야 하는 게 아닐까?

정말이지, 이곳에서 새로 시작한 삶의 틀 안에서 마음에 드는 게 하나도 없었다! 하루하루 점점 더 거세지던 근심이 결코 내려놓을 수 없는 짐처럼 무거워졌다. 나는 그 짐을 진 채 잠자리에 들었다. 그 짐은 존 인디언의 우락부락한 몸 아래로, 내 위로 길게 드러누웠다. 아침이면 그 짐이 계단을 내려가는 발걸음을 무겁게 했고 아침에 먹을 밍밍한 오트밀을 장만할 때면 두 손을 느리게 했다.

난 더 이상 제정신이 아니었다.

스스로에게 위안을 주려고 치유책을 사용했다. 유리 사발에 물을 채운 뒤, 부엌에서 일하다가도 몸을 틀거나 돌아서면 볼 수 있게 창가에 갖다 놓고, 나만의 바베이도스를 그 안에 가둬뒀다. 나만의 바베이도스를, 물결이 출렁이는 바다와 이어지는 일렁이는 사탕수수밭, 한쪽으로 쏠린 채 바닷가에 늘어선 야자나무들, 붉은색 혹은 암녹색 열매가 가득한 토종 아몬드 나무들을 고스란히 그 안에 담아낼 수 있었다. 그곳의 사람들까지는 구별이 잘 안 됐지만, 낮은 산, 가옥, 사탕수수 압착장, 채찍을 휘두르는 손은 보이지 않지만 채찍질을 당하며 소가 끌고 가는 수레들은 또렷이 구별됐다. 거주지와 농장주들의 묘지도 구별이 됐다. 이 모든 게 유리 사발에 담긴 물 밑바닥에서 철저히 침묵하며 분주히 움직였다. 그래도 이렇게나마 바베이도스와 함께 있어서 마음이 따뜻해졌다.

가끔씩 애비게일, 벳시, 패리스 부인은 그걸 가만히 바라보고 있는 나의 모습과 맞닥뜨리면 깜짝 놀랐다.

"대체 뭘 보는 거야, 티투바?"

벳시, 그리고 패리스 부인도 나와 마찬가지로 바베이도스를 몹시 그리워한다는 것을 잘 알고 있었기에 두 사람과 이 비밀을 나누고 싶은 유혹을 수도 없이 받았다. 하지만 매번, 내가 처한 환경 속에서 어쩔 수 없이 새롭게 익히게 된 조심성을 발휘해서 생각을 고쳐먹었다. 그러고는 스스로에게 물었다. 그들이 느끼는 그리움과 향수가 내 것만 하겠는가? 그들이 그리워하는 것, 그건 신경 써주는 노예들에 둘러싸여 시중을 받는 백인들의 삶, 보다 편한 삶이 주는 안락함이었다. 패리스 주인님이 재산 전부와 희망 전부를 잃고 말았다고 해도, 모녀가 그곳에서 보냈던 나날들은 호사와 쾌락의 연속이었다. 난, 무엇을 그리워하는가? 노예의 실낱같은 행복. 노예의 일상에 허용된 말라비틀어진 빵에서 떨어지는 빵 부스러기들, 노예가 낙으로 삼는 그 부스러기들. 쏜살같이 흘러가는 금지된 놀이의 순간들.

우리, 패리스 부인과 벳시, 그리고 나는 같은 세계에 속하지 않았고, 내가 그 모녀에게 품고 있는 애정 전부를 들이대도 그 사실이 변할 수는 없었다. 12월에 들어서면서, 벳시가 정신을 놓고 멍한 상태에 빠지는 일이 정도를 지나쳤기에 (새뮤얼 패리스에게—무슨 소린지 쉽게 이해하겠지만—두들겨 맞으면서도 사도신경을 외우지 못하게 되다니!) 나의 고장에서 그렇듯이 벳시에게 입욕을 시키기로 결심했다.

아이에게 비밀을 지키겠다는 맹세를 시킨 뒤, 어둠이 내리자 양수와 똑같게 온갖 성분을 집어넣은 물에 아이가 목까지 잠기게 담갔다. 귀양살이라는 어려운 조건 속에서 그 물을 제조하느라 무려 나흘이 넘게 걸렸다. 하지만 내가 얻어낸 결과에 대해 자부심을 느꼈다. 뜨거운 물에 벳시를 담그자, 바로 얼마 전에 죽음을 불러왔던 바로 그 손이 생명을 부여한다는, 그리고 내게서 아이를 살해한 행위를 씻어낸다는 느낌이 들었다. 나는 아이에게 전례 문구를 따라 하게 시킨 뒤 머리를 물속에 밀어넣어 꼭 잡고 있다가 갑작스레 고개를 들어 올렸고, 그러면 벳시는 숨을 헐떡이며 눈물이 그렁그렁해져 있었다. 그러고 나서 진홍빛이 도는 아이의 몸을 커다란 담요로 감싼 뒤 침대로 데려다줬다. 아이는 털썩 쓰러져 깊은 잠에 빠졌는데, 깊은 잠을 못 잔 지 오래된 터였다. 이미 오래전부터 그 애조 띤 가냘픈 목소리로 하룻밤에도 몇 번씩 나를 불러댔으니까.

"티투바, 티투바! 어서 와봐!"

자정이 되기 직전, 거리에서 살아 돌아다니는 그 무엇도 만나지 않으

106

리라는 확신이 드는 그 시간에 입욕에 쓰인 물을 권장하는 방식대로 사거리에 버리러 나갔다.

사람들이 살아가는 고장마다 밤의 모습은 얼마나 다른지! 우리네 고장에서는 밤이 태내와 같아서 그 그늘에 잠기면 우리는 다시금 힘을 잃고 휘청거리지만 역설적으로 감각은 예민해져 존재와 사물에서 흘러나오는 아주 작은 속삭임까지도 재빨리 포착한다. 세일럼에서는 밤이 적대적인 검은 벽이라 자꾸 그 벽에 부딪혔다. 어두컴컴한 나무들 사이에 웅크리고 있는 날짐승들이 내가 지나가자 심술궂게 울어댔고 악의로 가득한 수많은 눈들이 쫓아왔다. 그러다가 검은 고양이의 익숙한 형체와 맞닥뜨렸다. 이상하기도 하지. 기운을 돋워줄 인사말을 건넸을 그 고양이가 성이 나서 야옹거리더니 달빛 아래서 등을 둥글게 말았다.

나는 씩씩하게 걸어서 도빈 사거리로 갔다. 그곳에 이르러, 머리 위에 이고 왔던 양동이를 내려놓고 서리로 뒤덮여 하얗게 변한 땅 위로 그 안의 내용물을 천천히, 조심스럽게 쏟았다. 마지막 한 방울이 땅속으로 스며드는 순간, 언덕배기 풀밭에서 바스락거리는 소리가 들렸다. 만 야야와 나의 어머니 아베나가 멀지 않은 곳에 있다는 걸 알았다. 하지만 이번에도 두 사람은 내 앞에 모습을 드러내지 않았고 나는 그저 침묵에 싸인 그 존재를 짐작하는 걸로 만족했다.

곧, 겨울이 세일럼을 완전히 둘러쌌다. 눈이 창틀 받침까지 쌓였다. 매일 아침, 엄청나게 많은 뜨거운 물과 소금을 들고 눈에 맞서 싸웠다. 하지만 그래 봤자 소용없었고, 늘 최후의 승리는 눈이 가져갔다. 곧 태양은 더 이상 뜨려고 하지 않았다. 하루하루가 음울한 고뇌 속에서 발을 질질 끌며 지나갔다.

10

세일럼에서 살기 전에는 새뮤얼 패리스의 종교가 일으키는 폐해가 어느 정도인지 정확히 파악하지 못했고, 그가 믿는 종교의 진정한 성격도 이해하지 못했다. 협소한 공동체의 남녀가 자기네들 사이에 악령이 존재한다는 생각에 짓눌려서, 악령이 나타났다 싶을 때마다 그를 추적할 궁리에 여념이 없다고 상상해보라. 암소가 죽어도, 아이가 경련을 일으켜도, 여자아이의 초경이 늦게 시작되어도, 이 모든 것이 끝도 없는 공론(空論)의 재료가 되었다. 누가 그 무시무시한 적과 계약을 맺고서 이 모든 재앙을 불러들였을까? 브리짓 비숍이 두 주 연속 일요일에 회당에 모습을 드러내지 않았던데, 그의 죄 때문이 아닐까? 아니, 자일스 코리가 안식일 오후에 떠돌이 짐승에게 먹이를 주는 걸 목격했는데, 그의 죄 때문이 아닐까? 나에게마저도 이런 해로운 분위기가 스며들어서, 별것 아닌 일에도 자신도 모르게 보호의 주문을 외거나 정화의 동작을 행했다. 게다가 나에게는 불안해할 만한 분명한 이유가 있었다. 브리지타운 시절 이미, 수재나 엔디콧이 자신이 보기에 내 피부 색깔은 나와 악령의 친밀함의 징표라고 말해줬더랬다. 물론 그 일에 대해서는, 고독하게 생활하고 노년이 점점 다가옴에 따라서 더욱 고약해진 중년 부인이 공들여 지어낸 이야기라고 웃어넘길 수 있었다. 그런데 세일럼에서는 모두가 그러한 신념을 나눠 갖고 있었다.

어쩌다가 여기까지 흘러들어 왔는지는 알 수 없지만 검둥이 하인 두세 명이 인근에 있었는데, 우리 모두는 그저 단순히 저주받은 자들이 아니라 사탄의 가시적 밀사들이었다. 그리하여 사람들이 남에게 털어놓을 수 없는 복수의 열망을 해소하려고, 의심할 여지 없는 증오와 원한에서 놓여나려고, 온갖 수단을 다 동원해 해코지를 하려고 몰래 우리를 만나러 왔다. 헌신적인 남편으로 알려진 어떤 남자는 아내의 죽음만을 꿈꿨다! 가장 정숙한 아내라고 여겨졌던 어떤 여인은 아이들 아버지를 없애버릴 수만 있다면 아이들의 영혼도 팔 준비가 되어 있었다! 이웃 남자는 이웃 여자의 목숨을 끊어버리고 싶어 했고, 오빠는 누이를 상대로 그랬다. 아이들마저도 가능하다면 가장 고통스러운 방식으로 아버지나 어머니를 떼어내기를 바랐다. 저질러지기만을 바라는 이 모든 범죄의 역한 냄새가 마침내 나를 다른 여자로 만들어버렸다. 유리병에 담긴 쪽빛 물을 바라보며 머릿속에서 나를 오먼드강 가로 데려다 놓아도 아무 소용없었으니, 내 안의 무언가가 서서히, 확실하게 망가졌다.

그랬다. 나는 다른 여자가 되었다. 스스로에게도 낯선 여자가.

어떤 사건이 나를 완전히 변화시켰다. 아마도 금전적 필요에 쫓기고 자신이 탈 말을 살 돈이 없어서였겠지만, 새뮤얼 패리스가 디컨 잉거솔에게 밭일을 할 때 부려먹으라고 존 인디언을 빌려줬다. 그래서 존 인디언은 신이 검둥이들에게조차 휴식을 명한 안식일 전날인 토요일에만 잠을 자러 왔다. 그래서 나는 밤마다 불기 없는 방에서 너무나 얇은 이불을 덮고 몸을 둥글게 만 채, 없는 사람을 갈구하며 애를 태웠다. 존 인디언이 내 곁으로 돌아온 때에도, 가축처럼 밭을 가느라 그 강건한 체질에도 불구하고 너무나 기진하여, 종종 내 가슴에 얼굴을 묻자마자 곧장 잠이 들곤 했다. 나는 우리의 운명에 대한 연민과 반항심으로 가득해서 그의 거칠고 꼬불거리는 머리카락을 쓰다듬었다!

누가, 누가 세상을 만들었는가?

무력감과 절망에 빠진 나는 복수하겠다는 계획을 품기 시작했다. 하지만 어떻게? 계획을 쌓아 올렸다가 날이 뜨면 내던졌고, 그러다가 밤이 되면 다시 곱씹기 시작했다. 나는 이제 거의 음식을 먹지 않았다. 물도 거의 마시지 않았다. 싸구려 모직 숄을 휘감고, 내가 완전히 혼자가 아니라는 점을 일깨우기 위해 선량한 주다 화이트가 보냈을 검은 고양이 한두 마리를 뒤에 달고, 영혼이 빠져나간 몸으로 돌아다녔다. 세일럼 주민들이 무서워하는 것도 놀랄 일은 아니었으니, 나의 얼굴 표정은 무시무시했다!

무시무시하고 흉측했다! 더는 빗질하지 않는 머리카락이 얼굴 주위로 갈기를 이루고 있었다. 뺨이 움푹 팼고, 부어오른 잇몸 위로 터질 듯이 팽팽한 입술이 추잡하게 벌어졌다.

존 인디언은 내 곁에 있을 때면 다정하게 투정을 부렸다.

"가꾸지 않는구나, 내 아내! 예전엔 넌 풀밭이라서 내가 그곳에서 풀을 뜯었는데. 이젠 음부에 풀이 너무 길게 자랐고 겨드랑이엔 덤불숲이 무성해서 거의 보기 싫을 정도야!"

"미안해, 존 인디언. 그래도, 이젠 내가 별 볼 일 없다 해도, 나를 계속 사랑해줘."

나는 숲 여기저기를 성큼성큼 걷는 습관이 생겼다. 몸을 피곤하게 만들면 정신도 피로해지고, 그러면 약간이라도 잠을 잘 수 있을 듯해서였다. 눈이 오솔길을 하얗게 덮었고, 옹이 진 가지들을 늘어뜨린 나무들은 해골처럼 보였다. 어느 날 숲속 공터로 들어갔다가 내벽이 점점 좁혀 들어오는 감옥에 들어간 느낌을 받았다. 머리 위로 보이는 좁다란 틈을 통해 유백색 하늘이 보이는데, 마치 내 삶이 이 빛나는 수의에 덮인 채 그곳에서 끝나게 될 것 같았다. 그때가 되면, 내 영혼이 바베이도스로 가는 길로 다시 접어들 수 있을까? 그곳에 도착한다 해도 만 야야나 어머니 아베나처럼, 무력하게 목소리도 내지 못하고 떠돌 수밖에 없으려나? 그들의 말이 떠올랐다. "넌 너무 멀리 떨어져 있게 될 거야. 물을 건너자면 너무나 많은 시간이 필요할 거야!"

아! 두 사람에게 꼬치꼬치 물었어야 했는데! 그들이 규칙을 깨고 내가 짐작하지 못한 게 무엇인지 밝히도록 졸라댔어야 했는데! 내게는 계속해서 따끔따끔 찔러대는 궁금증이 있었다. 내 육신이야 인간이 따라야 할 법칙을 따른다 해도, 풀려난 내 정신은 고향으로 가는 길을 되찾을 수 있는 것일까?

나는 내가 잃어버렸던 땅에 가 닿는다. 상처 난 땅의 버림받은 흉측함을 향해 되돌아간다. 나는 냄새로 그 땅을 알아본다. 땀, 고통, 노동의 냄새로. 역설적이게도 내 기운을 돋워주는 강하고 뜨거운 그 냄새로.

숲속을 헤매다가, 마을 사람들이 속마음을 드러내는 은밀한 표정으로 몸을 숙인 채 풀과 식물을 내려다보는 모습을 본 적이 한두 번 있었다. 그런 모습이 아주 재미있었다. 해코지를 위한 기예는 복잡하다. 식물에 대한 지식이 바탕이 되어야 하는 한편, 이 지식을 공기처럼 사라지는 힘들에 작용하는 능력과 결부시켜야 하는데, 그 힘이란 게 우선은 뻗대기 때문에 간청하는 게 중요하다. 원한다고 마녀를 자처할 수 있는 건 아니다!

어느 날, 주름 잡힌 치맛자락을 그러모은 채 서리로 반짝이는 땅바닥에 쭈그리고 앉아 있는데, 얼빠진 듯한 익숙한 자그마한 형체가 나무 사이로 솟아올랐다. 조지프 헨더슨의 흑인 노예 세라의 형체였다. 나를 보더니 달아날 듯한 동작을 취했다가 마음을 고쳐먹고 다가왔다.

롤리 출신인 조지프 헨더슨은 마을에서 가장 중요한 가문인 퍼트넘 가문의 딸과 혼인을 했다. 그 결혼은 계산속이었던 것 같은데, 어쨌든 거의 이문을 남기지 못한 걸로 판명이 되었다. 헨더슨 부부는 뭔가 비열한 이유 때문에 남편이 바라던 영지를 상속받지 못하여 가난 속에 근근이 살아가고 있었다. 어쩌면 이 때문이겠지만, 프리실라 헨더슨 마님은 늘 가장 먼저 회당 문턱을 넘고, 가장 먼저 기도문을 읊고, 가장 미친 듯이 하녀를 두들겨 팼다. 그 누구도 세라의 얼굴에 생겨난 혹에, 세라가 그 혹을 치료하느라 사용한 마늘의 가시지 않는 냄새에 놀라지 않았다. 세라는 내 옆에 털썩 무릎을 꿇더니 말을 던졌다.

"티투바, 도와줘!"

나는 엉터리로 대패질한 나무처럼 못이 박히고 뻣뻣한 작은 손을 쥐고 물었다.

"대체 내가 어떻게 도와줄 수 있다는 건데?"

그녀의 시선이 흔들렸다.

"네 능력이 대단하다는 건 누구나 알고 있어. 안주인을 떼버릴 수 있게 도와줘."

나는 잠시 입을 다물고 있다가 고개를 저었다.

"네 마음이 말로 표현하기조차 꺼리는 걸 할 수는 없어. 내게 자신의 지식을 넘겨줬던 분은 해악을 끼치기보다는 낫게 하고 고통을 달래는 걸 가르쳐줬지. 너처럼 나도 꼭 한 번 최악을 꿈꾼 적이 있는데, 그때 그 분이 내게 경고하더라. '나쁜 짓 말고는 할 줄 아는 게 없는 그들처럼 되지는 말아라!'"

그녀는 어깨를 감싼 형편없는 숄 아래에서 빈약한 어깨를 으쓱거렸다.

"가르침도 사회에 맞게 바뀌어야지. 넌 더 이상 바베이도스의 불행한 우리 형제자매 사이에 있지 않아. 우리를 망가뜨리려고 드는 괴물들 사이에 있다고."

그 말을 듣고 있자니, 이렇게 말하고 있는 사람이 어린 세라인지, 아니면 가장 은밀한 내 생각이 숲의 완벽한 침묵 속에서 메아리치고 있는 건 아닌지 스스로에게 묻게 됐다. 나의 복수를 하기. 우리의 복수를 하기. 나, 존 인디언, 메리 블랙, 세라, 그리고 다른 모든 사람들의. 불이, 폭풍이 휩쓸게 하기. 하얀 눈 수의를 진홍빛으로 물들이기.

나는 혼란스러운 목소리로 말했다.

"그런 말 하지 마, 세라! 부엌으로 날 보러 와. 말린 감자가 넉넉하니 배가 고프면 와."

그녀는 몸을 일으켰는데, 그 눈길에 담긴 경멸이 산(酸)처럼 내게 화상을 입혔다.

난 서두르지 않고 마을로 돌아갔다. 세라를 통해 보이지 않는 존재의 의견이 전달된 게 아닐까. 내 온 힘을 다해서 보이지 않는 존재를 부르며 사흘 밤을 기도로 보내는 것이 더 낫지 않을까.

물을 건너세요, 오, 나의 아버지들!
물을 건너세요, 오, 나의 어머니들!
저는 이 멀고 먼 나라에 사무치게 홀로랍니다!

물을 건너세요.

이런 불안한 생각에 빠진 채 레베카 너스 마님의 집을 지나쳐 가려는
데, 내 이름으로 나를 부르는 소리가 들렸다. 레베카 너스 마님은 나이
가 일흔하나에 가까웠으며, 그보다 더 병 때문에 몸을 움직이지 못하는
사람은 본 적이 없었다. 때로 다리가 너무나 부어올라서 꼼짝도 할 수
없었고, 그러면 가끔씩 노예선 너머로 보이는 고래들처럼 침대 한복판
에 너부러져서 지냈다. 그 집 자녀들이 도움을 청해온 게 한두 번이 아
니었는데, 나는 늘 그녀의 고통을 덜어줄 수 있었다. 그녀는 그날따라
덜 엉망으로 보이는 나이 든 얼굴로 미소를 건넸다.

"팔 좀 빌려줘, 티투바, 함께 몇 걸음 좀 떼보게."

나는 그리했다. 우리는 마을의 중심가로 이어지며 희미한 태양이 비
추고 있는 길을 따라서 내려갔다. 다시 끔찍한 고민에 빠져 이러지도 저
러지도 못하고 있을 때 레베카 너스가 중얼거리는 소리가 들렸다.

"티투바, 저들을 혼낼 수 없니? 홀턴네 사람들이 돼지를 묶어두는 걸
또 소홀히 했어. 저들이 우리 집 채마밭을 작살낸 게 한두 번이 아니야."

나는 순간 무슨 말인지 이해하지 못했다. 그러고 나서 그녀가 내게서
무엇을 기대하는지 깨달았다. 분노가 치밀어 팔을 놨고, 울타리 앞에 삐
딱하게 서 있는 그녀를 그대로 내버려뒀다.

아, 천만에! 저들은 나를 저들과 똑같이 만들지 못할 거야! 지지 않겠
어. 나쁜 일을 하지 않을 거야!

그로부터 며칠 뒤, 벳시가 병이 났다.

나는 놀라지 않았다. 최근 몇 주 동안 이기적으로 나와 내 고민거리

를 들여다보느라 벳시에게 거의 신경을 쓰지 못했다. 아침마다 벳시를 위해 기도했는지, 건강에 좋은 물약을 마시게 했는지 생각조차 안 날 정도였다. 솔직히 말하자면 벳시를 거의 본 적이 없었다. 벳시는 대부분의 시간을 앤 퍼트넘, 머시 루이스, 메리 월컷, 그리고 또 다른 아이들과 보냈는데, 이들은 내가 부엌에서 쫓아낸 뒤로 2층에 처박혀 내가 그 수상쩍은 성격을 모르지 않는 온갖 놀이에 빠져 있었다. 어느 날, 애비게일이 하느님이나 아실 방법으로 손에 넣은 타로 카드를 보여주면서 물어왔다.

"이걸로 미래를 읽을 수 있다고 생각해?"

나는 어깨를 으쓱했다.

"가여운 애비게일, 그런 일에 필요한 게 알록달록한 마분지 조각은 아니지요."

그러자 애비게일이 희미한 분홍빛이 도는 불룩한 손바닥에 움푹 팬 운명선이 보이게 흔들었다.

"그럼 여기, 여기에선 미래를 읽을 수 있니?"

나는 대꾸도 않고 어깨를 으쓱했다.

그랬다. 나는 이 여자아이들이 몰려다니면서 위험한 장난에 빠져 있다는 것을 알았다. 하지만 눈감아버렸다. 그 모든 어리석은 짓, 속살거림, 격렬한 웃음은 그들 삶의 끔찍한 일상에 대한 복수가 아니겠는가?

아담이 지은 죄로

우리 모두 빠져든다……

오점이 우리 이마에 찍히니

우리는 그걸 지울 수 없네 등등.

적어도 몇 시간 동안이라도 그 아이들은 다시 자유를 누리며 발랄해졌다.

　어느 날 밤, 저녁 식사를 마치고 나서 벳시가 몸이 뻣뻣하게 굳어 땅바닥으로 쓰러지며 뒤로 넘어갔는데, 두 팔을 십자가 모양으로 가슴에 얹고 눈동자는 뒤집혀 흰자위가 허옇게 드러났고 입술은 말려 올라가 이가 드러난 모습이었다. 보살펴주려고 급하게 뛰어갔다. 내 손이 그 아이의 팔을 스쳤을까 말까 했을 뿐인데, 아이가 몸을 움츠리더니 울부짖었다. 나는 당혹스러워서 가만히 있었다. 그러자 패리스 마님이 급하게 뛰어와 아이를 꼭 끌어안고는 정신없이 입맞춤으로 아이를 뒤덮기 시작했다.

　나는 부엌으로 돌아갔다.

　밤이 되어 각자 자기 침실로 물러난 뒤, 잠시 신중하게 기다렸다가 악당처럼 살금살금 나무 계단을 다시 내려갔다. 숨소리를 죽이면서 벳시가 있는 침실의 문을 빼꼼 열었는데, 놀랍게도 벳시의 부모가 어떤 미지의 악으로부터 딸을 보호하려고 데려간 것처럼 침실이 텅 비어 있었다.

　패리스 마님이 내게 던진 눈길에 담겨 있던 표정이 저절로 되살아났다. 벳시를 후려친 그 미지의 악의 진원지는 나일 수밖에 없는 거였다.

　어머니들의 배은망덕이란!

　우리가 브리지타운을 떠나온 이래로, 패리스 마님과 벳시에게 끝없이 헌신했다. 그들이 혹시 살짝이라도 재채기를 할까 봐 눈여겨보고, 기침이 시작됐다 하면 즉시 멎게 해줬다. 그들이 먹는 오트밀에 풍미를 주었고, 죽에 양념을 쳤더랬다. 그들에게 당밀 1파운드를 사다 주려고 휘몰아치는 강풍을 무릅쓰고 밖으로 나갔다. 옥수수 몇 개를 구하려고 눈을 헤치고 돌아다니기도 했다.

그런데 눈 깜짝할 새에 이 모든 것은 잊히고 적이 되고 말았다. 어쩌면 진짜로 나는 늘 적이었던 걸까? 패리스 마님은 나와 자신의 딸을 이어주는 유대 관계를 질투했던 걸까?

조금만 덜 혼란스러웠더라도 이성을 동원해서 왜 이렇게 표변했는지 이해해보려고 애를 썼을 것이다. 세일럼 사람들은 기독교를 믿는 가정에서 존 인디언과 나를 받아들여준 것에 놀라며 나를 사탄의 대리인으로 간주하고 더 나아가 그런 생각을 대놓고 말해왔는데, 엘리자베스 패리스는 여러 달 전부터 그런 사람들과 어우러져 세일럼의 해로운 분위기에 잠겨 살아왔다. 비록 처음에는 그런 생각들을 단호하게 물리쳤다 하더라도 그녀가 서서히 그런 생각에 물들 가능성은 얼마든지 있었다. 하지만 나로서는 스스로 겪고 있는 고통에 대해 거리를 둘 수가 없었다. 몹시 괴로워하면서 침실로 다시 올라간 나는 고독과 슬픔을 데리고 잠자리에 들었다. 밤이 지나갔다.

다음 날, 평소처럼 아침 식사를 준비하려고 제일 먼저 내려갔다. 갓 낳은 신선한 달걀이 있기에 오믈렛을 만들려고 달걀을 휘저어 거품을 올리고 있는데, 패리스네 식구가 매일 올리는 기도를 드리려고 식탁 주위에 자리를 잡는 소리가 들렸다. 새뮤얼 패리스의 목소리가 솟았다.

"티투바!"

매일 아침 이렇게 나를 불렀다. 하지만 그 순간에 그 목소리는 특별하고도 위협적으로 울려 퍼졌다! 서두르지 않고 다가갔다.

방금 불을 피웠기 때문에 아직 연기만 피어오르고 뜨거운 기는 느껴지지 않는지라 솥 자락으로 몸을 꼭 감싼 채 문틀 안에 모습을 드러내자마자, 나의 어린 벳시가 의자에서 펄쩍 뛰어오르더니 땅바닥을 구르며 울부짖기 시작했다.

그 비명 소리에 인간다운 구석이라고는 전혀 없었다.

노예들은 매년 성탄절을 대비해서 돼지를 살찌워왔다가 성탄절 전야의 만찬이 있기 이틀 전에 도살한 뒤, 돼지의 온갖 불결함을 떨어내려고 레몬과 베이럼 나뭇잎을 띄운 절임물에 담가두는 관습이 있었다. 동이 틀 때 돼지의 멱을 따서, 호리병박 나무의 가지에 네발을 매달아뒀다. 처음에는 거품을 일으키며 흘러내리던 피가 점점 느린 속도로 떨어지는 동안 돼지는 울부짖었다. 듣고 있기 힘든 걸걸거리는 비명 소리는 죽음이 찾아들면 갑자기 뚝 끊겼다.

그렇게 뱃시가 비명을 질렀다. 마치 갑자기 그 아이의 몸이 어떤 흉포한 힘이 깃든 비루한 짐승의 몸으로 탈바꿈한 듯했다.

애비게일은 처음에는 확연히 당황해서 가만히 있었다. 그러다가 그 어떤 것도 놓치는 법이 없는 그 시선이 새뮤얼 패리스의 비난하는 얼굴에서부터 무시무시함이 그보다 조금 덜할까 말까 한 패리스 마님의 얼굴로 옮겨 갔고, 그다음에는 전적인 당혹감을 드러냈을 내 얼굴로 옮겨왔다. 그 아이는 지금 무엇이 문제인지 이해한 듯했고, 그러자 녹색 수면 밑에 무엇이 있는지 모른 채 연못으로 뛰어드는 용맹한 사람처럼 의자에서 펄쩍 뛰어내리더니 땅바닥을 뒹굴며 똑같이 울부짖기 시작했다.

이 끔찍한 합주가 몇 분간 지속되었다. 그러다가 두 아이는 강경증(부자연스러운 자세임에도 근육의 긴장 때문에 오랫동안 그 자세를 유지하는 증상—옮긴이) 발작에 빠진 것처럼 보였다. 그때 새뮤얼 패리스가 입을 뗐다.

"티투바, 아이들에게 무슨 짓을 했지?"

부엌으로 돌아가기 전에 도도한 경멸의 웃음을 터뜨리는 것으로 대답을 대신했더라면 좋았을 텐데. 그러기는커녕, 겁에 질린 나는 발바닥이 땅바닥에 붙어버린 것처럼 두 아이를 뚫어져라 바라보며 단 한마디 말도 입 밖으로 내지 못했다. 마침내 패리스 마님이 징징대는 목소리로 말했다.

"네 주술이 미친 효과가 보이지!"

그 말에 펄쩍 뛰었다.

"패리스 마님, 마님께서 아팠을 때 누가 치료를 해드렸죠? 보스턴의 그 누추한 집에 살 때 하마터면 이 세상을 하직할 뻔하셨죠. 그때 누가 머리 위에 치유의 태양이 빛나게 해드렸나요? 제가 아니던가요? 그리고 그때도 주술이니 뭐니 말씀하셨던가요?"

새뮤얼 패리스가 또 다른 먹잇감을 발견한 야수처럼 몸을 획 돌리더니 천둥처럼 고함을 쳤다.

"엘리자베스 패리스, 분명히 말해봐요! 당신도 사탄과 함께하는 그 장난에 끼었소?"

그 가여운 피조물은 비틀거리다가 미끄러지듯 남편 발치에 무릎을 꿇었다.

"용서해줘요, 새뮤얼 패리스. 그땐 내가 무슨 짓을 하는 건지 몰랐어요!"

그 순간 들린 상태에서 빠져나온 벳시와 애비게일이 지옥에 떨어진 자들처럼 한층 더 심하게 울부짖기 시작하지 않았더라면 새뮤얼 패리스가 스스로는 무슨 죄를 저질렀다고 했을지 모르겠다.

곧 이웃들이 떼로 몰려와 주먹으로 문을 두드리는 바람에 현관문 두드리는 소리가 울려 퍼졌다. 새뮤얼 패리스의 얼굴이 변했다. 한 손가락을 입술에 갖다 댄 뒤, 두 아이를 나뭇단처럼 들고 2층으로 데려갔다. 잠시 뒤, 패리스 마님이 표정을 가다듬고 나서 호기심 가득한 사람들에게 문을 열어주며 더듬더듬 안심시키는 말을 내놓았다.

"별거 아니에요, 아무것도 아니에요. 오늘 아침 패리스 목사님이 딸아이들 행실을 바로잡기로 결심을 했답니다."

새로 합류한 사람들이 시끄럽게 동의를 표했다.

"내 의견도 바로 그거예요. 좀 더 자주 그래야 한다니까요!"

처음으로 불협화음을 낸 건 셸던 마님으로, 그 집 딸 수재나는 매일 어김없이 애비게일과 함께 틀어박혀 시간을 보냈다.

"굿윈네 아이들(1680년, 보스턴의 굿윈 집안의 하녀였던 앤 글로버라는 여성이 굿윈의 자녀들에게 주술을 걸었다는 혐의를 받고 교수형에 처해졌다—옮긴이)처럼 들리던데. 댁의 자녀들이 주술에 걸린 게 아니기를!"

이렇게 말하면서, 아니나 다를까, 그 여자는 그 잔인한 무표정한 눈빛으로 나를 바라봤다. 패리스 마님이 겨우 억지웃음 소리를 냈다.

"대체 무슨 말을 하고 싶은 거예요, 셸던 부인? 아이는 빵과 같아서 반죽을 해줘야 한다는 걸 모르시나요? 제 말을 믿으세요, 새뮤얼 패리스는 훌륭한 제빵사랍니다!"

모두가 웃음을 터뜨렸다. 난 부엌으로 돌아갔다. 잠깐 곰곰이 생각해보니, 상황이 명확해졌다. 의도적으로든 아니든, 의식적으로든 아니든, 무언가, 누군가 벳시가 내게 반기를 들게 만들었다. 이 사건에서—이런 생각이 드는데—애비게일은 그저 단역에 불과하며, 괜찮은 역할을 하며 얻게 될 이익을 노련하게 냄새 맡을 줄 알 뿐이었다. 아이의 신뢰를 다시 얻어내야만 했는데, 내 생각에 아이와 단둘이 있게 된다면 그럴 수 있으리라는 데에는 의심의 여지가 없었다.

그러고 나면 나 스스로를 보호해야 하는데, 너무 늦지 않게 해야 할 일이었다! 한 대 때리면 한 대 돌려줘야 했다. 눈에는 눈을 요구해야 했다. 만 야야의 그 낡은 인도주의적 교훈들이 더 이상 통용되지 않았다.

나를 둘러싼 사람들은 보스턴의 숲에서 죽음을 울부짖는 늑대만큼이나 사나웠고 난 그들과 비슷해져야 했다.

하지만 내가 모르는 것이 하나 있었으니, 악의는 타고나는 재능이라는 사실이었다. 그건 후천적으로 얻는 게 아니었다. 우리 가운데 며느리발톱이나 송곳니로 무장한 채 세상에 오지 않은 자들은 나가는 전투마다 지게 되어 있다.

11

"지쳐버린 내 아내, 우리가 함께한 뒤로 널 쭉 봐왔는데, 넌 우리가 섞어 살아가고 있는 백인들의 세계를 이해하지 못한다는 생각이 들어. 예외를 두잖아, 넌. 그들 가운데 몇 명은 우리를 존중하고 우리를 사랑할 수 있다고 생각하지. 그건 엄청난 착각이야! 가리지 말고 증오해야 해."

"네가 그런 말을 하다니, 존 인디언, 퍽이나 잘 어울리는군! 그들 손에 조종당하는 꼭두각시와 다를 게 없는 네가. 내가 이 실을 잡아당기면 넌……."

"궁지에 몰린 내 아내, 난 가면을 쓰고 있어! 그들이 원하는 색으로 칠한. 튀어나온 시뻘건 눈이라고요? '그럼요, 주인님!' 아랫입술이 툭 튀어나온 보랏빛 도는 입술이라고요? '그럼요, 주인님!' 두꺼비처럼 납작한 코라고요? '여러분의 즐거움을 위해서라면, 신사 숙녀 여러분!' 그런데 가면 뒤에서는, 나는 나야, 자유로운 존 인디언! 네가 그 어린 벳시를 꿀사탕처럼 물고 빠는 걸 보면서 이런 생각이 들었더랬지. '실망할 일이 벌어지지 않기를!'"

"그러니까 벳시가 나를 사랑하지 않는다고 생각해?"

"우리는 검둥이들이야, 티투바! 온 세상이 우리의 파멸을 위해 애쓰고 있다고!"

나는 존 인디언의 옆구리에 꼭 달라붙었다. 그가 하는 말들이 너무나 잔인해서였다. 마침내, 더듬거리며 입을 열었다.

"이제 무슨 일이 벌어질까?"

그가 생각에 잠겼다.

"새뮤얼 패리스는 세일럼에 자기 딸들이 주술에 걸렸다는 소문이 퍼질까 봐 그 누구보다도 걱정이 태산이야. 흔한 병이기를 바라면서 그리그스 의사를 부르겠지. 그 운 나쁜 의사가 아이들을 고쳐놓지 못한다면 그때에는 상황이 온통 악화될 거야!"

내가 울먹였다.

"존 인디언, 벳시는 아플 리가 없어. 내가 모든 것으로부터 보호했는데……."

그가 내 말을 끊었다.

"바로 그래서 불행한 일이 벌어진 거야! 네가 그 아이를 보호하려고 했으니까. 그 아이는 시시콜콜―오, 악의는 전혀 없었을 거라고 생각해―애비게일과 개랑 같이 다니는 고약한 계집애들에게 이야기를 했을 테고, 그 아이들은 그걸 갖고 독약을 만들어냈지! 어쩌나! 벳시가 가장 먼저 중독됐을걸!"

눈물이 쏟아졌다. 존 인디언은 위로해주기는커녕 오히려 무뚝뚝한 목소리로 말했다.

"네가 아베나의 딸이라는 건 기억해?"

이 말을 듣자 조금 정신이 들었다.

좁다란 천창으로 걸레처럼 더러운 햇살이 스며들었다. 일어나서 매일 매일 반복되는 일을 해야 할 시간이었다.

벌써 일어난 새뮤얼 패리스가 안식일이니만큼 회당에 갈 준비를 하고 있었다. 검은색 모자가 이마의 반을 잡아먹어서 얼굴이 직선으로 이루어진 세모꼴로 보였다. 그가 나를 향해 돌아섰다.

"티투바, 난 증거 없이 고발하지 않는다. 그래서 판단을 유보하는 거야. 하지만 내일이라도 그리그스 의사가 악마의 영향이라고 결론 내리면 내가 어떤 사람인지 보여주겠다."

내가 빈정거렸다.

"뭘 증거라고 부르는 거죠?"

그가 계속 나를 바라봤다.

"네가 내 아이들에게 무슨 짓을 했는지 자백하게 할 거고 네 목을 매달게 할 거다. 그리되면 이곳 메사추세츠의 나무에 아주 근사한 열매가 열리겠군!"

그 순간 패리스 마님과 두 아이가 들어왔다. 애비게일은 손에 기도서를 들고 있었다.

애비게일이 가장 먼저 쓰러져 울부짖기 시작했다. 벳시는 얼굴이 진홍빛으로 달아오른 채 애정과 공포 사이에서 망설이는 듯 잠시 가만히 서 있더니, 애비게일 옆에 함께 쓰러졌다.

이번에는 내가 울부짖었다.

"그만, 그만해요! 벳시, 애비게일, 둘 다 잘 알잖아, 내가 두 사람에게 아무런 나쁜 짓도 하지 않았다는 걸! 특히, 벳시! 내가 원했던 거라고는 벳시에게 좋은 일을 하는 것, 그게 전부였어!"

새뮤얼 패리스가 내게로 다가왔는데, 그가 품은 증오의 힘이 어찌나 거셌던지 마치 그 힘이 후려치기라도 한 듯 내가 비틀거렸다.

"설명해봐라! 네가 떠들어낸 말만으로도 이미 충분하지만. 아이들에게 무슨 짓을 했지?"

이번에도 전날처럼, 이 야단법석 때문에 몰려든 이웃들이 나를 살렸다. 그들은 가장 저속한 경련에 여전히 사로잡혀 있는 아이들을 둥글게 둘러싸고서, 공포로 말문이 막힌 채 존중하듯 지켜봤다. 이번에는 존 인디언이 내려왔다가 이 광경을 보고는 아무 말 없이 부엌으로 가, 양동이 한가득 물을 받아 오더니 촤악! 어린 미치광이 둘에게 쏟아부었다. 그러자 아이들이 진정되었다. 아이들은 물을 줄줄 흘리며, 거의 후회하는 표정이었다. 열을 지어 우리는 회당으로 가는 길에 올랐다.

우리에게 배정된 기도석에 앉으려는 순간 소동이 다시 시작되었다. 우리의 습관은 존 인디언이 첫 번째로, 내가 두 번째로, 그 뒤로 패리스 마님이 여자아이 둘을 앞세워 입장하는 거였다. 애비게일이 들어와서 내 옆에 무릎을 꿇고 앉아야 할 차례였는데, 우뚝 멈춰 서더니 갑자기 중앙 통로까지 튀어나갈 정도로 뒤로 확 넘어가며 소리를 질러댔다.

세일럼에서의 일요 예배를 상상해보라! 그들 모두 거기 있었다. 럼주 판매상 존 퍼트넘, 하사 토머스 퍼트넘과 그의 아내 앤, 자일스 코리와 그의 아내 마사, 그들의 딸과 사위들, 조해나 치범, 너새니얼 잉거솔, 존 프록터와 엘리자베스…… 그리고 다른 사람들, 또 다른 사람들! 내 눈에는 또한, 애비게일과 벳시의 위험한 놀이에 가담했던 어린 여자아이들과 처녀 아이들의 얼굴이, 흥분으로 번쩍이는 그들의 두 눈이 들어왔다. 그 아이들 역시 좌중의 시선을 한 몸에 받으며 뒤로 넘어가고 싶다는 욕망으로 활활 불타올랐다! 내게는 그 아이들 역시 춤판에 끼어들기 전에는 포기하지 않으리라는 게 느껴졌다!

이번에는 애비게일 혼자 몸을 뒤틀면서 야단법석을 주도했다. 벳시는 따라 하지 않았다. 잠시 뒤 애비게일이 입을 다물더니, 보닛에서 머리카락이 반나마 빠져나온 모습으로 기진해 쓰러졌다. 존 인디언이 몸을 일으켜 기도석에서 빠져나가 아이를 안아 집으로 데려갔다. 예배의 나머지 시간은 아무런 사건 없이 지나갔다.

내가 순진하다는 걸 인정한다. 쪼그라든 나무라도 튼실한 열매를 맺을 수 있듯이, 흉포하고 사악한 민족에게서도 감성이 풍부하고 선량한 개개인이 나올 수 있다고 믿어 의심치 않았다. 벳시가 내가 알지 못하는 누군가에 의해 길을 잃었지만 곧 벳시를 되찾을 수 있으리라는 희망을 잃지 않고 벳시의 애정을 믿었다. 그래서 패리스 마님이 아이들의 안부를 물으러 온 호기심 많은 사람들에게 대답을 해주려고 내려온 틈을 타서, 벳시의 침실로 올라갔다.

벳시는 자수틀을 앞에 놓기는 했으나 손가락은 꼼짝도 않고서 창가에 기대어 앉아 있었는데, 석양에 물든 그 자그마한 얼굴에 새겨진 표정은 내 가슴이 조여들 만한 것이었다. 발소리에 아이가 고개를 들었고 곧 그 입이 비명을 내지르려는 것처럼 둥글게 벌어졌다. 재빨리 다가가 손으로 아이의 입을 틀어막았다. 아이가 내 손을 어찌나 가차 없이 물었는지 피가 솟았고, 우리 둘 다 바닥에 천천히 진홍빛 핏줄기가 생겨나는 모습을 가만히 바라보기만 했다.

무척 아팠지만, 내가 낼 수 있는 한 가장 부드러운 목소리로 물었다.

"벳시, 누가 내 말을 듣지 말라고 했어요?"

아이가 머리를 저었다.

"아무도, 아무도 안 그랬어."

내가 끈질기게 물었다.

"애비게일인가?"

아이가 점점 더 발작적으로 계속 머리를 저어댔다.

"아니, 아니, 아이들은 그저 네가 나에게 나쁜 짓을 한다고 말했을 뿐이야!"

나는 여전한 어조로 말했다.

"왜 걔들에게 말했어요? 그건 우리끼리만 알고 있어야 하는 비밀이라고 말하지 않았던가?"

"그럴 수 없었어, 그럴 수 없었다고! 네가 나에게 했던 그 모든 일들!"

"그건 벳시에게 좋은 거라고 설명하지 않았나요?"

아이의 윗입술이 위로 말려 올라가면서 병색이 도는 잇몸이 드러났다.

"네가, 네가 좋은 일을 한다고? 넌 검둥이야, 티투바! 네가 하는 일은 나쁜 일일 수밖에 없어. 넌 악마야!"

그런 말, 난 그런 걸 이미 들었거나 사람들의 시선에서 그런 내용을 읽었더랬다. 하지만 그런 말들이 내게 그리도 소중했던 아이의 입에서 떨어질 거라고는 상상하지 못했다! 나는 말문이 막혔다. 벳시는 우리 고향 섬에 사는 그린맘바(독사의 일종)처럼 쉭쉭댔다.

"나를 목욕시켰던 그 물, 그 안에 뭐가 들었지? 네가 악의로 죽게 만들었던 갓난아이의 피?"

나는 마음이 너무 아팠다.

"매일 아침 먹이를 주던 그 고양이? 그거였지? 그렇지?"

눈물이 흐르기 시작했다.

"네가 숲에 갈 때엔? 그들, 또 다른 자들, 너랑 비슷한 자들을 만나서 함께 춤을 추려는 거였지? 그렇지?"

나는 기운을 짜내 그 방에서 나왔다.

중년 부인들이 잔뜩 흥분하여 와글와글 수다를 떨어대고 있는 거실을 지나, 부엌에 가 처박혔다. 나의 바베이도스의 풍광이 보고 싶어질 때 물끄러미 바라보곤 했던 유리 사발은 누군가 치워버렸다. 나는 극심한 슬픔에 뻣뻣해진 몸을 나무 발판 위에 부려놓았다. 거기 웅크리고 있는데 메리 시블리가 나를 찾아왔다. 마을 여자들 대부분에게보다 그 여자에게 더 호감을 느끼는 건 아니었다. 하지만 그 여자가 하얀 피부의 인간이 흑인에게 안겨준 운명에 대해 상당한 동정심을 드러내면서 말을 걸어온 적이 한두 번 있었다는 건 인정하겠다. 그 여자가 내 팔을 잡았다.

"들어봐, 티투바! 곧 늑대 떼가 널 덮쳐 갈기갈기 찢어발기고 토막을 낸 뒤, 피가 굳고 혈향이 사라지기 전에 서둘러 맛보며 주둥이를 핥아댈 거야. 넌 스스로를 변호하고, 그 아이들이 주술에 걸린 게 아니라는 걸 입증해야 해."

깜짝 놀라, 이 예상치 못한 배려를 경계하면서 물었다.

"나도 그럴 수 있으면 좋겠어요. 불행히도 그럴 능력이 없군요."

그녀가 목소리를 낮췄다.

"그걸 모르는 건 너뿐이야. 아이들에게 케이크를 만들어주기만 하면 돼. 차이가 있다면 이거지. 물로 밀가루 반죽을 하는 대신 거기에 오줌을 섞으라고. 일단 그걸 오븐에 넣어 굽고 난 뒤 먹으라고 주는 거야……."

내가 말을 가로막았다.

"시블리 마님, 내가 마님을 존경하긴 하지만, 그런 말도 안 되는 소리는 다른 데 가서 하세요!"

바로 그 순간 존 인디언이 들어오자 그녀가 존 인디언을 향해 휙 돌아섰다.

"도대체 알긴 아는 거야? 사람들이 마녀에게 무슨 짓을 하는지 저 여자가 아냐고? 도와주려고 애를 쓰고 있는데, 면전에서 비웃기나 하고."

존 인디언이 눈알을 좌우로 굴리기 시작했고, 그러다가 울먹이는 목소리로 말했다.

"오, 그럼요! 시블리 마님! 절 도와주세요! 가여운 티투바와 가여운 존 인디언을 도와주세요."

하지만 난 굳건히 버텼다.

"시블리 마님, 그 말도 안 되는 소리는 다른 데 가서 하세요!"

그녀가 몹시 기분이 상해서 나가자 존 인디언이 그 뒤를 따라가면서 달래려고 헛되이 애를 썼다. 하루가 저물 무렵, 내가 부엌에서 쫓아냈던 아이들이 꼬리에 꼬리를 물고 들어왔다. 빠짐없이 다 있었다. 앤 퍼트넘. 메리 월컷. 엘리자베스 허버드. 메리 워런. 머시 루이스. 엘리자베스 부스. 수재나 셸던. 세라 처칠. 그 아이들이 나를 조롱하려고 왔다는 것을 깨달았다. 참담하게 무너지는 광경을 즐기려고 왔다는 것을. 오, 그건 아직 시작일 뿐이었다! 나는 훨씬 더 아래로 추락하리라. 훨씬 더 고통받으리라. 그런 행복한 예상에 잠긴 아이들의 눈이 잔인함으로 번쩍거렸다. 그 펑퍼짐한 우스꽝스러운 옷차림을 하고서도 아이들은 거의 아름답다고 할 만했다! 마술 쇼에 사용되는 여행 가방만 한 엉덩이를 자랑하는 메리 월컷도, 너무 일찍 시든 배 모양의 가슴을 지닌 메리 워런도, 거의 탐스럽다고 할 만했다. 숫돌처럼 생긴 이가 입술 밖으로 튀어나온 엘리자베스 허버드마저도.

그날 밤 수재나 엔디콧을 꿈에서 봤고, 그녀가 했던 말들이 떠올랐다.

"죽어서나 살아서나 널 쫓아다닐 거다!"

그러니까 그녀가 복수하는 걸까? 그녀는 죽어 브리지타운의 묘지에 묻혔지? 살던 집은 가장 고가를 부른 사람에게 팔렸고, 재산은 그녀가 바라는 대로 가난한 사람들에게 나눠주었지?

그러니까 그녀가 복수하는 걸까?

존 인디언이 디컨 잉거솔네로 돌아가버려서 침대가 여럿이 힘을 모아 내게 파준 무덤처럼 텅 비고 싸늘했다. 커튼을 걷자, 달이 하늘 한복판에 말에 오른 여전사처럼 앉아 있는 모양이 눈에 들어왔다. 달의 목둘레에 구름 스카프가 둘러져 있었고 주변 하늘은 잉크색을 띠었다.

오한이 느껴져서 다시 잠자리에 들었다.

자정이 되기 직전 방문이 열렸고, 흥분과 고뇌의 상태에 빠져 있던 나는 대번에 자리에 일어나 앉았다. 새뮤얼 패리스였다. 그는 한마디 말도 없이 가만히 서서 희미한 어둠에 잠긴 채, 나로서는 짐작이 가지 않는 기도문을 입술만 움직여 중얼거렸다. 한없이 길게 느껴지는 시간 동안, 그 기다란 윤곽은 벽에 등을 댄 채 꼼짝 않고 서 있었다. 그러다가 왔을 때처럼 그렇게 나가서, 꿈을 꿨나 보다 하는 생각이 들 정도였다. 패리스마저도 꿈인가 싶었다.

아침이 되어서야 마침내 잠이 나를 그 은혜로운 두 팔에 안아줬다. 잠은 나를 주의 깊게 배려했다. 그 덕분에 나의 바베이도스에 가서 낮은 산들 이곳저곳을 거닐 수 있었다. 고독에 잠긴 채 행복한 나날을 보냈던 나의 집도 다시 보았다. 비록 당시의 고독이 지고의 행복이었음을 그때는 몰랐지만. 잠은 나의 집을 바꾸어놓지 않았다! 조금 더 삭았을까 말까. 워터레몬이 타고 올라간 정자에는 열매가 잔뜩 열렸다. 호리병박 나무는 아이 밴 여자의 배처럼 둥근 열매들을 자랑했다. 오먼드강은 갓난

아이처럼 즐겁게 재잘댔다.

고향, 잃어버린 고향일까? 내 너를 다시 볼 수 있을까?

12

그리그스 의사와 나는 최상의 관계를 유지해왔다. 그는 내가 패리스 마님의 무기력증 치료를 맡아 놀라운 효과를 냈음을, 마님이 일요일이면 회당에서 찬송가를 부를 수 있게 된 것도 내 덕분임을 알았다. 또한 내가 아이들의 기침과 기관지염을 낫게 했다는 것도 알았다. 한번은, 자기 아들이 발목에 상처를 입자 덧난 상처에 붙이는 고약에 대해 물으러 온 적까지 있었다.

그때까지만 해도 그는 나의 재능에서 악의란 보지 못한 듯했다. 하지만 그날 아침, 새뮤얼 패리스네 현관문을 열고 들어온 그는 나와 시선을 마주치기를 피했고, 그래서 그가 나를 고발하는 자들의 진영에 가담할 준비가 됐음을 알아차렸다. 그가 2층으로 이어지는 계단을 올랐고, 계단참에서 목소리를 낮춰가며 패리스 부부와 협의하는 소리가 들렸다. 잠시 뒤, 새뮤얼 패리스의 목소리가 울렸다.

"티투바, 너도 여기 있어야 한다."

나는 명령대로 했다.

벳시와 애비게일이 부부의 침실에, 깃털 이불이 덮인 커다란 침대에 나란히 앉아 있었다. 내가 미처 발을 들여놓기도 전에, 두 아이는 근사한 앙상블을 이루는 날카로운 쇳소리를 지르며 바닥에 나뒹굴었다. 그리그스 의사는 당혹감에 휩쓸리지 않았다. 그가 가죽 장정의 두툼한 책 여러 권을 탁자에 내려놓더니 정성스럽게 주석을 달아뒀던 페이지들을 펼쳐 열과 성을 다해 읽기 시작했다. 그러더니 몸을 돌려 패리스 마님을 향해 명령을 내렸다.

"아이들 옷을 벗기세요!"

가여운 부인의 겁에 질린 듯한 모습에 그녀가 남편에 대해 내게 털어놨던 이야기가 기억이 났다. "가여운 티투바, 그이는 자기 옷도 벗지 않고 내 옷도 벗기지 않고 날 안아!"

이 사람들은 벌거벗음을, 심지어 그것이 아이의 경우일지라도 참지 못했다!

그리그스 의사가 망설임도 반박도 허용하지 않는 목소리로 되풀이했다.

"아이들 옷을 벗기세요!"

그녀는 명령을 실행에 옮기는 수밖에 없었다.

두 아이는 둘로 잘린 벌레처럼 꿈틀거리고 산 채로 껍데기를 벗기기라도 하는 듯 울부짖었으니, 그런 아이들의 옷을 벗기는 일이 얼마나 어려웠는지는 지나가겠다! 그럭저럭 목표에 도달하여 여자아이 둘의 몸이, 완전한 아이의 몸인 벳시의 몸과 유륜에 분홍빛이 돌고 음부에 추잡한 털이 돋은 청소년기에 접어든 애비게일의 몸이 드러났다. 그리그스 의사가 애비게일의 입에서 줄줄 쏟아져 나오는 끔찍한 욕설에도 개의치 않고 두 아이의 몸을 꼼꼼히 진찰했다. 애비게일은 울부짖는 틈틈이 들도 보도 못한 천박한 욕설을 내뱉고 있었다. 마침내 그가 새뮤얼 패리스를 향해 몸을 돌리더니 점잔을 빼며 말했다.

"비장이나 간에 아무 문제 없고, 담낭 울혈이 있는 것도 아니고, 혈액 온도의 상승 등도 잡히지 않습니다. 한마디로 그 어떤 육체적 원인도 확인된 게 없습니다. 이렇게 결론을 내릴 수밖에 없군요. 악마의 손길이 두 아이에게 뻗쳤다고."

그 말이 떨어지자 왈왈, 으르렁으르렁, 어흥어흥, 온갖 환성이 우레처럼 일었다. 그리그스 의사가 소란을 뚫고 말소리가 들리게 하려고 목소리를 높이면서 말을 이어갔다.

"하지만 난 그저 보잘것없는 시골 의사일 뿐입니다. 정확한 진실을 위해 나보다 더 학식 높은 동료 의사들에게 도움을 청하길 권해드립니다." 그가 그 말을 끝으로 책을 모아 들고 가버렸다.

애비게일과 벳시가 방금 떨어진 의사의 의견이 얼마나 엄청난 것인지를 깨닫기라도 한 듯이 갑자기 방 안에 침묵이 깔렸다. 그러더니 벳시가 공포, 후회, 끝없는 피로가 뒤섞인 듣기 딱한 울음을 터뜨렸다.

내가 서 있던 계단참으로 나온 새뮤얼 패리스가 나를 난폭하게 밀치는 바람에, 쓰러지며 벽에 부딪혔다. 그가 나를 짓밟고 내 어깨를 움켜쥐었다. 전에는 그가 그토록 강하다는 걸, 그의 손이 갈고리 모양의 맹금 발톱 같다는 걸 눈치채지 못했고, 그렇게 가까이에서 그의 잘 씻지 않은 몸에서 나는 냄새를 맡아본 적이 없었다. 그가 힘주어 말했다.

"티투바, 아이들에게 주문을 건 자가 너라는 게 입증된다면, 다시 한번 말하는데, 네 목을 매달게 하겠다!"

내가 기운을 그러모아 항의했다.

"주술 이야기가 나오자마자 대체 왜 내가 그랬을 거라고 생각하는 거죠? 왜 이웃이 그랬을지도 모른다는 생각은 안 해보는 거죠? 메리 시블리는 그에 대해 정통한 것 같던데! 거기 물어보시죠!"

나는 닥치는 대로 물어뜯고 할퀴는, 궁지에 몰린 짐승처럼 행동하기 시작했다.

새뮤얼 패리스의 얼굴이 딱딱하게 굳었고, 입술을 앙다물어 핏빛 가느다란 선만 남았다. 그가 꽉 쥐고 있던 어깨를 놓았다.

"메리 시블리?"

그래도, 적어도 이 시점에 그가 메리 시블리와 한바탕 논쟁을 벌이지 않을 거라는 건 뻔했다. 심술궂은 여편네들이 무리 지어 고래고래 소리를 지르며 아래층 거실로 들어섰으니까. 병이 퍼졌고 마을의 다른 여자아이들도 그 병에 걸린 것이다. 앤 퍼트넘, 머시 루이스, 메리 월컷 등 하나씩 둘씩 악령의 지배라고 부르기로 결정 내린 그 병의 영향으로 쓰러졌다.

세일럼의 북쪽에서 남쪽까지, 감옥 같은 목재 가옥들 너머로, 울타리를 쳐놓은 가축 사육지와 노간주나무밭과 데이지꽃밭 너머로 야단법석을 떠는 목소리들이 뒤죽박죽 솟구쳤다. '마귀 들린 자들'의 목소리. 겁에 질린 부모들의 목소리. 도움을 주려고 애를 쓰는 하인들이나 지인들의 목소리. 새뮤얼 패리스는 몹시 지친 듯했다.

"내일, 보스턴으로 가서 종교 당국의 권고를 듣고 오죠."

내가 잃을 게 뭐가 있겠는가?

발에 피가 맺히게 만드는 나막신을 신고 치마를 걷어붙인 뒤 앤과 토머스 퍼트넘의 집으로 달렸다. 토머스 퍼트넘이 세일럼의 가장 부유한 축에 속한다는 데에는 이론의 여지가 없었다. 둘레가 1미터나 되는 모자를 쓰고 묵직한 영국제 천으로 만든 망토를 걸친 그 어마어마한 거인과 모두가 목소리를 낮춰 한마음으로 미쳤다고 수군대는 그의 아내는 지독한 대조를 이루었다. 그 둘의 딸인 어린 앤이 자기 어머니가 환영을 보는데, 그 환영에 대해 나와 얘기를 나누고 싶어 한다는 이야기를 한두 번 전한 게 아니었다.

"무슨 환영을요?"

"사람들 몇이 지옥 불에 구워지는 걸 본대!"

이해하겠지만 그런 대화를 나눈 뒤로 앤 퍼트넘과 일체의 교류가 없도록 피해버렸더랬다!

퍼트넘의 집 1층에 북적이는 사람들 중 그 누구도 내게 주의를 기울이지 않아서, 우연히도 어린 앤이 좌우로 펄떡펄떡 날뛰는 모습을 지켜보게 되었다. 어느 순간, 그 아이가 벌떡 일어서더니 손가락으로 벽을 가리키면서 과장된 어조로 말했다.

"저기, 저기, 놈이 보여요. 코는 독수리 부리 같고, 두 눈은 불덩어리 같고 온몸에 긴 털이 났어요. 저기, 저기, 놈이 보인다고요!"

뭘 기대했던 걸까? 우글거리는 어른들이 우선은 아이 코앞에서 대놓고 웃어준 뒤, 아이가 가질 법한 두려움을 달래주는 모습을 보기를? 그러기는커녕 모여 있던 사람들은 산지사방 뿔뿔이 흩어져 무릎을 꿇고, 찬송가와 기도를 읊조리기 시작했다. 양 옆구리에 주먹을 갖다 대고 고개는 뒤로 젖힌 채 힘차게 비웃음의 콧방귀를 뀐 유일한 사람은 세라 굿이었다. 심지어 이런 말까지 덧붙였다.

"아니, 왜, 어서 악마랑 춤추러 가지 않고? 이곳에 악마의 피조물들이 있다면, 내 생각엔 바로 여러분이 그들 중 하나인 게 확실하네요!"

그러더니 딸아이 도커스의 손을 잡고서 가버렸다. 나도 그리했어야 했는데. 이런 빈정거리는 말을 남기고 그녀가 떠나버리자 사람들이 서로 옆에 있는 사람을 쳐다봤고, 그 와중에 구석에 몸을 피하고 있던 나의 모습이 눈에 띄고 말았다.

내게 제일 먼저 돌을 던진 사람은 포프 마님이었다.

"새뮤얼 패리스가 달고 온 물건은 정말이지 굉장하네! 말이야 바른 말이지만, 그 양반, 금이 매달리게 하기는커녕, 이런 저주받은 무화과나무(마태복음 21:18-22 참조—옮긴이)로 빠지고 말았잖아!"

세일럼에 과부들이 수없이 많듯이 포프 마님도 남편이 없는 여자로서, 대부분의 시간을 이 집에서 저 집으로 험담을 한가득씩 실어 나르는 데 보냈다. 그 여자는 늘 왜 이 어린 갓난아이가 저세상으로 갔는지, 왜 저 아낙의 배는 빈 가죽 부대로 남아 있는지 등등에 대해 알고 있었다……. 보통은 모두가 그 여자를 피했다. 하지만 이번에는 그 여자의 말에 모두 찬성을 표했다. 헌친슨 마님이 곧바로 그 뒤를 이어 두 번째 돌을 주워 들었다.

"그 작자가 가방 안에 이런 초상난 듯한 낯짝들을 담아가지고 이 마을에 나타나자마자, 불행의 문이 열렸다는 걸 즉각 알았다고! 이제 불행이 우리를 덮친 거지."

나를 변호하기 위해 무슨 말을 할 수 있었겠는가?

놀랍게도 엘리자베스 프록터가 너무나도 낙담한 표정으로 이 모든 일을 지켜보고 있다가 대담하게 목소리를 높였다.

"재판의 시간이 되기도 전에 단죄는 말아야죠! 정말 주술이 문제인 건지 우리는 모르잖아……."

더 많은 사람들의 목소리에 그녀의 목소리가 덮였다.

"알지! 왜 몰라! 그리그스 의사가 그렇다고 인정했잖아요!"

프록터 마님이 용감하게 어깨를 으쓱했다.

"그래, 여러분은 의사가 오진하는 걸 본 적이 없나요? 너새니얼 베일리의 아내가 혈액 감염으로 병이 났는데, 웬 목구멍 치료만 하다가 묘지에 들어가게 한 사람이 바로 그 그리그스 의사가 아니었나?"

내가 프록터 마님에게 말했다.

"저 때문에 그렇게 애쓰지 않으셔도 됩니다, 프록터 마님! 두꺼비의 독으로 장미 향을 죽일 수 있었던 적은 한 번도 없었답니다!"

확실히, 보다 나은 비유를 택할 수도 있었건만. 적들은 그 점을 놓치지 않고서 폭소를 터뜨렸다.

"대체 누가 장미라는 거야? 너? 너라고? 불쌍한 티투바, 그건 너의 착각이야. 그래, 네 피부색을 착각한 거지."

만 야야와 나의 어머니 아베나가 이젠 더 이상 내게 말을 건네지 않았지만, 이런 순간 혹은 저런 순간에 그들이 내 주위에 있음을 확실히 알아챘다. 종종 아침에 가냘픈 그림자가 내 방 커튼에 매달려 있다가 침대 발치로 옮겨 와 웅크리고 앉으면, 비록 그 그림자가 만져질 수 없는 존재임에도 불구하고 놀랄 만한 온기가 전해졌다. 그럴 때, 내 초라한 골방에 인동덩굴 향이 퍼져나가면, 나는 아베나의 존재를 알아챘다. 만 야야의 향기는 좀 더 강해서 거의 후추 향 같았고 또한 좀 더 은밀했다. 만야야는 온기를 전해주지는 않았지만 내 정신에 일종의 민첩성을, 결국그 무엇도 나를 파괴하지는 못할 거라는 확신을 주었다. 간추려보자면, 만 야야는 희망을, 나의 어머니 아베나는 애정을 가져다주었다. 그렇긴 하지만 나를 위협하고 있는 심각한 위험 앞에서 내가 좀 더 긴밀한 소통을 필요로 했다는 건 인정할 것이다. 말을 통한 소통. 가끔은 그 어떤 것도 말보다 낫지 못한다. 말은 종종 거짓말하고 종종 배신하지만, 그래도 그 무엇으로도 대체할 수 없는 위안을 준다.

우리 집 뒤 자그마한 공간에 울타리를 쳐놓고 존 인디언이 지어준 닭장 안에다가 닭을 키워왔다. 그리고 종종 내가 사랑하는 보이지 않는 존재들을 위해 닭을 제물로 바쳤다. 하지만 지금으로서는 내겐 다른 종류의 사자(使者)가 필요했다. 두 집 건너 사는 나이 든 헌친슨 마님이 자신이 키우는 양 떼를, 그중에서도 특히 이마에 별 문양이 있고 티끌 한 점 없이 새하얀 털을 자랑하는 양 한 마리를 자랑스러워했다. 동이 틀 무렵, 세일럼의 주민 모두에게 노동을 통해 그들의 신을 기려야 할 시간이 됐음을 알리는 나팔 소리가 울려 퍼지고 나면, 헌친슨 마님의 가축을 돌봐주는 목동이 개 두세 마리를 데리고 마을 끝에 위치한 공동 목초지로 가는 길에 올랐다. 헌친슨 마님은 몇 번 고약한 언쟁에 휘말린 적이 있었다. 공동 목초지 사용료 지불을 거부해서였다. 이런 데였다, 세일럼이라는 곳이! 신의 이름이라는 외투를 여봐란듯이 걸치고는 서로 빼앗고 속이고 훔치는 그런 공동체. 법을 내세워 도둑놈에게 절도를 의미하는 글자를 낙인 찍어도, 채찍질하고 귀를 자르고 혀를 뽑아도 아무 효과 없이 범죄만 창궐했다!

이런 점 전부가 내가 도둑을 상대로 도둑질하는 것에 대해 그 어떤 양심의 가책도 느끼지 않는다는 점을 설명해주리라!

울타리를 단속하는 노끈을 풀어버리고 가축들 사이로 섞여 들어가자, 졸고 있던 가축들이 빠르게 불안을 느꼈다. 나는 바로 그 양을 붙잡았다. 양이 뒤로 뻗대면서 내 손아귀 안에서 단호하게 저항했다. 하지만 내가 더 셌기에 양은 나를 따를 수밖에 없었다.

아주 짧은 순간 우리 둘, 제물인 양과 내가, 집행관이지만 덜덜 떨면서 용서해달라고, 희생의 피 한 방울에 기도를 실어 가달라고 기원하는 내가 가만히 서로를 바라봤다. 그러다가 완벽하고 군더더기 없는 동작으로 양의 멱을 땄다. 양이 털썩 무릎을 꿇자 발 주위의 흙이 축축하게 젖어 들었다. 나는 그 신선한 피를 내 이마에 발랐다. 그러고는 내장과 배설물에서 풍기는 악취에 개의치 않고 양의 내장을 제거했다. 그다음에 균등하게 넷으로 나눈 살덩어리를 동서남북을 향해 내보인 뒤 나의 사람들에게 공물로 남겨뒀다.

그 과정을 마치고 엎드려 있는 동안 머릿속에서 기도와 주문이 서로 뒤엉켰다. 마침내 두 여자가, 내 생명의 원천인 두 여자가 말을 걸어오려나? 그 두 사람이 필요했다. 내게는 더 이상 나의 대지가 없었다. 내게는 이제 내 남자뿐이었다. 나는 내 아이를 죽여야만 했었다. 그러니 내겐 두 사람, 나를 태어나게 만들었던 두 사람이 필요했다. 나로서는 측정할 수 없는 시간이 흘렀다. 그러더니 덤불숲에서 소리가 났다. 만 야야와 나의 어머니 아베나가 내 앞에 있었다. 우리 사이에 벽처럼 세워져 있어 우리가 부딪히곤 했던 그 침묵이 드디어 깨지려는가? 심장이 요란하게 뛰기 시작했다. 마침내 만 야야가 입을 열었다.

"너무 불안해하지 마라, 티투바! 너도 알잖니, 불운, 그건 검둥이에겐 쌍둥이 자매란다! 불운은 검둥이와 같이 태어나고, 같이 잠자리에 들고, 말라붙은 동일한 젖가슴을 놓고 서로 다툰단다. 불운은 검둥이의 호리병박에 담긴 대구를 홀라당 먹어치워버려. 하지만 검둥이는 저항을 한단다! 검둥이가 지상에서 사라지는 걸 보고 싶어 하는 자들은 헛수고를 하는 거지. 모두 가운데에서 너만 살아남을 거다!"

내가 애원하듯 물었다.

"바베이도스로 돌아가게 될까요?"

만 야야는 어깨를 으쓱하더니 그저 이렇게 말했다.

"질문이니, 그건?"

그러더니 가벼운 손짓을 보내고는 사라져버렸다. 나의 어머니 아베나는 평소처럼 한숨을 내쉬느라 조금 더 뭉그적거렸다. 그러더니 어머니 역시 더 이상의 명확한 설명은 해주지 않고 사라져버렸다.

나는 살짝 마음이 평온해져 몸을 일으켰다. 추위에도 불구하고 피와 신선한 고기 냄새에 끌린 파리들이 어지럽게 날아다니기 시작했다. 벌써 기상나팔 소리가 울려 퍼지고 있는 마을로 들어섰다. 내가 기도하느라 그렇게 많은 시간을 썼는지 생각도 못 했다. 세라 헌친슨에게 고용된 목동이 양 떼 중에 가장 중요한 놈이 사라졌음을 알아차리고 주인에게 보고하러 오는 바람에, 침대에서 빠져나온 세라가 급하게 머리카락들을 보닛 안에 쑤셔 넣으면서 분노의 고함을 고래고래 질러대고 있었다.

"소돔의 주민들에게 신의 징벌이 떨어졌듯이, 언젠가는 세일럼의 주민들에게 신의 징벌이 떨어지게 될 거야. 그러면 꼭 소돔에서처럼, 신의 처벌을 면하려면 필요한 열 명의 의인이 이 마을에는 없겠지. 도둑놈들, 도둑놈들의 소굴이 아니고 뭐야!"

나는 마치 그녀의 감정에 공감한다는 듯이 그 앞에 멈춰 서는 위선까지 떨었고, 그러자 그 여자가 나를 정원 한 귀퉁이로 이끌며 목소리를 낮춰 말했다.

"도와줘, 티투바, 이런 고약한 짓을 한 놈을 찾아서 벌줘야겠어! 그놈에게 애가 있다면 첫애가 마마 비슷한 병을 앓다가 죽어버리기를. 아직 애가 없다면 그 아내가 영원히 애를 배지 못하기를! 넌 할 수 있잖아, 내가 알아. 사방에서 그러더라고, 너보다 더 무시무시한 마녀는 없다고!"

만 야야와 나의 어머니 아베나가 불어넣어준 자신감이 순간이나마 차올라 그 여자의 두 눈을 똑바로 바라보면서 또박또박 말했다.

"가장 두려운 마녀는 사람들이 마녀라고 이름 붙이는 자들이 아니랍니다. 뜬소문에 귀 기울여서는 안 된다는 걸 알 정도로는, 헌친슨 마님, 살아온 날이 제법 되지 않는가요!"

그녀가 심술궂게 웃었다.

"또박또박 잘도 따지네, 검둥이 계집이! 밧줄 끝에 매달려 대롱거리면서도 그렇게 따져댈 수 있는지, 어디 보자."

나도 모르는 새 소름이 돋은 채 집으로 돌아갔다.

어쩌면 사람들은 내가 죽음을 생각하며 두려움에 떤다고 놀랄지도 모르겠다. 하지만 바로 거기에 우리 인간의 모호성이 존재한다. 우리도 죽음을 피할 수 없는 육체를 가졌기에 보통 사람들을 엄습하는 온갖 고뇌의 먹이가 된다. 그들처럼 우리도 고통을 두려워한다. 그들처럼 우리도 지상에서의 삶에 종지부를 찍는 끔찍한 대기실에 겁을 먹게 된다. 대기실 문이 양옆으로 열리면 우리 앞에 또 다른 형식의 삶, 이번에는 영원한 삶이 펼쳐진다는 것을 알아도 소용없다. 내 마음과 정신에 다시 평화가 자리 잡도록 만 야야의 말을 되뇌어야만 했다.

"모두 가운데에서 너만 살아남을 거다!"

2부

1

세 마리의 커다란 맹금과 흡사한 목사들이 식당에 자리 잡았다. 한 명은 베벌리 교구에서 왔고, 두 명은 세일럼 시에서 왔다. 그들은 벽난로에서 맹렬하게, 환하게 타오르는 불길을 향해 깡마른 다리를 뻗었다. 그다음으로 손바닥을 데웠다. 끝으로 그들 중 한 명인 가장 젊은 새뮤얼 앨런이 새뮤얼 패리스를 향해 눈길을 쳐들고 물었다.

"아이들은 어디에 있나요?"

새뮤얼 패리스가 대답했다.

"2층에서 기다리고 있습니다."

"다 모인 건가요?"

새뮤얼 패리스가 고개를 끄덕였다.

"아이들 부모에게 아침 일찍 이곳으로 아이들을 데리고 오라고 부탁했습니다. 부모들은 주님께 기도를 올리면서 회당에서 기다리고들 있습니다."

목사 셋이 일어섰다.

"우리도 그럽시다. 우리에게 부과된 임무를 완수하자면 신이 우리와 함께하셔야 하니까요."

새뮤얼 패리스가 책을 열더니 그가 그리도 좋아하는 과장되고 격렬한 어조로 읽기 시작했다.

여호와께서 이와 같이 말씀하시되

하늘은 나의 보좌요

땅은 나의 발판이니

너희가 나를 위하여 무슨 집을 지으랴

내가 안식할 처소가 어디랴

나 여호와가 말하노라 내 손이 이 모든 것을 지었으므로……

이런 식으로 족히 수 분 동안 성서를 읽더니 책을 덮고 말했다.

"이사야 66장입니다."

명령을 내린 이는 베벌리의 에드워드 페이슨이었다.

"내려오라고 하시죠!"

새뮤얼 패리스가 급하게 나가자 그가 내 쪽으로 몸을 돌리고 놀랄 만큼 친절하게 말했다.

"네게 죄가 없다면 두려워할 건 하나도 없다!"

흔들림 없는 목소리였더라면 좋았겠지만 떨리고 쉰 듯한 목소리가 흘러나왔다.

"난 죄가 없어요."

벌써 아이들이 방으로 들어서고 있었다. 새뮤얼 패리스는 아이들이 전부 다 모여 있다고 주장했지만 그건 사실이 아니었다. 벳시, 애비게일,

앤 퍼트넘만 있었으니까. 그러다가 그가 마귀 들린 아이들 중에서도 사람들이 가장 불쌍하다고 부르는 가장 나이 어린 축을 골랐음을 깨달았다. 아버지, 남편이 열망하는 게 있다면 그 어린아이들의 고통을 달래주고 그들이 겪는 끔찍한 형벌을 줄여주는 것 말고 무엇이 있겠는가.

나는 속으로, 겁에 질린 두 눈이 번쩍이는 파리한 벳시를 제외하면, 애비게일과 앤은 그 어느 때보다도 최상의 건강 상태로 보인다는, 특히 애비게일은 무방비 상태의 새들로 푸짐한 향연이 준비되고 있는 장면을 지켜보는 교활한 고양이의 표정이라는 생각을 했다.

물론, 내가 과녁이 되고 있음을 알았다 해도, 그 순간 내가 느낀 감정은 절대 묘사할 수 없으리라. 분노. 죽이고 싶은 욕망. 고통, 특히 고통. 나는 품에 독사를 안고 따뜻한 온기를 제공하며, 끝이 두 갈래로 갈라진 혓바닥이 날름대는 세모꼴 아가리에 젖꼭지를 물려준 가련한 멍청이였다. 나는 속았다. 베네치아의 진주를 잔뜩 실은 갤리언선처럼 인질로 잡혀 몸값을 요구당하는 꼴. 스페인의 해적이 내 몸에 칼을 꽂아 넣었다.

벌써부터 머리가 세고 피부가 늘어지기 시작한 에드워드 페이슨이 네 사람 중 가장 나이가 많았기에, 그가 질문을 던졌다.

"우리가 너희를 도울 수 있게 말해보아라. 누가, 누가 너희를 괴롭히지?"

그러자 아이들은 자신들의 말에 좀 더 무게를 싣기 위해 잠시 뜸을 들이다가 입을 열었다.

"티투바요!"

아이들이 다른 이름들도 대기 시작하는 소리가 들렸고, 온갖 감정이 들끓어 오르는 가운데서도 그 이름들이 왜 내 이름과 나란히 놓이는지 이해할 수 없었다.

"세라 굿요! 세라 오즈번요!"

세라 굿, 세라 오즈번, 그리고 나, 우리는 세일럼에 살면서 서로 한마디 말도 나누지 않은 사이였다. 기껏해야, 세라 굿의 네 살배기 딸 도커스 굿이 영양실조에 걸린 아이의 모습으로 창가를 지나가기에 그 아이에게 사과 타르트나 호박 타르트 한 조각을 준 일이 있을 뿐이다.

거대한 세 마리 맹금과 흡사한 그 남자들이 침실로 침입했다. 눈이 있는 자리에만 구멍을 뚫은 검은색 두건을 뒤집어썼는데, 천을 뚫고 입김이 새어 나왔다. 그들이 재빨리 침대를 둘러쌌다. 둘이 내 팔을 붙잡고 있는 동안 세 번째 인물이 내 다리를 묶었는데, 어찌나 꽉 조였던지 고통의 비명이 절로 새어 나왔다. 그러고는 그들 중 한 명이 입을 뗐는데 새뮤얼 패리스의 목소리라는 걸 알아봤다.

"적어도 뭔가 선한 것이 네가 풀어놓은 지옥으로부터 나온다면, 그건 바로 너를 죽이는 게 쉬워지리라는 거지. 이 마을의 그 누구도 너를 위해 손가락 하나 까딱하지 않을 테니까. 보스턴의 법관들은 채찍질을 해줘야 할 다른 고양이들이 있거든. 네가 말을 듣지 않는다면 그 일을 바로 우리가 하게 될 거다. 왜냐, 티투바, 널 매다는 데 쓰일 밧줄조차도 아깝기 때문이다!"

나는 말을 더듬었다.

"대체 날 어떻게 하고 싶은 건데요?"

그들 중 한 명이 침대 가에 앉더니 닿을 정도로 몸을 바싹 수그리고는 또박또박 말했다.

"법정에 출두해서 이 모든 일을 네가 꾸몄다고 자백해라."

내가 울부짖었다.

"절대로 안 해요! 절대!"

입을 가격당하자 피가 터져 나왔다.

"네가 꾸민 일이라고, 그런데 너 혼자 움직인 건 아니라고 자백해. 그리고 공범들을 고발해! 굿과 오즈번, 그리고 다른 자들도!"

"공범이 어디 있어요, 아무 짓도 안 했는데!"

그들 중 한 명이 내 위에 걸터앉더니 돌덩이 같은 주먹으로 얼굴을 내려치기 시작했다. 또 다른 한 명은 내 치마를 걷어 올리고는 뾰족하게 깎은 막대기를 내 몸의 가장 민감한 부분에 쑤셔 넣으며 조롱했다.

"받아, 어서 받아, 존 인디언의 좆이야!"

내 안에 그저 고통만이 첩첩이 쌓일 즈음 그들이 동작을 멈췄고, 셋 중 하나가 다시 말을 이었다.

"적그리스도가 만들어낸 창조물이 세일럼에서 너 혼자만은 아니다. 다른 자들도 있고, 그 이름들을 네가 법관 앞에서 말하게 될 거다. 잘 들어!"

그들이 어디로 가려고 하는지 이해되기 시작했다. 나는 꺼져가는 목소리로 말했다.

"아이들이 소위 공범들 이름을 대지 않았나요? 거기에 뭘 덧붙이기를 바라는 거죠?"

그들이 웃었다.

"네 말대로 그건 아이들 말이지. 아주 불완전한! 곧 아이들에게 핵심 인물을 빼놓지 않게 가르치긴 할 거야! 그리고 바로 그 일에 네가 앞장설 거고!"

나는 고개를 저었다.

"그럴 일 없어요! 절대로!"

그러자 그들이 다시 악착스레 내게 달려들었고 뾰족한 막대기가 내 목구멍까지 뚫고 올라오는 느낌이 들었다. 어쨌든 나는 굳건히 버티며 화를 냈다

"절대! 절대!"

그들이 서로 쑥덕거렸고 그러다가 문이 삐걱 소리를 내며 열리더니 부드러운 목소리가 나를 불렀다.

"티투바!"

존 인디언이었다. 맹금 세 마리가 그를 앞으로 밀었다.

"네가 덜 꽉 막힌 듯해 보이니, 알아듣게 설명해!"

그들이 물러가자 방 안에는 우리의 고통과 내가 받은 수모의 냄새만 남았다!

존 인디언이 나를 꼭 안아줬고, 이렇게 그의 두 팔이 만들어주는 안식처를 되찾으니 얼마나 감미롭던지! 그가 손수건으로 상처에서 흐르는 피를 닦아내었다. 치마를 끌어내려 모욕당한 내 엉덩이를 덮었고, 나는 그가 흘리는 눈물이 내 살갗에 떨어지는 걸 느꼈다.

"아내, 학대당한 내 아내! 이번에도 넌 또 중요한 걸 착각하고 있어! 중요한 건 목숨이 붙어 있는 거야! 놈들이 고발하라고 요구하면 고발을 해! 놈들이 불러주는 대로 세일럼의 주민 절반을! 이 세계는 우리의 세계가 아니야. 놈들이 이 세계를 불태우고 싶어 하면 우리에게 중요한 건 그저 불길을 피해 있는 거라고! 고발해, 놈들이 속살거리는 대로 모두를 고발해!"

나는 그를 밀어냈다.

"존 인디언, 그자들은 내가 자백하기를 바라. 그런데 나는 죄가 없어!"

그가 어깨를 으쓱하더니 내가 말 안 듣고 고집부리는 아이라도 되는

양 나를 다시 품에 안고 살살 흔들어줬다.

"죄가 없다고? 천만에, 넌 죄인이고 앞으로도 그들 눈엔 그럴 거야. 문제는, 너 자신을 위해, 날 위해…… 그리고 앞으로 태어날 우리 아이들을 위해 네가 살아남는 거야!"

"존 인디언, 아이 얘기는 하지 마. 암흑뿐인 이런 세상에서 아이는 절대 안 낳아!"

이렇게 감정을 터뜨려도 그는 아무런 대꾸도 하지 않고 다시 말을 이어갔다.

"고발해, 능욕당한 나의 아내! 놈들에게 복종하는 척하면서, 그렇게 역설적으로 너의 복수를, 나의 복수를 하는 거야. 하느님이 그랬듯이 그자들의 산과 밭과 재산과 보화를 약탈에 내맡겨."

커다란 세 마리 맹금과 흡사한 마을 경찰들이 세라 굿, 세라 오즈번, 그리고 나를 체포했다. 오, 경찰이 자신들의 무훈을 자랑할 이유는 전혀 없었다. 우리 가운데 그 누구도 그들에게 저항하지 않았으니까. 세라 굿이 손에 사슬이 채워질 때 그저 이렇게 물었다.

"도커스는 누가 돌보나요?"

이 장면을 지켜보던 프록터 부부가 동정심에 사로잡혀 앞으로 나섰다.

"안심하고 가요! 우리가 우리 애들하고 같이 돌보겠어요."

이 말이 떨어지자, 마녀의 아이와 건강한 아이가 섞여서는 안 된다는 의견을 모두 공유라도 하는 듯, 모여 있는 사람들 사이에 웅성거림이 일었다. 프록터 부부가 세라 굿과 뭔가 의심스러운 관계를 맺고 있지는 않는지 궁금해하는가 하면, 엘리자베스 프록터가 벽장에 넣어뒀던 밀랍 인형들에 핀을 꽂더라는 그 집 하녀 메리 워런의 말을 즉각 떠올리는 사람들도 있었다. 경찰들이 우리 발목과 손목에 엄청나게 무거운 쇠사슬을 감아놓아서 우리는 가까스로 그걸 끌며 입스위치 감옥으로 가는 길에 올랐다.

때는 2월로, 한 해 중에 추위가 극에 달하는 무자비한 달이었다. 말에 올라탄 경찰들이 앞장서고 우리가 흙과 눈이 섞인 진창길을 터벅터벅 걸어 출발하는 모습을 지켜보려고, 수많은 사람들이 세일럼의 주요 도로를 따라 잔뜩 늘어서 있었다. 놀랍게도, 이 가지에서 저 가지로 서로 쫓고 쫓기며 얼어붙은 대기를 가르는 새들의 소리가 이 참담한 풍경 한가운데에서 솟아올랐다.

난 존 인디언의 말을 떠올렸고 그 말에 담긴 심오한 지혜를 그제야 깨달았다. 자신의 무죄를 증명하기 위해서는 무죄를 외치는 걸로 충분하다고 믿었다니, 순진하기는! 심술궂은 자들이나 약한 자들에게 선을 베푸는 건 곧 악을 베푸는 거나 마찬가지라는 걸 몰랐다니, 순진하기는! 그래, 복수를 하리라. 고발을 하리라. 그들이 내 손에 쥐여준 이 권능의 꼭대기에서 폭풍을 일으키고, 장벽만큼이나 높은 파도로 바다를 후벼 파고, 나무들을 뿌리째 뽑아버리고, 집과 헛간의 대들보들을 지푸라기처럼 허공으로 날려버리리라.

그들이 누구의 이름을 대기를 원했더라?

경고한다! 옆에서 이 진창길을 함께 걷는 저 불행한 여자들의 이름을 대는 걸로 만족하지 않으리라. 거세게 후려치겠다. 머리를 후려치겠다. 지금 나는 극도의 헐벗음 속에 내동댕이쳐졌지만, 동시에 권력이 주어졌다는 느낌에 도취되었다! 아, 그래, 나의 존 인디언이 옳았다. 종종 꿈꿔왔던 그러한 복수가 바로 그들 자신의 의지에 의해 이제 나의 것이 되었다!

입스위치는 세일럼에서부터 10여 마일 떨어진 곳에 있었는데, 우리는 밤이 되기 직전에 그곳에 도착했다. 감옥은 매사추세츠의 바다에 물고기가 풍부하듯 그 땅에 득시글거리는 온갖 종류의 범죄자, 살인자, 도둑들로 그득했다. 럼주를 연거푸 비워댄 바람에 얼굴이 사과처럼 붉은 경찰관이 우리 이름을 명부에 기록하더니 뒤에 걸린 도표를 들여다봤다.

"한 군데도 빈 곳이 없으니, 너희 마녀들이 아무런 처벌도 받지 않고 회합을 열 수 있겠는걸! 자, 사탄이 너희들과 함께하길!"

그의 졸개들이 비난의 눈길을 던졌다. 그런 문제를 놓고 농담을 하다니! 그는 취기가 잔뜩 올라 붕 뜬 상태였기에 그러거나 말거나 전혀 개의치 않았다.

비좁은 공간에 우리 셋을 밀어 넣었기에 세라 굿의 파이프에서 나는 악취를 맡지 않을 수 없었고, 그 와중에도 공포에 질린 세라 오즈번은 음울한 목소리로 끊임없이 기도를 중얼댔다. 자정쯤 고함 소리에 우리 모두 잠을 깼다.

"저 사탄의 피조물이 나를 붙잡네, 나를 붙잡아! 나를 놔줘!"

눈알이 반쯤 튀어나올 듯한 모습의 세라 오즈번이었다. 그녀가 누구를 손가락으로 가리켰을까? 당연히, 나였다! 나는 세라 굿을 우리의 감방 동료가 보여주는 대담함과 위선에 대한 증인으로 삼으려고, 그녀를 향해 몸을 돌렸다. 오즈번이 나를 희생시켜가며 자신의 변론을 준비하려는 건가? 그런데 이번에는 세라 굿이 돼지를 연상시키는 그 두 눈으로 나를 뚫어져라 바라보면서 소리를 지르기 시작하는 것이 아닌가.

"저 사탄의 피조물이 나를 붙잡네, 나를 붙잡아! 나를 놔줘!"

이제는 만취 상태인 뺨이 붉은 경찰관이 발길질을 해가며 나를 감옥에서 끌어내어 이 지옥 같은 난리법석을 진정시켰다. 결국 그가 복도에

설치된 갈고리에 나를 사슬로 묶어뒀다.

살을 에는 차가운 밤바람이 자물통의 열쇠 구멍 사이로 획획 지나갔다.

2

세일럼의 법정에 출두하기 위한 준비가 끝나기를 기다리면서 우리는 일주일 동안 감옥에 머물렀다. 그리고 나는 최근에 쓴맛을 봤고 존 인디언의 충고를 기억하고 있음에도 불구하고, 이번에도 한 번 더 그곳에서 명백한 우정의 덫에 기꺼이 걸려들었다. 내가 덜덜 떨며 감옥 복도에 묶인 채 피를 흘리고 있으려니, 어떤 여자가 감방 창살 사이로 손을 내밀고 지나가는 경찰관 한 명을 멈춰 세웠다.

"여기엔 두 사람이 있을 만한 자리가 있어. 저 가여운 사람을 이곳에 집어넣으라고!"

이렇게 말하는 여자는 젊었고 스물세 살이 넘지 않았다. 그 여자는, 정숙함 따위는 무시한 채 보닛을 완전히 뒤로 넘겨 까마귀 날개처럼 새까맣고 풍성한 머리 타래를 드러내고 있는 모습이 어떤 사람들 눈에는 그것만으로도 죄악을 상징하고 처벌을 불러일으킬 만했다. 마찬가지로 두 눈은 더러운 물처럼 회색도 아니고 심술궂은 초록색도 아닌 검은색이었는데, 자비로운 밤의 그늘처럼 검은색이었다. 그 여자는 단지의 물을 찾으러 갔고, 무릎을 꿇고서 내 얼굴에 난 상처를 씻어주려고 애를 썼다. 이렇게 분주히 움직이면서도 그 여자는 혼잣말 하듯이 말을 했는데, 어쩌면 대답을 기다리지 않는 듯했다.

"피부색이 어쩌면 이렇게 근사할까. 이런 살색이라면 그 밑에 자신의 감정을 얼마나 잘 숨길 수 있을까! 공포도, 고뇌도, 분노도, 혐오도! 난 절대 그렇게 할 수 없었는데. 내 피의 흐름은 늘 나를 배신했거든!"

내가 오고 가는 그 손길을 멈춰 세웠다.

"마님……."

"날 '마님'이라고 부르지 마."

"그럼 어떻게 부르지요?"

"이름으로. 헤스터! 네 이름은?"

"티투바."

"티투바?"

그녀는 황홀한 듯 이름을 되뇌었다.

"그 이름은 어디서 온 거지?"

"내가 태어나자 아버지가 그 이름을 지어줬어요."

"아버지?"

그녀는 노여운 듯 입술을 비죽거렸다.

"남자가 준 이름을 쓴다고?"

놀라서 나는 잠시 대답을 못 했고, 그러다가 응수했다.

"모든 여자가 마찬가지 아닌가요? 처음에는 아버지의 성을, 그다음에는 남편의 성을 쓰지 않던가요?"

그녀가 생각에 잠긴 채 말을 이었다.

"적어도 이런 법칙에서 벗어난 사회가 조금이라도 있기를 바랐어. 네가 속한 사회, 예를 들자면!"

이번에는 내가 생각에 잠겼다.

"어쩌면 우리의 뿌리인 아프리카에서는 그랬을지도 몰라요. 하지만 우리도 이젠 아프리카에 대해서 아는 게 없고, 아프리카는 우리에게 더 이상 중요하지 않아요."

그녀가 좁은 감방 안을 이리저리 걸어 다녔기에 임신한 상태임을 알 아차렸다. 그녀가 아직도 충격에 잠겨 있는 내게로 돌아와 다정하게 물 었다.

"저들이 널 '마녀'라고 부르는 걸 들었어. 대체 저들이 비난하는 게 뭔 데?"

이번에도 이 낯선 여인이 내게서 불러일으킨 호감에 휩쓸려서 설명 을 해주기로 결심했다.

"왜 당신이 속한 사회에서는……."

그녀가 사납게 내 말을 끊어버렸다.

"내가 속한 사회가 아니야. 나도 너처럼 추방된 게 아닌가? 사방 벽 안 에 갇혀 있는데?"

내가 고쳐 말했다.

"이 사회에서는 마녀의 역할에 해로운 의미를 부여하나요? 우리가 이 말을 사용해야 한다면, '마녀'란 고치고 교정하고 위로하고 치유하 는……."

그녀가 웃음을 터뜨리는 바람에 말이 중단됐다.

"그러니까 코튼 매더가 쓴 글을 읽어보지 않은 거로구나!"

그러더니 가슴을 한껏 부풀리며 위엄 있는 표정을 지었다.

"마녀란 기이하고 해로운 일들을 행한다. 마녀는 진정한 기적을 행할 수 없으니, 신의 선택을 받은 자들과 신의 사절들만이 진정한 기적을 행할 수 있다.'"

이번에는 내가 웃다가 이렇게 물었다.

"코튼 매더가 누군데요?"

그녀는 질문에 답하는 대신 내 얼굴을 두 손바닥으로 감쌌다.

"네가 악한 짓을 했을 리 없어, 티투바! 난 확신해. 넌 너무 예쁘거든! 그들 모두가 널 비난해도, 난 너의 무죄를 옹호하겠어!"

이루 말할 수 없을 정도로 감동한 내가 대담하게 그녀의 얼굴을 쓰다듬으며 중얼거렸다.

"너도 아름다워, 헤스터! 무슨 죄로 고발당했지?"

그녀가 재빨리 답했다.

"간통죄!"

나는 엄청난 공포를 느끼며 그녀를 바라봤다. 청교도들의 눈에 그 죄가 얼마나 위중한 것인지를 알고 있었으니까. 그녀가 말을 이어갔다.

"내가 여기 이렇게 웅크리고 있는 동안 배 속에 이 아이를 심어준 작자는 자유롭게 오가고 있지."

내가 속삭였다.

"왜 그를 고발하지 않은 거야?"

그녀가 제자리에서 빙글 돌았다.

"아! 넌 복수의 즐거움을 모르는구나!"

"복수? 솔직히, 네 말은 따라가기가 힘들어!"

그녀가 야성의 정열을 드러내며 말했다.

"우리 둘 가운데 말이야—내 말을 믿으라고—가장 불쌍히 여길 사람은 내가 아니야. 적어도 그가 양심을, 신의 사람에게서 기대할 법한 그것을 지니고 있다면." 나는 점점 더 당황했다. 그녀도 알아챈 모양이었다. 더러운 판자 침상으로 와서 옆에 앉았으니까.

"내 이야기에서 뭔가 이해하게 만들려면 처음부터 시작해야만 할 모양이네."

그녀가 심호흡을 한 번 했고, 난 그 입에서 나올 말에 쫑긋 귀를 기울였다.

"이쪽 해안에 처음으로 도착한 배였던 메이플라워호(號)에는 내 아버지의 아버지와 내 어머니의 아버지, 이렇게 조상 두 분이 타고 있었어. 둘 다 진정한 신의 왕국을 꽃피우려고 온 열렬한 '분리주의자들'이었지. 그런 계획이 얼마나 위험한지는 너도 알 테고, 자녀들을 얼마나 혹독하게 키웠는지에 대한 이야기도 넘어갈게. 덕분에 그들은 고전을 읽는 목사들을 잔뜩 키워냈어. 키케로, 카토, 오비디우스, 베르길리우스……."

내가 가로막았다.

"그런 사람들 이야기는 들어본 적이 없어!"

그녀가 눈을 들어 하늘을 올려다봤다.

"다행이로군! 불행히도 나의 집안에서는 양성평등을 믿었고 건전하게 인형 놀이를 할 나이에 아버지가 고전을 암송하게 시켰더랬지! 어디까지 얘기했더라? 아, 그래! 열여섯 되던 해, 집안에서 알고 지내던 목사와 결혼을 시켰는데, 세 번째 아내까지도 떠나보내고 아이만 다섯인 자였어. 그 입 냄새가 어찌나 고약했던지 그가 내 위로 몸을 기울이자마자 다행스럽게도 기절해버렸어. 내 존재가 온통 그를 거부했어. 그런데도 그는 내게 애를 넷이나 만들어줬지만, 하느님은 그 아이들을 지상에서 데려가는 쪽을 더 좋아하셨단다. 하느님뿐만 아니라 나도! 나로서는 증오하는 남자의 아이들을 사랑한다는 게 불가능했거든. 티투바, 네겐 숨기지 않겠어. 임신해 있는 동안 수없이 복용했던 물약, 탕약, 하제, 완하제 덕분에 그런 다행스러운 결과에 도달한 거야."

난 혼잣말로 중얼거렸다.

"나도, 내 아이를 죽여야만 했는데!"

"다행스럽게도 그자가 1년 조금 더 전에 다른 칼뱅주의자들과 함께 선민 문제를 놓고 토의하려고 제네바로 떠났단다. 그때…… 그때……."

그녀의 말이 멎는 순간, 나는 그녀가 큰소리를 쳐댔지만 아직도 자신이 겪는 고통의 원천인 그 남자를 사랑하고 있다는 걸 깨달았다. 그녀가 다시 말을 이어갔다.

"남자가 보여주는 아름다움에는 뭔가 외설적인 게 있는 듯해. 티투바, 남자들은 아름다워서는 안 돼! 두 세대에 걸쳐 육체와 쾌락에 낙인을 찍었던 선민들이 육체의 쾌락을 어쩔 수 없이 저절로 떠올리게 만드는 그런 존재를 탄생시켰다니. 그와 나는 독일의 경건주의에 대해 논한다는 구실로 만나기 시작했어. 그러다가 그의 침대에서 만나 사랑을 나누게 됐고, 어느 결에 지금 이런 처지가 된 거야!"

그녀가 두 손으로 배를 감쌌다. 내가 물었다.

"이제 어떻게 될까?"

그녀가 어깨를 으쓱했다.

"나도 모르지……! 내 운명을 결정하기 위해 남편이 돌아오기를 기다리는 모양이야."

내가 끈질기게 물었다.

"어떤 형이 떨어질 것 같아?"

그녀가 몸을 일으켰다.

"이젠 간통한 여자를 돌로 치지는 않아. 가슴에 주홍빛 글자를 달게 할걸!"

이번에는 내가 어깨를 으쓱했다.

"고작 그뿐이라면야!"

하지만 그녀의 얼굴에 떠오른 표정을 보자 내 경박함이 부끄러워졌다. 아름다운 만큼 선하기도 한 이 여자는 고통스러워하고 있었다. 이번에도 죄인 취급을 당하는 건 피해자였다! 여자들은 이 세상에서 그렇게 될 수밖에 없는 걸까? 나는 그녀가 다시 희망을 키울 수 있게끔 방법을 찾다가 말했다.

"아이를 가졌잖아. 아이를 위해 살아야지."

그녀가 단호하게 머리를 저었다.

"아이는 나와 함께 죽는 수밖에 없어. 너랑 밤에 대화를 나누면서, 아이에게 벌써 준비를 시키기 시작했어. 너도 알겠지만, 애가 요즘은 우리가 하는 말을 듣고 있거든. 방금도 내 관심을 끌려고 배에 노크를 했단다. 이 아이가 원하는 게 뭔지 알아? 네가 우리에게 이야기를 해주는 것! 네 나라에서 내려오는 이야기! 아이를 기쁘게 해줘, 티투바!"

나는 머리를 낮춰 살이 부드럽게 솟아오른 곳, 그 생명의 구릉 뒤에서 보호받고 있는 작은 존재가 내 입술과 가까이 있도록 그곳에 머리를 바싹 붙인 뒤, 우리의 서글픈 장소를 빛내줄 전례의 문구로, 여전히 유효한 그 문구로 옛날이야기를 시작했다.

"짝, 짝, 준비됐나요? 여러분, 잠들었나요?"

"아니요, 안 자요!"

"자지 않는다면 잘 듣도록, 이 이야기를, 내 이야기를 잘 듣도록. 옛날 옛적, 악마가 아직도 짧은 바지를 입고서 뼈마디가 불거지고 상처로 혹투성이가 된 무릎을 드러내놓고 다니던 시절, 아주 뾰족한 구릉 꼭대기에 있는 와가바하 마을에 아버지도 어머니도 없는 여자아이가 살고 있었어요. 어느 날, 사이클론이 몰아쳐 부모와 살던 집을 앗아가버렸지만, 이게 웬 기적일까, 여자아이는 내버려졌답니다. 모세처럼 요람에 누운 채 강물 위를 떠내려간 갓난아기였던 거죠. 그 아이는 혼자였고 슬펐어요. 어느 날 교회의 자기 좌석에 앉아 있는데, 설교단에서 그리 멀지 않은 곳에 검은색 리본이 달린 밀짚모자를 쓰고 흰색 무명천 옷을 입고 서 있는 키 큰 검둥이를 보았답니다. 오, 신이여, 왜 여자들은 남자 없이 살 수 없을까? 왜? 왜?"

"돌아가신 아버지, 돌아가신 어머니, 제겐 저 남자가 필요해요. 그럴 수 없다면 전 죽을 거예요!"

"그런데 저자가 선한지, 악한지, 그저 인간인지, 그의 혈관을 타고 도는 게 빨간 피인지 아닌지는 알고 있니? 그의 심장까지 몰려가는 게 고약한 냄새를 풍기고 끈적거리는 그 어떤 체액은 아닐까?"

"돌아가신 아버지, 돌아가신 어머니, 제겐 저이가 필요해요. 그럴 수 없다면 전 죽을 거예요."

"좋다, 네가 그를 원하니 갖게 될 거다!"

젊은 여자는 집을, 고독을 떠나 무명천 옷을 입은 그 미지의 남자에게 갔고, 그녀의 삶은 서서히 지옥으로 변했어요. 우린 우리의 딸들을 남자들로부터 보호할 수 없는 걸까요?

이 지점에서 헤스터가 내 목소리에 담긴 고뇌를 의식하고 이야기를 중단시켰다.

"대체 무슨 이야기를 해주고 있는 거지, 티투바? 네 이야기 아니야?

말해봐, 말해봐."

하지만 고백하자니 뭔가가 걸렸다.

헤스터가 어떻게 증언을 준비해야 하는지를 가르쳐줬다.

사탄에 대해 정통하다니, 목사의 딸에 대해서 진술해라! 아이가 유년기부터 사탄과 함께 빵을 나누지 않았는가? 사탄이 그 노란 눈동자로 아이를 주시하며, 불기 없는 침실의 솜이불 위에서 뒹굴지 않았는가? 사탄이 온갖 검은 고양이들 안으로 들어가 야옹거리지 않았는가? 개구리들 안에 들어가서 개굴거리지 않았는가? 회색 쥐들 안으로 들어가 원무를 추지 않았는가?

"저들에게 겁을 줘, 티투바! 바라는 대로 돌려줘! 사탄을 묘사해줘. 코가 독수리 코처럼 생기고, 온몸이 검고 긴 털로 뒤덮였고, 허리에는 전갈 대가리들을 엮어 만든 허리띠를 둘렀는데 전체적으로는 숫염소의 모습이라고. 놈들이 벌벌 떨고 전율하다 졸도하기를! 멀리에서 들려오는 악마의 피리 소리에 맞춰 춤을 추기를! 놈들에게 마녀들의 회합을 묘사해주라고. 각자 빗자루를 타고 도착하는데, 신생아와 태아를 흥건한 피와 함께 내놓는 잔칫상 생각에 욕망이 뚝뚝 듣는 침을 턱에 줄줄 흘린다고……."

내가 웃음을 터뜨리고 말았다.

"이봐, 헤스터, 너무나 우습잖아!"

"하지만 저들은 믿는다고! 그게 뭐가 중요한데!"

"너도 날보고 고발하라고 권하는 거야?"

그녀가 눈살을 찌푸렸다.

"누가 네게 그런 충고를 했는데?"

내가 대답하지 않자 그녀가 진중해졌다.

"고발이라, 고발! 네가 그런 일을 하게 되면 마음이 오물 덩어리인 그들과 똑같아질지도 몰라! 어떤 이들이 네게 대놓고 나쁜 짓을 했다면, 복수가 네게 즐거움이 되는 한 복수해. 그게 아니라면 의심의 먹구름이 떠돌게 내버려둬. 그러면 놈들이 알아서—내 말을 믿어—거기에 형체를 갖춰줄 거야. 적절한 때가 되면 이렇게 외쳐. '아, 이젠 보이지 않아요! 아, 눈이 멀었나 봐요!' 그러면 다 된 거야!"

내가 사납게 말했다.

"아! 세라 굿과 세라 오즈번이 그리도 배은망덕하게 나를 고발했으니, 복수할 거야!"

그녀가 웃음을 터뜨렸다.

"그건 그래야지! 그 여자들은 그렇게 못생겨서 살 수나 있나 몰라! 자, 다시 복습하자. 사탄은 어떻게 생겼습니까? 잊지 마. 사탄의 변장술이 하나뿐은 아니야. 그래서 사람들이 사탄 사냥을 시작한 지 오래지만 아직도 사탄을 잡지 못한 거라고! 때로 놈은 검둥이로……."

그 순간 불안감이 들어 말을 끊어버렸다.

"그렇게 말하면 사람들이 존 인디언을 생각하게 되지 않을까?"

그녀가 짜증을 내며 어깨를 으쓱했다. 헤스터, 그녀는 쉽게 짜증을 냈으니까!

"너의 그 가련한 나리 이야기는 꺼내지 말지! 네 남자도 내 남자보다 더 나을 거 없어. 그치도 여기 와서 너의 고뇌를 나눠야 하는 거 아니야? 백인이든 흑인이든 남자들에겐 삶이 너무 잘 대해줘!"

헤스터에게 존 인디언에 대한 이야기를 하는 걸 피해왔다. 헤스터가 내게 무슨 말을 할지 뻔했는데, 그걸 참아낼 수 있을지 몰라서였다.

어쨌든 내 마음속 깊은 곳에서 뭔가가 그녀가 진실을 말하고 있다고 속삭였다. 존 인디언의 피부색은 내 피부색이 내게 안겨준 역경의 절반도 그에게 가져다주지 않았다. 심지어 여자들 몇 명은 청교도임에도 불구하고 끼를 부리며 그와 잠시나마 기꺼이 대화를 나누기까지 했다.

"존 인디언, 찬송가 말고도 그렇게 노래를 잘 부른다며!"

"제가요, 마님!"

"그래. 디컨 잉거솔의 땅에 가래질을 할 때면 춤과 노래를 동시에 한다던데……."

어쩌면 부당할지도 모르나, 원한이 내 안에서 생겨났다.

헤스터와 나는 함께 증언을 준비하지 않을 때에는 서로에 대한 이야기를 나눴다. 오, 얼마나 헤스터가 하는 말을 듣는 걸 좋아했던가!

"책을 쓰고 싶어, 하지만 어쩌면 좋아! 여자는 글을 쓰지 않아! 남자만 글을 써서 우리 여자를 진력나게 만들지. 물론 어떤 시인들은 예외로 치겠어. 밀턴 읽어봤니, 티투바? 아, 잊어버렸다. 넌 글을 읽을 줄 모르지! 《실낙원》, 티투바, 그건 정말이지 최고야……! 그래, 난 여자가 다스리고 통치하는 사회 모델을 제시하는 책을 쓰고 싶어! 우리 아이들에게 우리 이름을 줄 거고, 우리 애들은 우리끼리 키울 거야……."

내가 놀리듯 말을 가로막았다.

"어쨌든 우리끼리 애를 만들 순 없어!"

그녀의 표정이 서글퍼졌다.

"슬프게도 그래! 잠깐이라도 그 가증스러운 짐승들이 참여해야 하다니……."

내가 놀렸다.

"잠깐은 너무 짧지! 난 느긋하게 하는 게 좋아!"

그녀가 결국엔 웃음을 터뜨리더니 나를 끌어당겼다.

"넌 사랑을 너무 좋아해, 티투바! 절대 널 페미니스트로는 만들지 못하겠어!"

"페미니스트! 그게 뭔데?"

그녀가 나를 꼭 끌어안고 키스를 퍼부었다.

"그만! 나중에 설명해줄게!"

나중이라고? 나중이 있긴 할까?

재판을 받기 위해 우리를 다시 세일럼으로 데리고 가야 하는 날이 다가왔다. 우리에게는 이제 무슨 일이 벌어질까?

헤스터가 매사추세츠의 법은 마녀가 자신의 죄를 인정하면 생명을 빼앗지 않는다고 반복해 말해줬지만 겁이 나는 건 어쩔 수 없었다.

가끔 내 안의 공포는 엄마 배 속의 아이와 같았다. 좌우로 뒤척이다가 발길질을 한다. 가끔은 부리로 내 간을 찢어발기는 고약한 짐승 같기도 했다. 가끔은 내 몸을 돌돌 감아 숨 막히게 만드는 보아뱀 같았다. 그곳의 마을 사람뿐만 아니라 대규모 잔치에 참여하고 싶어 하는 인근의 마을 사람까지 수용하기 위해 세일럼의 회당을 확장했다는 소리가 들려왔다. 세라 굿, 세라 오즈번, 그리고 나, 이렇게 세 사람이 올라갈 단을 세웠다는 소리도 들려왔다. 식민지의 최고재판소 소속인 존 해손과 조너선 코윈이 판사로 임명됐으며, 이들은 반듯한 삶과 비타협적 신앙으로 유명하다는 소리도 들려왔다.

그러니 내가 무엇을 희망할 수 있을까?

그들이 나의 생명을 붙여놓은들, 그것을 어디에 쓸 것인가? 존 인디언과 나, 우리가 예속에서 벗어나 바베이도스로 가는 배에 오를 수 있을까?

잃어버렸다고 생각했던 그것을, 그 섬을 되찾는다! 그 섬의 대지는 여전히 황갈색이다. 그 섬의 야트막한 산들은 여전히 초록이다. 그 섬의 인도 칸나는 여전히 끈적이는 즙이 풍부하고 여전히 보랏빛이다. 그 섬의 허리춤에 감긴 에메랄드 띠는 여전히 윤기가 흐른다. 하지만 그곳의 남녀는 고통을 겪는다. 그들은 슬픔에 잠겨 있다. 막 검둥이 한 명을 화염목 꼭대기에 매달았다. 꽃과 피가 뒤섞인다. 아, 그래, 그걸 잊어버렸네. 우리가 겪는 노예의 삶은 아직 끝이 나지 않았지. 잘린 귀, 잘린 오금, 잘린 팔. 우리는 폭죽처럼 터져 허공으로 퍼져나간다. 자잘한 색종이 조각처럼 떨어지는 우리의 피를 보라!

내가 그런 기분일 때면 헤스터도 나를 위해 할 수 있는 게 없었다. 그녀가 애써 기운을 돋워주는 말을 들려줘도 소용없었으니, 내 귀에 그 말이 들어오지 않았다. 그러면 경찰들이 준 럼주 조금을 입술 사이로 흘려 넣어줬고, 그러면 나는 서서히 몽롱해졌다. 만 야야와 나의 어머니 아베나가 겨끔내기로 내 정신으로 찾아드는 것도 바로 그때였다. 두 사람은 다정하게 거듭 말해줬다.

"왜 떨고 있니? 이 일에서 살아 나올 사람은 너뿐이라고 말해주지 않았니?"

그랬던 것 같다. 하지만 삶은 죽음만큼이나, 특히나 나의 사람들로부터 그토록 멀리 떨어진 상태라면, 죽음만큼이나 공포를 안겨줬다.

헤스터의 우정에도 불구하고 감옥은 지울 수 없는 흔적을 남겼다. 문명 세계의 이 음울한 꽃이 발산하는 독 향에 중독되었으니, 그 뒤 다시는 전처럼 숨을 쉴 수 없으리라. 내 콧구멍 깊숙이 박힌 수많은 범죄의 냄새. 모친 살해, 부친 살해, 강간과 절도, 우발적 살인과 의도적 살인. 그리고 특히 수많은 고통의 냄새.

2월 29일, 우리는 다시 세일럼 마을로 향했다. 가는 내내, 세라 굿은 내게 욕설과 저주를 퍼부었다. 그녀의 말대로라면 세일럼이 그토록 많은 해악을 겪게 된 건 오로지 내가 그곳에 오게 되면서였단다.

"검둥이, 대체 네 지옥을 왜 떠나온 거야?"

나는 냉혹한 마음을 먹었다. 저 여자에 대해, 오, 그래, 곧 복수하리라!

3

티투바 인디언에 대한 신문

"티투바, 어떤 악령과 친교를 맺고 있나?"

"그런 일 없습니다."

"왜 이 아이들을 괴롭히는 건가?"

"그런 적 없습니다."

"그러면 누가 이 아이들을 괴롭히는 건가?"

"제 생각에는 악마입니다."

"악마를 본 적 있는가?"

"악마가 저를 보러 왔고, 자신을 섬기라고 명령했습니다."

"누구를 보았나?"

"여자 네 명이 가끔씩 아이들을 괴롭힙니다."

"그 여자들은 누군가?"

"제가 아는 여자들은 세라 굿, 세라 오즈번입니다. 세라 굿과 세라 오즈번이 제가 아이들을 괴롭히기를 원했지만, 거부했습니다. 그리고 또 보스턴의 키가 큰, 아주 큰 남자가 한 명 있습니다.”

“그들을 언제 보았나?”

“어젯밤 보스턴에서입니다.”

“그들이 무슨 말을 했지?”

“아이들을 괴롭히라고 했습니다.”

“그래서 복종했나?”

“아닙니다. 아이들을 괴롭힌 건 네 명의 여자와 한 명의 남자입니다. 그들이 저를 깔아뭉개면서, 아이들을 괴롭히지 않는다면 대신 저를 괴롭힐 거라고 했습니다.”

“그래서 그들에게 복종했나?”

“그랬습니다. 하지만 다시는 그러지 않을 겁니다!”

“그런 짓을 저지른 것에 대해 후회하지 않는가?”

“후회합니다!”

“그렇다면 왜 그런 짓을 했는가?”

“그들이 아이들을 괴롭히라고 말했고, 그러지 않으면 저를 더욱더 괴롭힐 거라고 말했으니까요.”

“누구를 보았나?”

“어떤 남자가 와서 자신을 섬기라고 명령했습니다.”

“어떤 식으로?”

“아이들을 괴롭히면서요. 어젯밤 악령이 나타나서 아이들을 죽이라고 했습니다. 말을 듣지 않으면 더욱더 많은 고통을 안겨준다고 했습니다.”

“그 악령은 어떻게 생겼나?”

“어느 때는 수퇘지고, 또 어느 때는 커다란 개입니다.”

"그것이 뭐라고 말했나?"

"검은 개가 자신을 섬기라고 말했습니다. 하지만 저는 무섭다고 말했고, 그러자 말을 듣지 않으면 더욱더 고통스럽게 만들어주겠다고 했습니다."

"뭐라고 대답했나?"

"그를 다시는 섬기지 않겠다고 했습니다. 그러자 내게 나쁜 짓을 하겠다고 했습니다. 그것은 남자 모습이었고, 나쁜 짓을 하겠다고 위협했습니다. 그 남자는 노란 새 한 마리를 데리고 다녔고, 자신에게는 예쁜 것들이 아주 많으니 자신을 섬기면 주겠다고 했습니다."

"어떤 예쁜 것들인가?"

"보여주지는 않았습니다."

"그러면 무엇을 보았나?"

"두 마리 쥐를 봤습니다. 하나는 붉고 하나는 검은!"

"그것들이 뭐라고 말했나?"

"자신들을 섬기라고 했습니다."

"그것들을 언제 보았나?"

"어젯밤입니다. 그것들이 자신들을 섬기라고 말해서 거부했습니다."

"어떤 방식으로 섬기라는 건가?"

"아이들을 괴롭히라고 했습니다."

"오늘 아침에 엘리자베스 허버드를 꼬집었나?"

"그 남자가 내 위로 내려왔고, 그 여자를 꼬집게 시켰습니다."

"왜 어젯밤에 토머스 퍼트넘의 집에 가서 아이에게 해코지를 했나?"

"그들이 나를 끌고 밀어 거기에 가게 했습니다."

"그곳에 도착한 뒤, 네가 할 일은 뭐였나?"

"아이를 칼로 찔러 죽이는 겁니다."

"토머스 퍼트넘의 집에는 어떻게 갔나?"

"빗자루를 탔습니다. 그들 모두 저와 같았습니다."

"숲을 어떻게 지나갈 수 있었나?"

"그런 건 문제가 되지 않습니다."(이 발췌본은 티투바의 공술서를 토대로 한 것이다. 이 재판의 원본 자료들은 에식스 카운티의 기록보관소에 남아 있다. 사본 한 벌이 매사추세츠주 세일럼에 소재한 에식스 카운티 법원 청사에 보관되어 있다.)

"……."

"……."

신문은 두 시간 동안 진행되었다. 솔직히 말해, 나는 훌륭한 배우가 아니었다. 무수히 많은 백인 얼굴이 발아래에서 출렁이는 광경을 보고 있자면, 점점 가라앉다가 결국 빠져나오지 못할 것만 같은 바다로 보였다. 아! 헤스터라면 나보다 얼마나 더 능란하게 빠져나갔을까! 그녀라면 이 법정을 사회에 대한 자신의 증오심을 부르짖고 자신을 비난하는 자들에게 저주를 퍼붓기 위해 사용했을 텐데. 난 정말로 겁이 났을 뿐이었다. 집에서 혹은 감옥에서 품었던 영웅적인 생각들이 부슬부슬 떨어져 나갔다.

"……."

"……."

"지난 토요일에 굿의 아내가 엘리자베스 허버드를 괴롭히는 걸 보았나?"

"그럼요, 봤습니다. 늑대처럼 아이를 덮쳤습니다!"

"네가 봤다는 그 남자로 다시 돌아가자. 그자는 어떤 옷을 입고 있었나?"

"검은색 옷입니다. 키가 몹시 컸고 백발이었던 것 같습니다."

"여자는?"

"여자요? 흰색 두건과 그 위에 리본이 달린 검은색 두건을 썼습니다. 그렇게 옷을 입고 있었습니다!"

"지금 누가 아이들을 괴롭히고 있는지 보이는가?"

나는 환희를 느끼며 악의를 품고서 말을 뱉었다.

"세라 굿이 보입니다."

"혼자인가?"

그 점에 있어서는, 새뮤얼 패리스가 하라는 대로 죄 없는 사람들을 고발할 생각이 들지 않았다. 헤스터의 충고가 기억나, 더듬거리며 답했다.

"이제는 아무것도 보이지 않습니다! 이젠 눈이 안 보여요."

신문이 끝나자 새뮤얼 패리스가 나를 보러 왔다.

"잘 말했다, 티투바! 우리가 네게서 뭘 기대하는지 이해했군."

그를 증오하는 만큼 나를 증오한다.

4

나는 세일럼을 후려친 페스트를 직접 눈으로 본 목격자는 아니었다. 진술을 마친 뒤 디컨 잉거솔의 헛간에 묶여 있었으니까.

패리스 마님은 후회가 아주 빨랐다.

나를 보러 와서 눈물을 흘렸다.

"티투바, 그들이 네게, 이 세상 피조물 가운데 가장 훌륭한 네게 무슨 짓을 한 거지?"

나는 어깨를 으쓱해 보이고 싶었지만, 나를 묶어둔 쇠사슬이 너무 꽉 조여 그리할 순 없어서, 그저 이렇게 응수했다.

"2주 전에 한 말은 그런 말이 아니었죠!"

그녀의 흐느낌이 한층 더 심해졌다.

"속았어, 내가 속았어! 이제는 내막이 보여. 그래, 패리스와 그의 추종자들이 음모를 꾸미며 더럽히고, 파괴하고⋯⋯."

내가 말을 막았다. 왜냐하면 그런 건 관심이 없었으니까. 나도 모르게 부드러운 어조로 물었다.

"벳시는요?"

그녀가 고개를 들었다.

"이 끔찍한 사육제에서 빼냈어. 세일럼 시에 살고 있는 스티븐 수얼에게 보냈단다. 새뮤얼 패리스의 동생인데 그랑은 달라. 선량해, 그 사람은. 그 사람 곁에서라면 우리 귀여운 벳시도 다시 건강해질 거라고 생각해. 출발하기 전에 벳시가 네게 사랑한다고, 용서해달라고 말해달라는 부탁을 했어."

나는 아무런 대답도 하지 않았다.

그러더니 패리스 마님이 마을에서 무슨 일이 벌어지고 있는지를 알려줬다.

"그다지 중요하지 않은 신체 부위들을 감염시키니까, 사람들이 처음에는 가벼운 거라고 생각한 병에 비유할 수 있을 듯해……."

중요하지 않다고?

내가 검둥이 노예일 뿐이었다는 건 사실이다. 세라 굿이 걸인이었다는 것도 사실이다. 굿은 너무나 빈궁해 갖춰 입을 옷이 없어 마을 회당으로부터 떨어져서 지내야만 했다. 세라 오즈번은 과부가 된 뒤, 토지 경작을 도우러 온 아일랜드 노동자를 너무 이르게 침대로 들였기에 평판이 나빴다는 것도 사실이다. 그렇다 해도 이런 식으로 우리를 냉정하게 지칭하는 말을 들으니 마음에 충격을 받았다.

패리스 마님이 자신이 내게서 어떤 감정을 불러일으켰는지 조금도 눈치채지 못하고 말을 이어갔다.

"……그런데 그 병이 점차 팔다리와 주요 생명 기관들을 공격하는 거야. 다리가 더 이상 기능을 못 해. 팔도. 결국엔 심장이 병들고, 그러다가

뇌도 그렇게 돼. 마사 코리와 레베카 너스가 체포됐어!"

너무 충격이 세서 입이 벌어졌다. 레베카 너스 마님이라니! 말도 안 돼! 신에 대한 믿음이 인간의 형체를 띨 수 있다면 그건 바로 그 여성의 형체를 띨 텐데! 패리스 마님이 다시 말을 이어갔다.

"너스 부인은 해손 판사마저 감동시켰고, 제1배심원이 무죄 평결을 내렸지. 하지만 이걸로 충분하지 않아 보였나 봐. 시로 데려갔고, 그곳에서 또 다른 법원에 출두해야 할 거래."

그녀의 두 눈에 눈물이 그렁거렸다.

"가여운 티투바, 끔찍했어! 만약 네가 애비게일과 앤 퍼트넘, 특히 앤 퍼트넘이 땅바닥을 데굴데굴 구르면서 그 가여운 노인네가 자기들을 고문했다고 울부짖고 그 노인네에게 자기를 불쌍히 여겨달라고 애원하는 모습을 봤더라면, 네 마음에 의심과 공포가 차올랐을 거야! 그래도 그분은 차분하고 침착하게 다윗의 시편을 읊었단다."

여호와는 나의 목자시니, 내게 부족함이 없으리로다.
그가 나를 푸른 풀밭에 누이시며
쉴 만한 물가로 인도하시는도다.
내 영혼을 소생시키시고……

세일럼을 휩쓴 악의 참화를 들으면서 나는 존 인디언 때문에 애가 탔다.

실제로 고발당한 여자들이 계속 '흑인'에 대해 언급하면서, 그 흑인이 악의 서에 서명을 하라고 강요했다고 말하지 않았는가? 어떤 사악한 인간이 그 흑인과 존 인디언을 동일 인물로 만들려고 시도하지 않을까?

그래서 이번에는 존 인디언이 박해받지 않을까? 하지만 이런 근심도 헛된 걸로 보였다. 존 인디언이 내가 고통스러운 신음을 흘리고 있는 이 헛간의 문턱을 넘는 경우는 아주 드물었지만, 어쩌다가 그럴 때 그의 모습을 보면 아주 건강하고 잘 먹고 다니는 듯했고, 옷도 깨끗하고 다림질이 되어 있었다. 심지어 이제는 온몸을 감싸며 따뜻하게 해주는 튼튼한 모직 외투까지 걸치고 있었다. 헤스터의 말이 기억났다. "백인이든 흑인이든 남자들에겐 삶이 너무 잘 대해줘!"

어느 날, 그에게 꼬치꼬치 캐물었더니 그가 살짝 짜증을 내며 대답했다.

"내 걱정은 말라니까!"

그래도 고집을 피우자 그가 이런 말을 내뱉었다.

"난 늑대들과 어우러져 짖을 줄 안다고!"

"무슨 말이야?"

그가 휙 몸을 돌려 나를 응시했다. 오! 얼마나 변했는가, 내 남자는! 결코 아주 용감한 적 없고, 결코 아주 힘센 적도 정직한 적도 없었지만 다정하긴 했는데! 간교한 표정이 얼굴을 바꿔놓아서, 두 눈이 관자놀이를 향해 험악하게 찢어졌고, 그 눈에서 악의적인 불꽃이 타올랐다. 내가 다시 더듬거리며 말했다.

"무슨 말이냐고!"

"흠집투성이 내 아내, 나는 너랑 같지 않다는 말이지! 애비게일과 앤 퍼트넘, 그리고 또 다른 못돼먹은 계집애들만 울부짖고 온몸을 뒤틀다가 뻣뻣하게 굳어 쓰러질 줄 안다고 생각하는 거야? 걔들만 '아! 날 꼬집는구나, 날 아프게 해! 날 내버려둬!'라고 헐떡대며 말할 줄 안다고 생각하는 거야?"

잠시 무슨 말인지 이해하지 못하고 그를 바라봤다. 그러다가 번쩍 한

줄기 빛이 켜졌다. 내가 중얼거렸다.

"존 인디언! 그러니까 너도, 너도 괴롭힘을 당하는 척한다고?"

그가 고개를 끄덕이더니 뻐기는 목소리로 말했다.

"며칠 전에 내 생애 가장 영광스러운 시간을 가졌어."

그러더니 자신의 역할과 판사의 역할, 그리고 반원을 그리며 앉아 있는 여자아이들의 역할을 차례차례 흉내 냈다.

"존 인디언, 누가 너를 괴롭히는가?"

"우선 프록터 마님, 그리고 클로이즈 마님입니다."

"그 사람들이 네게 무슨 짓을 하는가?"

"제게 악의 서를 갖고 옵니다."

"존 인디언, 진실을 말해라. 누가 너를 괴롭히는가?"(존 인디언의 진술서—에식스 카운티의 기록보관소.)

"나를 의심했거든, 그 판사, 토머스 댄포스라는 판사. 나 이전에는 그 누구도 의심하지 않더니! 더러운 인종주의자!"

나는 무너졌다. 수치스러웠다. 그런데 왜? 나도 목숨을 건지려고 억지로 거짓말을 할 수밖에 없지 않았던가? 존 인디언의 거짓말이 나의 거짓말보다 더 추악한가?

하지만 그런 논리를 내게 거듭 들려줘봤자 소용없었다. 그 순간 이래로, 존 인디언에 대한 나의 감정이 바뀌었다. 그가 나의 처형을 맡을 집행인들과 타협을 한 걸로 여겨졌다. 누가 알겠는가? 만약 내가 증오심을 품은 판사들에게 괴롭힘을 당하고 나서 거짓 절규에 귀가 멍멍해진 채 치욕의 발판, 경멸과 공포의 대상인 그 발판 위에 올라선다면, 과연 그가 "아, 아! 티투바가 나를 괴롭혀요! 아, 맞아요! 내 아내, 내 아내가 마녀예요!"라고 소리치지 못했을까?

존 인디언이 내가 느끼는 감정을 알아차렸을까? 혹은 다른 이유가 있었을까? 어쨌든 그는 나를 찾아오기를 그만뒀다. 나는 그를 다시 만나지 못하고 입스위치로 다시 끌려갔다.

입스위치까지 가며 겪었던 일은 지나가겠다. 주변 마을인 톱스필드, 베벌리, 린, 몰던의 주민들이 건장한 기병 장교 혜릭의 안장에 쇠사슬로 묶인 채 비틀거리며 걷는 내 모습을 보겠다고 길가로 몰려나와서, 내게 돌을 던졌다.

헐벗은 나무들이 나무 십자가처럼 보였고 나의 수난은 끝이 나지 않았다.

나아가는 동안 격렬하고 고통스럽고 견디기 힘든 감정이 내 가슴을 찢어발겼다.

내가 완전히 사라져버린 것 같았다.

그토록 많은 이에게 글 쓸 거리를 제공하고 미래 세대의 호기심과 동정을 자아내고 어리숙하고 야만스러운 시대를 가장 정확하게 증언하고 있다고 여겨지는 이 세일럼의 마녀 재판에서, 내 이름은 그저 별 볼 일 없는 하수인의 이름인 것처럼만 등장하리라. 이곳저곳에서 "앤틸리스제도 출신이고 '후두'(아프리카에서 들어와 미국 남부에서 행해졌던 '액신'을 말한다—옮긴이)를 진짜로 행한 노예"라고 언급하리라. 사람들은 내 나이나 내가 어떤 사람인지에 관심이 없으리라. 사람들은 나를 모르리라.

17세기 말부터 청원서가 돌더니, 피해자들을 복권시켜주고 그들의 자손에게 재산과 명예를 되돌려주라는 판결이 떨어지게 된다. 나는 절대 거기 끼지 못하리라. 영원히 단죄받는, 티투바!

영감을 받은 작가가 주의 깊게 나의 삶과 삶의 고뇌를 재창조해낸 전기가 단 하나도, 단 하나도 없으리라!

나를 격노 속으로 몰아넣은 것이 바로 그러한 미래의 불의였다! 죽음보다 더 잔인한!

우리가 입스위치에 도착하자, 무슨 범죄를 저질러 처벌을 받았는지 모르겠지만, 마침 어떤 여자의 몸뚱어리가 밧줄 끝에 매달려서 빙글빙글 돌고 있었고, 거기 몰려 있던 사람들은 그게 훌륭하고 올바르다고 말했다.

감옥으로 들어서자마자 가장 먼저 신경 쓴 것은 헤스터가 있는 감방으로 다시 돌려보내달라고 부탁하는 거였다. 아! 헤스터는 존 인디언의 내면을 얼마나 확실히 알아봤는지! 사랑도 명예도 모르는 가련한 나리였을 뿐이다. 두 눈에 헤스터만이 달래줄 수 있을 눈물이 차올랐다.

하지만 럼주를 좋아하는 그 경찰관은 장부에 여전히 코를 처박은 채 그럴 수 없다고 대답했다. 절망으로 악에 받친 내가 끈질기게 물었다.

"왜죠, 왜 그런가요, 나리?"

그가 뭔가를 끼적거리다가 그만두고 나를 바라봤다.

"그 죄수가 이제 여기 없으니 불가능하지."

온갖 가정이 머릿속에서 분주히 오가는 바람에 당혹스러워서 가만히 있었다. 사면을 받았나? 남편이 제네바에서 돌아와 그녀를 풀려나게 했나? 분만 때문에 시료원으로 데려갔나? 배 속 아기가 몇 개월이나 됐는지 몰랐으니까, 어쩌면 막달이었나? 가까스로 더듬거리며 물었다.

"나리, 친절함을 베푸셔서 무슨 일이 벌어진 건지 이야기를 해주시면 안 될까요? 지상에 그보다 더 선량한 사람은 없으니까요!"

경찰관은 일종의 탄성을 질렀다.

"선량하다고? 거참! 그 여자가 네게는 아무리 자애로워 보였을지 몰라도, 이 시간이면 그 여자는 지옥에 떨어졌을 거다. 감방에서 목을 매달았으니."

"목을 매달았다고요?"

"그래, 목을 매달았어!"

내가 울부짖으며 어머니 배로 들어가는 문을 부쉈다. 분노와 절망으로 똘똘 뭉친 주먹으로 양수 주머니를 터뜨렸다. 나는 그 검은 액체에 잠겨 헐떡이고 씨근댔다.

목을 매달았다고? 헤스터, 헤스터, 왜 나를 기다리지 않았니?

어머니, 우리의 극심한 고통은 끝이 없는 건가요? 이럴진대, 절대 빛이 있는 곳으로 가지 않겠어요. 양수에 몸을 담그고, 내벽에 찰싹 들러붙은 채 귀 막고 입 막고 눈 가리겠어요. 내벽에 찰싹 들러붙어 있을 테니, 어머니는 절대 나를 내몰지 못할 거고, 난 빛의 저주를 겪지 않고 당신과 함께 흙으로 돌아가겠어요. 어머니, 저를 도와주세요!

목을 매달았다고? 헤스터, 너와 함께 떠났어야 했는데!

관계자들이 토론에 토론을 거듭한 후 나를 세일럼 시의 시료원으로 이송했다. 입스위치에는 그런 기관이 없었기 때문이다. 초기에 나는 밤낮을 구별하지 못했다. 낮밤이 고통의 반경 속에 함께 뒤섞였다. 쇠사슬을 찬 채 지냈는데, 내가 스스로 목숨을 해칠까 봐 걱정해서가 아니라—이렇게 됐다면 모두에게 다행스러운 결말이었을 테니—그보다는 오히려 발작이 일어났을 때 재수 없게 나와 함께 수감된 다른 사람들을 해칠까 봐 걱정해서였다. 제로바벨이라는 어떤 의사가 나를 보러 왔다.

정신질환을 전공한 의사로, 하버드 대학에 교수로 임명되기를 바라고 있었다. 그가 나를 상대로 자신이 제조한 물약 중 하나를 실험해보라고 권했다.

"남자아이에게 젖을 물리는 여자를 찾아서 그 젖을 받을 것. 그리고 고양이를 잡아서 귀 전체를 자르거나 귀 일부를 자를 것. 거기서 흐르는 피를 젖과 섞을 것. 그 혼합물을 환자에게 마시게 할 것. 하루에 세 차례 음용."

그 약의 효과였을까? 마침내 극도로 불안정한 상태에서 사람들이 치유의 서곡으로 간주한 몽롱한 상태로 옮겨 갔다. 나는 고집스레 닫고 있던 눈을 떴다. 음식 섭취를 받아들였다. 하지만 말소리는 전혀 나오지 않았다.

치료비가 너무 많이 나와서 내가 속해 있지도 않은 세일럼 시에서 계속해서 대줄 수 없었기에 나를 다시 감옥으로 보냈다. 그곳에서 수많은 얼굴들을 만났지만, 헤스터가 죽기 전에 존재했던 모든 것이 내 기억에서 지워져버리기라도 한 것처럼, 그 얼굴들을 알아보지 못했다.

어느 날 아침, 왜인지는 잘 모르겠지만 말과 기억이 돌아왔다. 내 주위에서 벌어졌던 일에 대해 알아봤다. 세라 오즈번은 감옥에서 죽었다는 사실을 알게 됐지만 동정심이 전혀 생겨나지 않았다.

내 삶에서 이 시기는 목숨을 끊고 싶다는 유혹이 떠나지 않던 때였다. 헤스터가 내가 따라야 할 모범을 보여준 것만 같았다! 하지만 어쩌랴! 내겐 그럴 용기가 전혀 없었다.

왜인지는 모르겠지만, 입스위치의 감옥에서 세일럼 시의 감옥으로 이감되었다. 새뮤얼 패리스네 가족과 함께 오래전에 세일럼 시를 지날 때, 그 시에서 제법 유쾌한 인상을 받은 적이 있었다. 태평하게 흐르는 두 강물 사이에 끼어 있는 좁다란 반도는 보스턴과 자웅을 겨루었고, 선박들이 항구에 빼곡했다. 하지만 가옥들 위로—당시 나의 기분 상태 때문에 눈치를 챌 수 있었다—엄격함과 무미건조함이 구름처럼 떠 있었다. 우리가 학교 앞을 지나갈 때 보니, 그곳 교정에 어린 사내아이들이 교사의 매질을 기다리며 말뚝에 묶여 있었다. 코트 스트리트 한가운데에는 영국에서부터 어렵사리 들여온 돌로 지은 육중한 건물이 솟아 있었고, 그곳에서는 인간에 대한 판결이 떨어졌다. 그 건물의 아치형 회랑에는 수많은 남녀가 말없이 음울하게 서 있었다. 감옥은 검은색 건물로, 짚과 통나무로 만들어진 지붕을 이고 있었고 철판을 입힌 문이 달려 있었다.

5

종종 헤스터의 아이와 나의 아이를 생각한다. 태어나지 못한 아이들. 아이들을 위하는 거라고 생각한 우리 때문에 태양의 빛과 태양의 짭짤한 맛을 누려보지 못한 아이들. 우리가 형벌을 면하게 해줘놓고도, 내가 불쌍히 여기는 아이들. 딸이든 아들이든 무슨 상관이랴? 그 두 아이를 위해 오래된 애가를 부른다.

> 물 위로 월장석이 떨어졌어
> 강물 위로
> 내 손이 건져 올리지 못했지
> 가여워라, 나!
> 월장석이 떨어졌어.
> 강가 바위에 앉아
> 눈물 흘리며 한탄했네.
> 오! 다정하고 다감한 보석아,

넌 강바닥에서 반짝이는구나.

사냥꾼이 지나가다가 묻더라.

화살통엔 화살이 한가득.

아가씨, 아가씨, 왜 울지?

월장석이 강물 바닥에 가라앉아서

우는 거예요.

아가씨, 아가씨, 고작 그것 때문이라면

내가 도와줄게.

하지만 사냥꾼은 가라앉은 뒤 떠오르지 않았네.

헤스터, 내 심장이 부서지는구나!

마치 나를 비웃고 싶다는 듯, 어느 날 아침, 내가 갇힌 감방에 어린아이 한 명이 들어왔다. 처음에는 고통으로 흐려진 내 눈이 그 아이를 알아보지 못했다. 그러다가 기억이 돌아왔다. 도커스 굿! 경찰관이 어머니로부터 떼어놓을 때까지 늘 어머니의 더러운 치마폭에 싸여 있는 모습을 봤던 네 살가량의 바로 그 어린 도커스였다.

무리 지어 다니던 고약한 계집애들이 그 아이를 고발하자 남자들이 그 죄 없는 아이의 팔, 손목, 발목을 쇠사슬로 묶었다. 나는 나 자신의 불행에 너무 깊이 빠져 있어서 다른 이의 불행에 관심을 주지 못했다. 어쨌든 그 아이의 모습을 보니 눈에 눈물이 고였다. 그 아이가 나를 보고 물었다.

"어머니가 어디 있는지 알아?"

모른다고 답하는 수밖에 없었다. 그 여자는 이미 처형됐을까? 감옥에 떠도는 소문으로는 그 여자가 다른 아이를 낳았고, 그 사내아이는 악마의 자식이라서 원래 있던 지옥으로 되돌아갔단다. 그 외의 것은 전혀 알지 못했다.

그 이후로, 나를 그토록 비열하게 고발했던 여자가 낳은 아이 도커스를 위해서도 그 익숙한 애가를 불러줬다. "물 위로 월장석이 떨어졌어."

6

세일럼을 휩쓴 전염병은 다른 마을, 다른 시로 급속도로 퍼져나가서 에임즈버리, 톱스필드, 입스위치, 앤도버…… 등이 차례로 날뛰기 시작했다. 동에 번쩍 서에 번쩍 하는 재주를 타고난 고약한 계집애들이 패거리를 지어 몰려다니며 끝없이 사람들을 고발해대면, 피 냄새에 흥분한 경찰들이 비포장도로와 시골길을 누비며 고발당한 자들을 추격했다. 감옥에 도는 소문에 따르면, 너무나 많은 수의 아이들이 잡혀 와서 짚으로 지붕을 덮은 통나무 건물을 급조해 그 안에 아이들을 몰아넣었단다. 저녁이면 아이들이 울부짖는 소리에 마을 주민들이 잠을 이루지 못했다. 어쨌든 머리 위에 지붕은 이고 있게 대우해줘야 할 피의자들을 위해 자리가 부족한 감옥에서 나를 끌어냈고, 그 이후로 나는 처형당할 죄수를 태운 수레가 떠나가는 모습을 감옥 마당에서 지켜봤다. 어떤 여자들은 재판관에게 도전장을 던지고 싶다는 듯 꼿꼿하게 서 있었다. 어떤 여자들은 반대로 공포로 울먹이고 한 시간, 하루라도 더 허락해달라고 아이처럼 애원했다. 레베카 너스가 갤로스 힐로 떠나는 모습을 보자, 그 여자가 떨리는 목소리로 "날 도와줄 수 없어, 티투바?"라고 속삭이던 때가 기억났다.

이제는 그녀의 적들이 승리를 구가하고 있는 모습을 보니 그녀의 말을 들어주지 않았던 것이 얼마나 후회가 되던지. 실제로 그 홀턴네 사람들이 앙심을 품고 그녀를 향해 돼지 떼를 풀어놨다는 소문이 감옥에 돌았다. 그녀는 수레 난간을 꽉 붙잡은 채 이해해보려고 애쓰는 듯 두 눈으로 하늘을 뚫어져라 쳐다보고 있었다.

세라 굿이 지나가는 모습도 봤는데, 비록 딸과 다른 건물에 수감되어 있었지만 그 천박하고 빈정거리는 표정만은 여전했다. 그녀가 가축처럼 기둥에 묶인 나를 보고 이런 말을 던졌다.

"네 운명보다야 내 운명이 더 낫지, 알고 있겠지만!"

다시 감방으로 옮겨 간 것은 9월 22일의 처형이 있고 나서다.

판자로 된 침상에 몸을 누이니 최고로 푹신한 매트리스처럼 느껴졌다. 그날 밤 목련꽃 목걸이를 목에 건 만 야야를 꿈에서 봤다. 그녀가 "이 모든 일에서 너는 살아서 빠져나갈 거다"라는 약속을 되뇌었고, 나는 "그래 봤자 무슨 소용이 있나요?"라고 묻고 싶은 걸 참았다.

시간이 우리 머리 위로 길게 늘어졌다.

인간이란 얼마나 패배를 인정하길 거부하는지 참 야릇하다!

감옥에 풍설이 돌기 시작했다. 레베카 너스의 아이들이 형 집행인이 치욕의 구덩이에 던져 넣었던 어머니의 시신을 수습하려고 와보니, 시신이 있던 자리에 향기로운 백장미가 피었더란다. 세라 굿에게 유죄판결을 내렸던 노이스 판사는 최근에 피를 줄줄 쏟으면서 원인을 알 수 없는 죽음을 맞았다고 사람들이 속삭였다. 사람들은 고발자의 가족이 갑자기 병에 걸려서 그중 상당수가 흙침대에 눕고 말았다는 이야기를 했다. 사람들은 말했다. 사람들은 이야기했다. 사람들은 미화했다. 이로 인해 파도의 속삭임처럼 끈질기고 부드럽게 밀려오는 거대한 웅성거림이 생겨났다.

어쩌면 여자들, 남자들, 아이들을 무너지지 않고 서 있게 해준 것은 그런 말들이었을지도 모른다. 그들이 돌덩이 같은 삶의 수레바퀴를 계속 돌릴 수 있게 도운 것도. 그러나 첫 번째 사건이 터지자 사람들이 동요했다. 처형당할 죄수들을 태운 수레가 떠나는 것을 보는 일에 절반쯤은 익숙해졌다고 하지만, 자일스 코리가 압사당했다는 소식은 아주 특별히 끔찍했다. 자일스 코리와 그의 아내 마사 마님에 대해, 특히 나를 만나기만 하면 그곳이 어디든지 간에 성호를 그어대는 고약한 버릇이 있는 그의 아내에 대해서는 더욱더, 그다지 호감을 가졌던 적이 없었다. 자일스가 아내에게 불리한 증언을 했다는 소식을 알게 됐을 때도 충격받지 않았다. 존 인디언 역시 나를 고발한 여자들 진영에 합류함으로써 나를 배반하지 않았던가?

하지만 고발자였다가 고발당한 그 노인을 벌판에 눕혀놓고 판사들이 돌을, 그것도 매번 무게를 더해가며 올려놓게 했다는 소식을 듣고 나서는 우리를 단죄하는 사람들의 본질에 대해 의심하게 되었다. 사탄은 어디에 있을까? 법복의 주름 속에 숨어 있는 건 아닐까? 법학자들과 종교인들의 목소리를 빌려서 말하는 건 아닐까?

자일스는 오로지 삶의 종말을 앞당겨 고통을 줄일 수 있게 점점 더 무거운 돌을 요구할 때만 입을 열었다고 사람들이 수군댔다. 곧 이런 노래가 들려오기 시작했다.

코리, 오 코리,

네게 돌은 무게가 없었지

네게 돌은

바람에 날리는 깃털.

끔찍함에 있어서 첫 번째 사건을 능가하는 두 번째 사건은 조지 버로스의 체포였다. 이미 말했다시피, 조지 버로스는 새뮤얼 패리스 이전에 세일럼의 목사였는데, 새뮤얼 패리스와 꼭 같이 계약서의 조항을 준수하게 만드느라 갖은 노력을 했다. 그 목사의 아내들 중 한 명의 영혼이 긴 여행을 떠날 때 누워 있던 곳이 우리 집 침실이었다. 그러한 신의 인간도 사탄의 총아라고 비난받을 수 있다는 사실을 알고 감옥 전체가 당혹감에 빠졌다.

신, 그런 신에 대한 사랑으로 그들은 영국과 그곳의 초목을 등지고 떠나오지 않았던가.

그러는 동안, 10월 초에 식민지 총독으로 부임한 핍스 총독이 마녀 재판에 관한 차후 방침을 본국에 서한으로 문의했다는 사실이 알려졌다. 얼마 안 되어, 순회 형사재판은 더 이상 열리지 않을 거고 피의자 친인척과의 결탁 의혹이 덜한 구성원들로 이루어진 다른 법원이 구성될 거라는 사실이 알려졌다.

이 모든 일이 나와는 별 관계가 없었다는 말을 해야겠다. 난 살아가라는 형벌을 받았다는 걸 알고 있었으니까.

7

미래 세대는 국가가 시민의 안녕을 살피는 복지국가 시대에 살아가
기를 바란다.

이 이야기가 벌어지던 1692년에는 전혀 그렇지 않았다. 시료원이나
마찬가지로 감옥에서도 우리는 국가의 손님이 아니었기에 무죄든 유죄
든 간에 생계비뿐만 아니라 쇠사슬 비용까지 갚아야만 했다.

고발당한 자들은 대체로 부유한 사람들로서, 저당 잡힐 수 있는 토지
나 농장의 주인이었다. 그래서 그들은 식민지의 요구에 응하는 데 어려
움이 없었다. 새뮤얼 패리스가 나를 위해 한 푼도 지불할 생각이 없음을
일찌감치 알려왔기에, 경찰서장은 자신이 부담한 비용을 할 수 있는 만
큼 회수할 생각을 했다. 그리하여 부엌일에 나를 고용하겠다는 결정을
내렸다.

엄청나게 상한 식료품도 죄수에게는 늘 너무 과분하다. 짐수레가 감
옥 마당에 야채를 가져다 놓으면 그 시큼한 냄새만 맡아도 야채 상태에
대한 어떤 의심의 여지도 남지 않았다. 거뭇거뭇한 양배추, 녹색이 도

는 홍당무, 수많은 싹이 돋은 고구마, 원주민에게서 반값에 사들인 깜부기병에 걸린 옥수수. 일주일에 한 번, 안식일마다 죄수들에게 수 리터의 물에 소고기 뼈 하나 우린 물과 시든 사과 몇 개를 제공하는 인심을 썼다. 나는 나도 모르게 이전의 요리법을 기억해내어 이 서글픈 재료들로 음식을 만들었다. 음식 준비를 하면, 오로지 두 손하고만 관련된, 두 손만 필요로 하는 창의성을 잔뜩 발휘하느라 두 손을 분주히 놀리면서도 정신은 자유롭다는 이점이 있다. 나는 그 썩어가는 온갖 재료들을 잘게 다졌다. 그리고 우연히 돌 틈에서 자라난 박핫잎을 하나 따서 맛을 돋웠다. 거기에다가 역한 냄새가 나는 양파 한 단에서 살릴 수 있는 부분을 더했다. 나는 상당히 딱딱하긴 했지만 그래도 맛은 좋은 케이크를 구워내는 데 뛰어났다.

명성이 어떻게 자자해졌던가? 곧 — 오, 놀라워라! — 사람들이 내게 뛰어난 요리사라는 명성을 붙여줬다. 그때부터 결혼식이나 연회가 있으면 사람들이 내 도움을 받으려고 나를 빌려달라고 오는 일까지 생겼다.

사람들은 세일럼의 골목을 누비고 다니며 저택이나 호텔의 뒷문으로 들어가는 나의 모습에 곧 익숙해졌다. 쇠사슬이 부딪히는 소리로 먼저 나의 존재를 알리며 걸어가면, 여자들과 아이들이 나를 보려고 문간으로 나왔다. 하지만 조롱이나 욕설을 듣는 일은 드물게만 일어났다. 나는 오히려 동정의 대상이었다.

범선, 스쿠너선, 온갖 종류의 선박에 가려져 바다가 잘 보이지 않았지만, 그래도 바닷가까지 가보는 습관이 들었다.

바다, 바다가 나를 치유해줬다.

이마를 스치고 지나가는 그 커다랗고 축축한 손. 콧구멍으로 뚫고 들어오는 그 습기. 입술에 와 닿는 그 쓸쓸한 물약. 차츰차츰, 나는 내 존재의 조각들을 붙여나갔다. 차츰차츰, 다시 희망을 품기 시작했다. 무엇에 대한? 나도 정확히는 알지 못했다. 하지만 여명처럼 부드럽고 약한 어떤 기대가 내 안에 일어났다. 감옥에 떠도는 소문을 듣고서, 존 인디언이 고발자들의 첫 줄에 섰으며, 계집아이들이 울부짖듯 울부짖고 그 아이들이 온몸을 뒤틀듯 몸을 뒤틀고 그 아이들보다 더 크고 더 세게 고발하면서 그 아이들이 몰고 온 신의 참화에 함께했다는 것을 알게 되었다. 입스위치 다리 위에서, 앤 퍼트넘 혹은 애비게일보다도 먼저, 어느 가난한 여자가 걸친 누더기 아래 마녀가 숨어 있음을 알린 사람도 그였다는 걸 알게 됐다. 처형당한 사람들 위로 떠돌던 부드러운 구름을 보고 그 안에 사탄이 있음을 밝힌 사람도 그였다고 했다.

그 모든 이야기를 듣고서 괴로웠던가?

1693년 5월, 핍스 총독이 본국의 승인을 받고 대사면을 공표했고, 고발당한 세일럼의 사람들 앞에 드디어 감옥 문이 활짝 열렸다. 아버지는 자녀와, 남편은 아내와, 어머니는 딸과 재회했다. 난 그 무엇과도 재회하지 못했다. 이러한 사면 조치가 이 사건에서 변화시킨 건 아무것도 없었다. 그 누구도 내 운명에 대해서 관심을 갖지 않았다.

경찰서장인 노이스가 나를 보러 왔다.

"식민지 당국에 진 빚이 얼마인지는 아나?"

내가 어깨를 으쓱했다.

"어찌 알겠어요?"

"전부 다 계산되어 있지!"

그러더니 장부를 넘겼다.

"봐라, 여기! 일주일에 2실링 6펜스인데, 17개월간 수감되어 있었지. 이 돈을 누가 지불할까?"

모르겠다는 몸짓을 해 보인 뒤, 이번에는 내가 물었다.

"그래서 어떻게 할 건가요?"

그가 투덜댔다.

"네 빚을 갚아줄 사람을 구해야지. 넌 그 사람을 위해 일하고!"

난 기쁜 기색 하나 없이 웃음을 터뜨렸다.

"누가 마녀를 사려고 하겠어요?"

그가 살짝 파렴치한 웃음을 지었다.

"돈이 급한 사람. 요즘 검둥이 시세가 얼마인지 아나? 25리브르라고!"

우리의 대화는 거기서 멈췄지만, 이제 나를 기다리는 운명을 알게 됐다. 새 주인. 새로운 예속의 생활.

삶이 신의 선물이라는 만 야야의 근본적 신념에 대해 심각하게 의심하기 시작했다. 삶이 선물일 경우는 오로지 우리 각자가 우리를 품어 낳아줄 배를 선택할 수 있을 때뿐이다. 그런데 자신의 삶에 대한 환멸을 우리에 대한 복수를 통해 풀려는 극빈자, 이기주의자, 고약한 계집의 속살로 떠밀려 들어가다니! 착취당하는 자나 모욕당하는 자들의 무리에, 이름과 언어와 신앙을 강요당하는 사람들에게 속하다니! 아, 이 얼마나 극심한 고행인가!

어느 날 다시 태어난다면, 정복자들의 철갑 부대의 일원이길! 노이스와 그런 대화를 나눈 뒤로 매일 낯선 사람들이 나를 검사하러 왔다. 그들은 내 잇몸과 이를 검사했다. 그들은 내 배와 가슴을 더듬었다. 그들은 내 누더기 치마를 들치고 다리를 살펴봤다. 그러더니 불만스러운 표정을 지었다.

"정말 말랐군!"

"스물다섯이라며! 쉰은 되어 보이네!"

"피부색이 맘에 안 들어!"

어느 날 오후, 어떤 남자의 눈에서 호의를 보았다. 오, 하느님, 어떻게 이런 남자가 있을 수 있지! 키는 작고, 왼쪽 어깨 근처에 솟은 혹 때문에 등이 뒤틀렸고, 낯색은 가짓빛이고, 얼굴은 뾰족하게 다듬은 턱수염과 뒤섞인 커다란 다갈색 구레나룻으로 뒤덮였다. 노이스가 경멸을 드러내며 귀띔해줬다.

"유대인이다. 아주 부자라고들 하더군. 엄청난 양의 흑단나무를 살 수도 있는 사람인데, 교수대에 매달 사냥감을 놓고 흥정질이나 하려고 들다니!"

나는 그 말 속에 담긴 나에 대한 모욕을 지적하지 않았다. 상인이라고? 정말로 앤틸리스제도와 관련이 있는? 바베이도스와?

갑자기 마치 그의 극도로 추악한 용모가 사라지고 가장 매력적인 풍채가 대신 들어서기라도 한 듯, 경탄 가득한 눈으로 그 유대인을 바라봤다. 이 사람이 내가 꿈꾸던 가능성을 상징하는 게 아닐까?

얼굴에서 광채가 나며 그러한 희망과 그러한 욕망이 내 눈에서 빛나자, 아마도 그 의미를 오해했는지 그가 돌아서서 절뚝거리면서 떠났다. 그 순간, 그의 오른 다리가 왼 다리보다 더 짧다는 걸 알아챘다.

밤, 밤, 낮보다 더 아름다운 밤! 꿈을 제공하는 밤! 밤, 현재가 과거의 손을 잡고 산 자와 죽은 자가 뒤섞이는 거대한 만남의 장소!

너무 늙고 너무 가난하여 감옥에서 삶을 마감하게 될 가여운 세라 대스턴과 주인이 되어줄 누군가가 나타나길 기다리는 메리 왓킨스, 그리고 그 누구도 원하지 않는 나, 이렇게 셋만 남아 있는 감옥에서 만 야야와 나의 어머니 아베나에게 기도하기 위해 묵상에 잠겼다. 그 상인이 시선으로 자신도 고통의 나라를 안다고, 뭐라 규정하기 힘든 방식으로 우리는 한배에 탔고 탈 수 있다고 말해주고 있으니, 두 사람이 서로의 힘을 합쳐 내가 그 상인의 수중에 떨어지게 해주기를.

바베이도스!

분노에 떨고 병이 나서 넋이 나가 있던 시기에는 그곳, 고향 생각은 거의 하지 않았더랬다. 하지만 존재의 조각들을 임시로나마 한데 붙여놓자 고향 생각이 다시 나를 사로잡았다.

하지만 내가 듣게 된 고향 소식은 좋지 않았다. 고통과 수치가 그곳에 자신들의 지배력을 안정적으로 확립했단다. 비천한 검둥이 무리가 끝없이 계속해서 불행의 수레바퀴를 돌리고 있단다. 압착기여, 사탕수수와 함께 내 팔도 으깨어 내 피로 달콤한 즙을 물들여라!

그러고도 그게 다가 아니었다!

하루가 멀다 하고 바베이도스 주위의 또 다른 섬들이 문을 열어 백인들의 욕망에 길을 터줬고, 이제 아메리카 남부의 식민지에서 긴 면직물 염포를 짜나가는 게 우리의 두 손이라는 걸 알게 됐다.

그날 밤, 꿈을 꿨다.

내가 탈 배가 나의 조바심으로 부푼 돛을 펴고 항구로 들어왔다. 역청을 칠한 선체가 물살을 가르는 모습을 부두에 서서 지켜봤다. 돛대 발치에 무언가 형체가 하나 잡혔지만, 그것에 정확한 이름을 붙여주기는 어려웠다. 그랬지만 그것이 기쁨과 행복을 가져다준다는 건 알았다. 이런 잠깐의 휴전을 얼마 동안이나 누리게 될까? 그건, 나도 짐작할 수 없다. 운명이 노인 같다는 건 안다. 그것은 느릿느릿 걷는다. 그러다가 멈춰 서서 한숨 돌린다. 다시 출발한다. 다시 멈춘다. 그래도 그것은 제시간에 목적지에 도달한다. 어쨌든 가장 암울한 시간은 이제 지나갔고 곧 숨을 쉴 수 있으리라는 확신이 내 안에서 차올랐다.

그날 밤, 가끔 그랬듯이, 헤스터가 내 옆에 와서 누웠다. 고요한 수련 같은 그녀의 뺨에 얼굴을 갖다 대며 바싹 다가붙었다.

서서히 쾌감이 밀려들어서 놀랐다. 자신의 몸과 비슷한 몸에 맞닿아 있어도 쾌감을 느낄 수 있는 걸까? 상대방 몸의 들어간 곳이 내 몸의 나온 곳과 들어맞고 그 몸의 나온 부분이 내 몸의 평평하고 부드러운 살에 파묻힐 때 쾌감이 생기니, 내게 쾌감은 늘 나와 다른 몸의 형체를 띠었더랬다. 헤스터는 다른 쾌락의 길을 가르쳐주고 있는 걸까?

사흘 뒤, 노이스가 감옥 문을 열어주러 왔다. 그의 그림자에 가려진 유대인이 그 어느 때보다도 두드러진 적갈색 머리와 굽은 등을 내보이며 바로 뒤에 붙어 있다시피 서 있었다. 노이스가 나를 감옥 마당까지 몰고 나가자 그곳에서 기다리던 대장장이가—가죽 앞치마를 두른 육중한 사나이인데—목재 모루받침 양옆으로 대뜸 다리를 벌리게 했다. 그러더니 무시무시할 정도로 능숙한 망치질로 족쇄를 산산조각 내어 날려버렸다. 그가 손목을 묶고 있는 쇠사슬에 대해서도 똑같은 일을 행하는 동안 나는 울부짖었다. 여러 주 동안 내 몸 구석구석까지 미치지 못했던 피가 다시 콸콸 흐르면서 피부 밑 오만 군데가 콕콕 찌르고 화끈거리는 느낌이 걷잡을 수 없이 들었기 때문이다.

나는 울부짖었고, 이 울부짖음은 겁에 질린 갓난아이의 울음처럼 내가 세상에 복귀한 것을 축하했다. 걷는 법을 다시 배워야 했다. 쇠사슬이 사라지자 균형을 잡지 못했고, 질 나쁜 술을 마신 사람처럼 비틀거렸다. 말하는 법도, 사람들과 소통하는 법도, 어쩌다가 단음절을 내뱉고 마는 걸로 그치지 않는 법도 다시 배워야 했다. 얼굴 주위로 흘러내린 모습이 쉭쉭거리는 뱀들이 우글거리는 뱀 굴과도 흡사한 머리카락을 매만지는 법도 다시 배워야 했다. 무두질이 잘못된 가죽처럼 건조하고 쩍쩍 갈라진 피부에 연고를 발라야만 했다.

정말로 얼마 안 되는 사람만이 이런 불운을 갖는다. 두 번 태어나는 불운을.

8

나를 구입한 유대인은 벤저민 코헨 다제베두로, 백일해가 돌 때 아내와 가장 밑의 아이들을 잃었더랬다. 그러고도 딸 다섯과 아들 넷이 남아 있어서, 그로서는 그 아이들 때문에라도 시급하게 여자 손이 필요했다. 이런 경우 식민지 남자들 모두가 그러듯이 재혼하는 걸 고려하지 않았기에, 그는 노예의 보살핌에 도움받는 쪽을 택했다.

그리하여 나는 키가 제각각이고, 어떤 아이들은 머리카락이 제비 꼬리처럼 새까맣고 또 어떤 아이들은 아버지처럼 적갈색이며, 영어라고는 단 한마디도 모른다는 특이점을 공통으로 보여주는 아이들 10여 명과 마주하게 되었다. 사실, 벤저민네 가문은 포르투갈 출신이었지만 종교 박해를 피해 네덜란드로 피신했다고 한다. 그곳에서 한 분파가 브라질, 특히 헤시피(브라질의 베네치아로 불리는 아름다운 항구도시로, 페르남부쿠주(州)의 주도. 네덜란드의 식민지 시기 때부터 브라질 북동부의 중심지로 일찍부터 발전했으며, 포르투갈인들이 브라질에 올 때 초기에 정착했던 도시—옮긴이)를 타진해봤지만 이번에도 포르투갈인들이 그 도시를 접수하자 피신해야

만 했다. 그 뒤 둘로 나뉘어 한 분파는 퀴라소(앤틸리스제도 중 네덜란드령
에 속하는 두 개의 섬으로, 2010년에 독립하여 자치령이 되었다―옮긴이)로 가
정착했고 다른 분파는 아메리카의 식민지에서 운을 시험해보기로 했다.
이처럼 영어를 모른다는 점, 끝없이 히브리어나 포르투갈어로 재잘거린
다는 점만 봐도 이 가족이 자기 자신의 불행이 아닌 모든 것에, 세계를
떠돌며 겪는 유대인들의 시련이 아닌 모든 것에 얼마나 무관심한지를
보여줬다. 벤저민 코헨 다제베두가 세일럼의 마녀 재판은 알고나 있었
는지, 아무것도 모르고 감옥에 왔던 건 아닌지 궁금하다. 어쨌든, 그 슬
픈 사건에 대해 알게 됐을 때도, 그는 자신이 이방인이라고 부르는 사람
들은 근본적인 잔인함이 특징이라고 그들을 탓하며 내 죄를 완전히 사
해줬다. 그러니까, 어떤 의미로는 이보다 더 잘 맞는 주인을 만날 수 없
었으리라는 소리다.

벤저민 코헨 다제베두의 집에 슬그머니 찾아드는 유일한 방문객이라
고는 그와 함께 토요일의 예배 의식을 거행하러 오는 여섯 명가량의 또
다른 유대인들뿐이었다. 그들이 유대교 예배당 건립을 허락해달라고 요
구했다가 거절당했음을 알게 됐다. 그들은 거대한 저택의 방 하나에 모
여, 샹들리에 촛대의 일곱 가지에 초를 꽂아놓고, 그 앞에 서로 다붙어
서서는 단조로운 목소리로 신비로운 말들을 읊조렸다. 그런 날 전날에
는 불을 켜면 안 되어서 아이들은 깜깜한 어둠 속에서 식사를 하고 몸을
씻고 잠자리에 들었다.

벤저민 코헨 다제베두는 코헨 집안의 다른 사람들, 그러니까 뉴욕(그
들은 고집스럽게 뉴암스테르담이라고 부르는!)이나 로드아일랜드에서
살고 있는 레비 집안이나 프레이저 집안 사람들과 꾸준히 서신을 교환
하고 사업 관계를 유지했다. 그는 담배 무역으로 넉넉히 생활비를 벌어

들였고, 자신과 같은 종교를 믿고 친우 관계인 주다 모니스와 힘을 합쳐 해상무역용 선박 두 척을 공동 소유했다. 그 남자는 어마어마한 재산을 소유했을 걸로 추정되지만 허영심이라고는 전혀 없어서, 뉴욕에서 온 옷감으로 스스로 옷을 만들어 입었고 소금 치지 않은 빵과 오트밀로 식사를 했다. 내가 입주한 다음 날, 그가 납작한 약병을 건네며 특유의 쉰 듯한 목소리로 말했다.

"이 약을 만든 사람은 세상을 뜬 내 아내 애비게일이다. 몹시 강력한 약이라, 이 약을 쓰면 몸을 추스르게 될 거다."

그러더니 본인의 선한 마음이 부끄럽다는 듯 눈길을 떨구고 멀어져 갔다. 바로 그날, 그가 어두운 색깔의 천을 잘라 만든 흔하지 않은 디자인의 옷을 가져다줬다.

"받아라. 내 아내 애비게일의 옷이었다. 애비게일은 지금 자신이 있는 곳에서 네가 그 옷을 입어주면 좋아할 거야."

우리 둘을 서로를 향해 밀어준 건 망자였다.

그녀가 우리 사이에 자잘한 선의, 자잘한 도움, 자잘한 감사의 그물을 엮어나가기 시작했다. 그가 제도에서 들어온 오렌지를 장녀 메타헤벨과 나에게 갈라줬고, 자기 친구들과 함께 따뜻하게 데운 포르토 한잔 마시자고 나를 불러줬고, 밤이 되어 다락방이 너무 추워졌을 때 내 어깨에 담요 하나를 더 둘러줬다. 난 거친 천으로 만든 그의 셔츠들을 정성스럽게 다려줬고, 낡고 바래 초록빛을 띠는 그의 외투에 다시 물을 들여줬고, 꿀을 넣어 그가 마시는 우유의 맛을 돋워줬다. 세상을 뜬 아내의 1주기가 되자 그가 너무나 절망스러워하기에, 참지 못하고 살그머니 다가갔다.

"죽음은 문을 열어둔 통로일 뿐이라는 걸 아세요?"

그가 못 미더워하는 눈길로 바라봤다. 내가 대담하게 속삭였다.

"아내분과 소통하고 싶으세요?"

그가 눈을 희번덕였다. 내가 명령을 내렸다.

"오늘 밤, 아이들이 잠들고 나면 사과나무를 심어놓은 정원으로 나를 보러 오세요. 잘 아시는 쇼헷(유대교 율법에 따라 가축 도살을 담당하는 사람—옮긴이)에게서 양을, 혹시 양이 없으면 닭을 구해 오세요."

겉으로야 확신에 차 보였겠지만 속으로는 난처했음을 고백한다. 기예를 실천하지 않은 지 너무 오래였으니까! 감옥의 잡거 생활 속에서, 힘든 시절을 함께 넘긴 감방 동기들 사이에서, 도움을 줄 수 있는 그 어떤 요소도 없는 상황에서, 꿈에서 말고는 보이지 않는 존재들과 단 한 번도 소통한 적이 없었다. 헤스터는 꼬박꼬박 나를 찾아왔다. 만 야야, 나의 어머니 아베나, 야오는 보다 뜨문뜨문. 그런데 애비게일은 강을 건널 이유가 없었다. 그녀는 멀리 있지 않았고, 확신컨대, 남편과 특히 사랑하는 아이들에게서 멀어질 수가 없었을 터였다. 몇 종류의 기도와 제의를 준수한 희생 의식이면 그녀를 불러낼 수 있으리라. 그러면 벤저민의 가여운 마음이 활짝 피어나리라.

10시쯤, 벤저민이 꽃 핀 나무 아래로 나를 만나러 왔다. 티끌 한 점 없는 하얀 털에 체념으로 가득한 어여쁜 눈망울을 지닌 양 한 마리를 끌고 서였다. 난 이미 음송을 시작한 뒤라서, 아직 졸고 있는 달이 우리의 의식에서 자신이 해야 할 역할을 하러 와주기를 기다리고 있었다. 결정적 순간에 겁이 났지만, 내 목에 누군가의 입술이 포개지자 용기를 북돋아주러 온 헤스터임을 느꼈다.

피가 대지를 적셨고 그 톡 쏘는 냄새가 목구멍을 조여들었다.

끝나지 않을 것만 같은 시간이 흐른 뒤, 드디어 어떤 형체가 움직여 우리 쪽을 향해 다가오는데, 낯빛은 새하얗고 머리카락은 새까만 자그마한 여인이었다. 벤저민이 털썩 무릎을 꿇었다.

내가 분별 있게 물러섰다. 부부 사이의 대화가 오래 이어졌다.

그 뒤로 매주, 코헨 다제베두가 잃고서 그토록 그리워하는 여자를 다시 만날 수 있게 해줬다. 보통은, 친구들이 전 세계에 흩어져 있는 유대인들의 소식을 교환하러 왔다가 그중 여전히 남아 있던 친구들마저 그들의 성서 한 구절을 읽은 뒤 떠나가는 일요일 오후에, 그 일이 일어났다. 내 생각에, 벤저민과 애비게일은 사업 진척이나 아이들 교육이나 아이들, 특히 막내 모세가 이방인과 어울리고 그들의 언어를 말하려고 하면서 안겨준 근심거리에 대해 이야기를 나눴지 싶다. 내 생각에 그런 듯싶다라고 말한 건 그 대화가 히브리어로 이루어졌기 때문인데, 나는 살짝 불안감을 느끼며 그 고유어의 묵직한 음에 귀를 기울였다.

한 달 뒤, 벤저민이 이 만남에 딸 메타헤벨을 함께 데리고 와도 되는지 허락을 구해왔다.

"어머니의 죽음이 그 아이에게 어떤 의미인지 상상도 못 하겠지. 둘은 열일곱 살 차이밖에 나지 않았고, 메타헤벨이 애비게일을 언니처럼 좋아했어. 최근에는 내 사랑이 두 사람을 혼동했지. 두 사람은 웃음도 똑같고, 머리 주위로 돌돌 말아 올린 갈색 머리 타래도 똑같고, 그 창백한 피부에서 풍기는 향도 똑같아. 티투바, 가끔 신이 아이를 어머니로부터 떼어놓는 걸 보면 신의 존재를 의심하게 돼! 신을 의심하다니! 보다시피 난 좋은 유대인이 아니야!"

어떻게 그런 부탁을 거절할 마음을 품을 수 있겠는가?

더욱이 아이들 가운데 메타헤벨은 내가 제일 예뻐하는 아이였다. 어찌나 다감한지, 변덕스럽고 경솔한 심술궂은 여편네 같은 삶이 그 아이를 갖고 무슨 짓을 할지에 생각이 미치면 떨려왔다. 다른 사람들을 얼마나 배려하는지. 그 아이가 영어로 살짝 속마음을 드러내며 말했다.

"티투바, 네 눈 저 깊은 곳의 그 모든 구름은 왜인 거지? 무슨 생각을 하는 거지? 노예 상태인 네 동포들? 신은 고통을 축복하고, 그럼으로써 신의 사람들을 알아본다는 걸 모르겠어?"

하지만 난 그런 신앙고백이 마음에 들지 않았고, 그래서 고개를 저었다.

"메타혜벨, 희생자들이 이제 편을 바꿔야 할 때가 아닐까?"

그 뒤로 우리 셋은 정원에서 덜덜 떨면서 애비게일이 나타나기를 기다렸다. 부부가 가장 먼저 대화를 나눴다. 그러고는 딸이 어머니에게 다가갔다. 두 여자끼리만 남겨졌다.

왜 남녀 사이에서 조금이라도 감정이 묻어나는 관계는 모두 침대 위의 행위로 구체화되고 마는 걸까? 여전히 어안이 벙벙하다.

벤저민 코헨 다제베두와 나, 그는 죽은 여자에 대한 기억에 온통 사로잡혀 있고 난 배은망덕한 남자에게 사로잡혀 있었는데, 어떻게 우리 둘이 애무, 포옹, 주고받는 쾌락의 길로 접어들게 되었을까?

그런 일이 처음으로 일어났을 때, 내 생각에는 나보다 그가 더 놀랐던 듯하다. 그는 자신의 성기를 쓸 수 없는 도구라고 믿고 있다가 그것이 뜨겁고 뻣뻣하게 뚫고 들어가며 넘치는 정액으로 부푸는 모습에 깜짝 놀랐다. 아들들에게 간음죄가 얼마나 두려운 것인지를 가르치던 그였으니 경악과 수치에 사로잡혔다. 그래서 사과의 말을 더듬거리면서 몸을 뗐지만, 곧 그 말은 새로이 일어나는 욕망의 파도에 쓸려 가버렸다.

그 뒤로 나는 안주인이자 동시에 하녀인 야릇한 상황에 놓이게 됐다. 낮에는 조금의 휴식도 취할 여지가 없었다. 양모를 솔질하고, 실을 잣고,

아이들을 깨운 뒤 씻고 옷 입는 걸 봐주고, 비누를 만들고, 빨래를 하고, 다림질을 하고, 염색을 하고, 옷감을 짜고, 옷, 시트, 담요 등을 수선하고, 심지어 구두창을 갈고, 그뿐만 아니라 녹인 기름을 틀에 부어 초를 만들고, 가축에게 먹이를 주고, 집안 관리도 해야 했다. 종교적인 이유로 식사는 내가 준비하지 않고 메타헤벨이 맡았는데, 그 아이의 젊음이 이런 집안일을 하느라 닳고 있는 게 속상했다.

저녁이면 벤저민 코헨 다제베두가 다락방으로 올라와 구리 난간 달린 침대에서 자는 나를 찾아왔다. 그가 옷을 벗자 누르스름한 몸에 흰 다리가 드러났고, 그 순간 저절로 근육질에 거무튀튀한 존 인디언의 몸이 생각났음을 고백한다. 똘똘 뭉친 고통이 목구멍을 타고 올라와, 울음을 억누르려고 몹시 애를 썼다. 그렇지만 이런 상태가 오래가지는 않아서, 몸이 흉하게 틀어진 연인과도 그만큼 기분 좋게 쾌락의 바다에 떠다녔다. 그렇다고는 해도 가장 달콤한 순간은 서로 이야기를 나누는 순간이었다. 우리에 대한. 오로지 우리에 대한.

"티투바, 유대인으로 존재한다는 게 뭔지 알아? 629년부터 프랑스의 메로빙거왕조가 자기네 왕국에서 우리를 추방하라는 명령을 내렸어. 교황 인노첸시오 3세가 소집한 제4차 공의회가 끝난 뒤, 유대인은 옷에 특별한 표지를 달고 모자를 써야만 했지. 사자왕 리처드는 십자군원정을 떠나기 전에 유대인에 대한 대대적인 공격을 명령했어. 종교재판으로 우리가 얼마나 목숨을 잃었는지 알아?"

나도 가만히 있지만은 않았고 그의 말을 잘라먹었다.

"그럼 우린, 얼마나 많은 사람들이 아프리카 해안에서부터 피를 흘리고 있는 줄 알아?"

하지만 그가 다시 말을 이었다.

"1298년, 린트플라이슈의 유대인들은 전부 다 참살당했고 학살의 물결은 바이에른과 오스트리아까지 퍼져나갔어……. 1336년, 우리의 피가 흩뿌려진 곳은 라인에서부터 보헤미아와 모라바까지였지!"

매번 그가 나를 이겼다.

우리가 평소보다도 더 격렬하게 쾌락의 바다를 떠다녔던 어느 밤, 벤저민이 정열을 가득 담아 중얼댔다.

"네 눈 저 깊은 곳에는 늘 그늘이 있어, 티투바. 네가 완전히, 아니 완전히는 아니더라도 행복해지게 하려면 뭘 주면 될까?"

"자유!"

그 말은 미처 붙잡을 새도 없이 내 입 밖으로 튀어나갔다. 그가 충격을 받은 눈길로 바라봤다.

"자유라고! 그걸로 뭘 하게?"

"당신 소유의 배에 올라타고 곧장 바베이도스를 향해 떠날 거야."

그의 얼굴이 딱딱하게 굳어서 내가 알던 그 사람인가 싶을 정도였다.

"절대 안 돼, 절대, 내 말 알겠지. 네가 떠나면 아내를 두 번 잃게 될 테니까. 그 이야기는 다시는 하지 마."

우리는 다시는 그 이야기를 하지 않았다. 베개를 베고 나눈 대화는 꿈속의 대화나 마찬가지의 확실성밖에 없어서 쉽게 잊힐 수 있다는 특징을 보여준다.

우리는 버려뒀던 습관을 다시 찾았다. 나는 차츰차츰 유대인 가정에 동화되어 정신이 무뎌졌다. 나는 더듬더듬 말할 정도로 포르투갈어를 익혔다. 귀화 이야기에 열광했고 총독이 비열하게 귀화를 어렵게, 나아가 불가능하게 만들었다는 대목에선 화를 냈다. 유대교 예배당 건립 이야기에 열광했고, 로저 윌리엄스(1603-1683. 로드아일랜드 식민지의 창설자

206

이자 종교적 자유의 선구자—옮긴이)를 자유주의자이자 선구적 정신의 소유자로, 유대인들의 진정한 친구로 간주했다. 코헨 다제베두 집안사람들처럼 세상을 두 진영으로, 유대인의 친구와 나머지로 나누고, 유대인이 신대륙에 정착할 수 있는 가능성을 따져보았다.

그러다가 어느 날 오후, 제정신으로 돌아오게 되었다. 네 번째 딸아이를 낳은 야곱 마커스의 아내에게 말린 사과 한 바구니를 갖다주고, 추위에 맞서려고 빠른 걸음으로 바람 부는 프런트 스트리트를 지나가는데, 누군가 내 이름을 부르는 소리가 들렸다.

"티투바!"

처음에는, 내 앞에 서 있는 젊은 검둥이 여자의 얼굴을 봐도 아무것도 떠오르지 않았다. 그 당시에 벌써 보스턴 시나 베이 콜로니 전역에서처럼 세일럼 시에도 수많은 검둥이들이 들어와 있었고, 더는 그 누구의 관심도 받지 못하면서 노예들이 감당할 온갖 일들을 도맡고 있었다.

내가 머뭇거리자 그 젊은 여자가 소리를 질렀다.

"나야, 메리 블랙! 날 잊었어?"

기억이 되살아났다.

메리 블랙은 너새니얼 퍼트넘네 노예였다. 나처럼 계집아이들에게 마녀라고 고발당해 보스턴의 감옥으로 끌려갔다는 것까지 소식을 듣고, 그 뒤 어떻게 됐는지는 몰랐다.

"메리!"

대번에 과거가 그 고통과 모욕의 무게로 나를 짓눌렀다. 우리는 서로 끌어안고 잠깐 눈물을 흘렸다. 그러고는 메리가 내 귀에 소식 보따리를 풀어놓았다.

"아, 그럼! 이제 그 불길한 음모가 다 드러났어! 계집애들이 부모에게 조종당했더라고. 토지니, 금전 문제니, 오래된 경쟁 관계니 하더라고. 이제 바람 방향이 바뀌어서 사람들은 새뮤얼 패리스를 마을에서 내쫓고 싶어 해. 그래도 그 인간은 굳건히 버티더라고. 체불 임금과 단 한 번도 제공되지 않았던 장작을 요구한대. 그 아내가 아들을 얻었다는 건 알아?"

그 모든 것에 대해 단 한마디도 더는 듣고 싶지 않아서 말을 끊었다.

"너, 넌! 넌 어떤데?"

그녀가 어깨를 으쓱거렸다.

"난 여전히 너새니얼 퍼트넘네에 있어. 핍스 총독의 사면이 있은 뒤 다시 나를 데려갔거든. 주인은 사촌 토머스와 사이가 틀어졌어. 그리그스 의사가 이제는 메리 퍼트넘과 그녀의 딸 앤이 제정신이 아니었다고 말한다는 건 알아?"

너무 늦었다! 너무 늦었어! 진실은 늘 너무 늦게 도착한다. 거짓보다 더 느리게 걷기 때문이다. 거들먹거리면서 걷느라고 그런다, 진실은! 하고 싶은 질문 하나가 입술을 간질였지만 참았다. 그러다가 결국 더는 참을 수가 없었다.

"그런데 존 인디언, 그 사람은 어떻게 됐어?"

그녀가 머뭇거리기에 한층 더 강하게 질문을 되풀이했다. 그러자 간단한 대꾸가 돌아왔다.

"더 이상 마을에서 살지 않아."

내가 대경실색했다.

"아니, 그러면 대체 어디 있는데?"

"톱스필드에!"

톱스필드? 내가 가여운 메리의 팔을 쥐었고, 내 손가락이 그 죄 없는 살을 파고든다는 사실도 깨닫지 못했다.

"메리, 제발, 어찌 된 건지 이야기해줘! 그 사람 톱스필드에서 뭘 하고 있는데?"

그녀가 체념하고 나를 정면으로 바라봤다.

"세라 포터 마님 기억해?"

다른 사람보다 더 특별히 기억나는 건 아니다! 회당에 있을 때면, 기도서에서 눈길도 들어 올리지 않던 말라깽이가 아니던가!

"그러니까 존 인디언이 그 여자에게 고용되어서 일을 하기 시작했는데, 그 집 주인이 지붕에서 떨어져 죽는 바람에 그가 부부의 침대로 들어갔지. 마을 사람들이 어찌나 항의들을 해댔는지 두 사람은 마을을 떠나야만 했어."

내가 어찌할 줄을 모르는 표정이었던지 그녀가 위로의 말투로 덧붙였다.

"두 사람은 서로 전혀 맞지 않는 것 같아."

그 대화의 나머지 부분은 귀에 들어오지 않았다. 내가 미쳐가나 보다 싶었고 헤스터가 했던 말이 기억을 후비며 되돌아왔다.

"백인이든 흑인이든 남자들에겐 삶이 너무 잘 대해줘!"

교수대에 매달 사냥감이었던 내가 구속되어 진을 빼고 있는 동안, 가죽 장화를 신은 내 남자는 정복자의 표정으로 새로운 영토에서 성큼성큼 걸음을 옮기며, 자신의 재산이 어느 정도인지를 측정하고 있었던 것이다. 그 여자, 포터 부인은 부자였으니까. 그 사실이 이제야 생각났다. 그녀와 그녀의 죽은 남편의 이름은 고액 납세자 명단에 들어 있었다.

걸음을 재촉했다. 바람이 더욱 매섭게 불어오며, 벤저민 코헨이 내게 줬으며 죽은 여자의 달콤하고 톡 쏘는 냄새가 여전히 배어 있는 옷 사이로 스며들었기 때문이다.

걸음을 재촉했다. 에식스 스트리트에 있는 저택만이—이 또한 깨달았는데—나의 피난처여서였다. 도착해보니, 민나 시간이었다. 아버지를 둘러싼 아이들이 이제는 내 귀에 익숙해진 말을 읊조리고 있었다.

"슈마 이스라엘. 아도나이 엘로헤누 에하드."

나는 다락방으로 달려가 고통이 나를 완전히 잡아먹게 내버려뒀다.

9

그런데 고통도 다른 것과 마찬가지였으니, 어느덧 가라앉았다. 그랬다. 나는 벤저민 코헨 다제베두의 집에서, 행복이라고까지는 말하지 못하겠지만, 평화로운 4개월을 보냈다.

밤에, 그가 중얼댔다.

"우리의 신은 인종도 피부색도 모르셔. 원한다면 너도 우리들 가운데 하나가 되어 우리와 함께 기도할 수 있어."

내가 웃음으로 그의 말을 막았다.

"당신의 하느님은 마녀들도 받아들인대?"

그가 내 손에 입을 맞췄다.

"티투바, 넌 내가 가장 사랑하는 마녀야!"

하지만 가끔씩 고뇌가 되살아났다. 불행은 포기하는 법이 없다는 걸 알고 있었으니까. 불행은 어느 부류의 사람들에게 특혜를 베푼다는 걸 알고 있기에, 기다렸다.

나는 기다렸다.

10

이 모든 일이 시작된 것은, 다른 두 유대인 가정과 마찬가지로 벤저민 코헨 다제베두의 집 대문 위에 붙여놨던 메주자(구약성경 신명기의 몇 절을 기록한 양피지 조각—옮긴이)가 뽑혀 나가고, 누군가 그 자리에 검은 페인트로 그린 외설적인 그림을 남겨두면서부터였다.

유대인들은 박해에 하도 익숙했기에 벤저민이 낌새를 채고는 말 잘 듣는 가축 떼 다루듯 아이들을 세어가며 집 안으로 들여보냈다. 내가 막내 모세를 찾아낼 때까지 여러 시간이 걸렸는데, 그는 숱 많은 적갈색 곱슬머리에 키파(유대교 전통의상 중 테두리 없는 모자를 말한다—옮긴이)를 아슬아슬 달고 부두에서 그리 멀지 않은 곳에서 악동들과 놀고 있었다. 그다음 날이 안식일이었다. 평소처럼 레비 집안사람 다섯 명과 마커스 집안사람 셋—야곱의 아내 레베카는 출산 때문에 여전히 집에 머물렀다—이 종교의식을 치르기 위해 벤저민의 집으로 슬그머니 들어왔다. 평소보다 더 떨리는가 싶은 그들의 목소리가 솟아올랐을까 말까 싶은데 돌들이 일제히 창과 문에 부딪혀 튀어 올랐다.

잃을 게 아무것도 없는 내가 바깥으로 나가봤고, 집에서 몇 미터 떨어진 곳에 작은 무리를 이룬 남녀가 몰려 있는 것이 보였다. 분노가 치밀어 올라서 공격하는 사람들을 향해 나아갔다. 어떤 남자가 고함을 질렀다.

"정말이지 우리를 통치하는 자들은 무슨 생각을 하는 걸까? 이런 꼴을 보려고 우리가 영국을 떠났나? 우리 곁에 유대인과 검둥이들이 우글거리는 꼴을 보려고?"

돌이 무더기로 내 위로 떨어졌다. 나는 온몸을 활활 불태우고 두 다리를 날렵하게 만드는 분노로 가득 차, 계속 앞으로 나아갔다.

갑자기 누군가 소리를 질렀다.

"저 여자가 누군지 모르겠소? 티투바야, 세일럼의 마녀!"

날아오던 돌들이 우박이 되었다. 주위가 어두워졌다. 구릉 꼭대기를 날려버리고 파도를 물러나게 하고 태양이 다시 제 갈 길을 가게 만든 티장(앤틸리스제도에 전해져 내려오는 이야기 속 주인공으로, 가난과 불운 등의 역경을 변칙과 반칙을 통해 극복함으로써, 역으로 부당한 사회질서에 대한 불복종을 보여준다—옮긴이)의 유일한 무기는 오직 자신의 의지밖에 없지 않았던가. 그런 티장과 내가 흡사하다는 생각이 들었다. 얼마 동안이나 이 전투가 지속되었는지 모른다.

날이 저물 무렵에서야 온몸이 엉망이 된 채 제정신을 차렸고, 메타헤벨이 울면서 이마의 붕대를 바꿔주었다.

밤이 되었고 꿈을 꿨다. 숲속으로 들어가고 싶었지만 나무들이 힘을 합쳐 나를 막아섰고, 나무 꼭대기에서부터 늘어뜨려진 시커먼 칡덩굴이 나를 휘감았다. 눈을 떴다. 방 안이 시커먼 연기로 자욱했다.

얼이 빠져, 상처에 붕대를 매주겠다며 내 곁에서 자기를 고집했던 벤저민 코헨 다제베두를 깨웠다. 그가 벌떡 일어서서 중얼거렸다.

"내 아이들!"

너무 늦었다. 교묘하게 집의 네 귀퉁이에 불을 놓은 통에 화마가 벌써 1층과 2층을 삼켜버렸다. 불은 다락방으로 쳐들어왔다. 내가 임기응변을 발휘해 창문을 통해 매트리스를 던졌고, 우리는 불에 탄 들보, 연기를 뿜어 올리는 벽걸이 천, 뒤틀린 금속 조각들이 나뒹구는 한가운데로 뛰어내렸다. 잔해에서 조그만 시신 아홉 구를 끌어냈다. 잠을 자다 얼결에 당해 아이들이 공포나 고통을 전혀 느끼지 않았기를 바라자. 그리고 또, 아이들은 어머니를 만나러 가지 않겠는가?

시 당국은 벤저민 코헨 다제베두가 자식들을 매장할 수 있게 자투리 땅을 내주었는데, 이것이 뉴포트보다 먼저 생겨난 아메리카 식민지의 첫 번째 유대인 무덤이 된다.

그걸로 충분하지 않다는 듯, 정박해 있던 벤저민과 그의 친구가 소유한 두 척의 배가 활활 불타버렸다. 하지만 벤저민은 이러한 물질적 손실에는 완전히 무덤덤했던 것 같다. 겨우 말을 할 수 있는 상태가 되자, 벤저민 코헨 다제베두가 나를 찾아왔다.

"이 모든 일은 합리적으로 설명할 수 있어. 사람들이 이문이 남는 앤틸리스제도와의 교역으로부터 우리를 떼어놓고 싶어 한다든가, 이런 식으로. 늘 그렇듯이 사람들은 우리의 재능을 두려워하고 증오하니까. 하지만 난 그렇게는 생각하지 않아. 나를 벌주는 건 신이야. 물론 너에 대한 애정으로 불타올랐다고 그러는 건 아니라고 생각해. 유대인들은 늘 강렬한 성적 본능을 지녔으니까. 우리의 아버지 모세는 아주 늙어서도 발기를 했다고. 신명기에 보면 이런 구절이 있어. '그의 성적 능력은 줄어들지 않았다.' 아브라함, 야곱, 다윗은 첩들을 거느렸지. 그렇다고 해서, 네가 가진 기예를 애비게일을 다시 만나는 데 사용하게 했다고 나를 탓하는 건가 하면, 그것도 아니야. 신은 아브라함이 사라에게 품었던 사랑을 기억하셔. 그러니까 그게 아니라, 그분이 나를 벌하시는 이유는 내가 네가 원했던 유일한 것, 바로 자유를 네게 주기를 거부했기 때문이지! 왜냐하면 널 억지로 내 옆에 붙들어둔 건, 내가 그분이 벌하시는 그런 폭력을 사용한 셈이니까. 내가 이기적이고 잔인했으니까!"

내가 항의했다.

"아니야! 그렇지 않아!"

하지만 그는 내 말을 듣지 않고 자기 말을 이어갔다.

"넌 이제 자유야. 여기 그 증거가 있어."

그가 다양한 인장이 찍힌 양피지를 내게 건넸지만, 나는 미친 듯이 고개를 내저으며 거기에 눈길도 주지 않았다.

"나는 그런 자유를 원하지 않아. 당신과 함께 있겠어."

그가 나를 안았다.

"난 로드아일랜드로 떠나려고 해. 적어도 지금까지 그곳에서는 유대인도 먹고살 권리가 있어. 그리고 나와 같은 신앙을 가진 이가 나를 기다리고 있고."

내가 울음을 터뜨렸다.

"당신 없이 내가 뭘 하기를 바라는데?"

"네가 바베이도스로 돌아가면 좋겠어. 그게 네가 품은 가장 소중한 소원 아닌가?"

"이런 대가를 치르고는 아니야! 이런 대가는!"

"며칠 있으면 브리지타운으로 떠나는 블레스 더 로드호(號)에 자리를 하나 잡아뒀어. 자, 받아. 그 도시에 자리 잡고 있고, 나랑 신앙이 같은 상인 앞으로 보내는 편지야. 만약 필요하다면 널 도와주라고 부탁했어."

내가 계속 저항하자 그가 자신의 두 손으로 내 두 손을 꼭 감싸고는 이사야의 구절들을 따라 하게 시켰다.

　　여호와께서 이와 같이 말씀하시되
　　하늘은 나의 보좌요
　　땅은 나의 발판이니
　　너희가 나를 위하여 무슨 집을 지으랴
　　내가 안식할 처소가 어디랴.

내가 어느 정도 진정이 되자 그가 속삭였다.

"마지막 친절을 베풀어줘. 아이들을 다시 볼 수 있게 해줘!"

불행한 아버지의 애타는 마음을 헤아려 우리는 저녁이 오기를 기다리지 않았다. 태양이 세일럼의 푸르스름한 지붕들 뒤로 넘어가자마자 우리는 사과나무 정원에 모였다. 신앙만큼이나 쓰라림으로 가슴이 터질 듯했지만, 나무의 옹이 진 손가락들을 향해 눈을 들었다. 원시종교의 젊은 여신처럼 머리를 이삭 모양으로 장식한 메타헤벨이 가장 먼저 모습을 드러냈다. 벤저민 코헨 다제베두가 속삭였다.

"아버지의 기쁨, 넌 행복하니?"

형제자매들이 그녀를 둘러싸고 자리를 잡는 동안 그녀가 고개를 끄덕이고는 물어봤다.

"언제, 언제 아버지는 우리와 함께 있게 될까요? 서둘러요, 아버지. 사실, 죽음은 가장 커다란 은혜랍니다."

적법한 해방 증서를 갖고 있어도 검둥이 여자가 근심에서 벗어나 살 수 없다는 것을 빠르게 깨달을 수밖에 없었다. 큰 키에 성큼성큼 걷는 스태너드라는 이름의 블레스 더 로드호의 선장이 나를 머리에서부터 발끝까지 훑는데, 그가 보고 있는 것이 그의 마음에 들지 않는다는 건 명백했다. 그가 내 서류를 계속 뒤적이며 망설이고 있을 때, 그의 뒤로 지나가던 어떤 선원이 선장의 귀에 대고 그가 알고 있어야 했을 사항을 말해줬다.

"조심해요, 세일럼의 마녀예요!"

저런! 이번에도 또 그런 지칭어와 맞닥뜨리다니! 그래도 움츠러들지 않겠다는 결심으로 대꾸했다.

"3년 전에 식민지 총독이 대사면을 시행했어요. 소위 '마녀들'은 이미 사면됐답니다."

선원이 비웃었다.

"어쩌면 그랬겠지. 하지만 넌 죄를 인정했잖아. 널 사면한 건 아니지."

절망에 사로잡혀 응수할 말을 찾지 못했다. 그런데 교활한 빛이 선장의 야수 같은 눈동자를 스치고 지나가더니, 선장의 입이 열렸다.

"그러니까 마술로 병자들이 안 생기게 할 줄 안다는 건가? 그리고 난파도 막을 수 있고?"

내가 어깨를 으쓱했다.

"몇몇 병은 치료할 줄 알아요. 난파라면, 내가 할 수 있는 게 없고요."

그가 물고 있던 파이프를 치우더니 시커멓고 냄새가 고약한 침을 땅바닥에 뱉었다.

"검둥이, 내게 말을 할 땐 '나리'라고 하고 눈길을 낮춰. 안 그러면 입속의 얼마 안 남은 부스러기 이들마저(감옥에서 지내면서 이가 많이 빠졌다는 사실을 알리는 걸 잊었다) 털어버릴 테다. 좋아. 널 바베이도스로 데려다주겠어. 대신 내가 베푼 친절에 대한 대가로 선원들의 건강을 살피고 돌풍을 막아라!"

나는 더 이상 아무런 말도 하지 않았다.

그러자 그가 나를 생선 궤짝, 포도주 상자, 기름이 담긴 나무통들로 어지러운 갑판 뒤로 데려가더니 둘둘 말아놓은 밧줄 더미들 사이의 빈 공간을 가리켰다.

"항해하는 동안 여기 머물도록!"

사실 항의하거나 악착스럽게 싸울 기분이 아니었다. 막 겪은 비극적인 사건들만 생각났다. 만 야야가 이런 말을 되풀이했더랬다. "중요한 건 살아남는 거다!"

하지만 만약 삶이 남녀의 목에 매단 돌덩어리일 뿐이라면, 그녀가 틀렸다. 쓰고 델 듯 뜨거운 물약일 뿐이라면!

오, 벤저민, 다정한 절름발이 연인! 그는 입에 기도를 달고서 로드아일랜드로 가는 길을 택했다.

"슈마 이스라엘. 아도나이 엘로헤누 아도나이 에하드!"

얼마나 많이 돌로 쳐 죽여야 하나? 얼마나 불을 질러야 하나? 얼마나 피가 들끓어야 하나? 앞으로도 얼마나 더 무릎을 꿇어야 하나?

삶을 위한 다른 흐름을, 다른 의미를, 또 다른 절박성을 상상하기 시작했다.

불이 나무 꼭대기를 휩쓴다. 그가, 반역자가 연기구름 속으로 사라졌다. 그가 죽음을 이겨내어 그의 정신이 남은 것이다. 겁에 질려 둥글게 모여 선 노예들이 다시 용기를 낸다. 정신이 남는다.

그렇다. 다른 절박성.

여행이 끝나기를 기다리면서, 밧줄 더미들 사이에 보잘것없는 소지품이 담긴 바구니를 놓아둘 자리를 그럭저럭 마련하고, 주름진 외투로 내 몸을 꼭 감싸고, 지금 이 순간을 만끽하려고 애썼다. 그런 온갖 일을 겪었지만, 그토록 자주 두 눈을 활짝 뜨게 만든 꿈의 실현을 직접 겪고 있지 않은가? 이제 내 고향을 되찾으려는 참이었다.

그 섬의 대지는 여전히 황갈색이다. 그 섬의 야트막한 산들은 여전히 초록이다. 그 섬의 인도 칸나는 여전히 끈적이는 즙이 풍부하고 여전히 보랏빛이다. 그 섬의 허리춤에 감긴 에메랄드 띠는 여전히 윤기가 흐른다. 하지만 시대가 바뀌었다. 남녀는 더 이상 고통을 감수하지 않는다. 반역자는 연기구름 속으로 사라진다. 그의 정신이 남는다. 두려움이 뿔뿔이 흩어진다.

오후가 한창일 때, 선원을 한 명 치료해달라고 내 거처로 찾아온 이가 있어, 그를 따라나섰다. 주방에서 일하다가 감염된 검둥이 선원인데, 열이 올라 떨고 있었다. 그가 의심쩍다는 표정으로 나를 찬찬히 살폈다.

"티투바라고 하던데? 백인을 죽인 아베나의 딸인가?"

10년간 자리를 비우고 난 뒤인데, 이렇게 나를 알아보는 걸 보니 눈물이 차올랐다. 우리 민족이 얼마나 뛰어난 기억력을 소유했는지 잊고 있었다. 그래, 맞아! 그 무엇도 놓치는 법이 없다! 모든 게 그 기억에 새겨진다!

나는 중얼거렸다.

"맞아, 내 이름을 부른 게 맞아!"

그의 시선에 다정함과 존경이 차올랐다.

"저쪽에서 놈들이 너를 아주 험하게 다룬 모양이네?"

어떻게 그것을 알았을까? 내가 울음을 터뜨렸고, 왈칵왈칵 쏟아지는 울음 사이로 그가 나를 서투르게 위로하는 말이 들렸다.

"살아 있잖아, 티투바! 그게 중요하지 않겠어?"

내가 발작적으로 고개를 저었다. 아니다. 그게 중요한 게 아니었다. 반드시, 그래, 반드시 삶의 풍미가 바뀌어야만 했다. 하지만 어떻게 거기에 도달할 것인가?

그 뒤로, 데오다투스라는 이름의 그 선원이 매일 찾아왔고 선장의 식탁에서 빼낸 음식들을 가져다줬는데, 그 음식이 없었더라면 보나 마나 그 여행을 버텨내지 못했을 것이다. 만 야야처럼 그도 베냉만(灣)의 나고족 출신이었다. 그가 깍지 낀 두 손을 베고 누워 복잡하게 얽힌 별들이 그려놓은 그림을 뚫어져라 바라보며, 흥미진진한 이야기를 들려줬다.

"하늘이 왜 땅과 떨어져 있는지 알아? 예전에는 둘이 굉장히 가까웠어. 저녁이면 자러 가기 전에 오래된 친구처럼 서로 이야기를 나눴지. 하지만 식사를 준비하는 여자들이 절굿공이질 소리와 잔소리로 하늘의 심기를 건드렸어. 그래서 하늘이 점점 더 높이, 점점 더 멀리 우리 머리 위로 펼쳐진 그 거대한 푸른 장막 뒤로 물러선 거지⋯⋯."

"종려나무가 왜 나무들의 왕인지 알아? 모든 부분이 삶에 요긴하게 쓰이기 때문이야. 열매로는 성유를 만들고, 잎으로는 지붕을 엮고, 잎맥으로는 집과 마당을 청소하는 데 쓰이는 빗자루를 만들거든."

유배, 고통, 병이 뒤엉킨 시기를 건너느라 그런 순진한 이야기들을 거의 잊고 있었다. 데오다투스와 함께 유년기가 되돌아왔고, 지겨운 줄도 모르고 그런 이야기에 귀를 기울였다.

때때로 그가 자신의 삶에 대한 이야기를 들려줬다. 스태너드를 위해 일하느라 아프리카 해안을 따라 오르내렸단다. 스태너드가 노예무역에 종사하던 수년 전에는 통역관 노릇도 했다. 그가 스태너드를 수행해 부족장들의 거처로 가면 그곳에서 부끄러운 거래가 이루어졌다.

"브랜디 한 통과 화약 1, 2파운드, 그리고 최고 존엄을 햇빛으로부터 보호해줄 파라솔 한 개에 검둥이 열둘."

내 눈에 눈물이 그렁거렸다. 약간의 물질적 혜택에 그토록 엄청난 고통이라니!

"그 검둥이 왕들이 얼마나 탐욕스러운지 상상도 못 할 거야! 법으로 부하들을 팔아넘기지 못하게 막아놓았고 왕이란 자들이 감히 법을 거스르지 못하니 망정이지, 그런 짓도 얼마든지 할 텐데! 그러니 잔인한 백인들이 그걸 이용해먹는 거고!"

또한 종종 우리는 미래에 대한 이야기를 나눴다. 데오다투스가 먼저 대놓고 그에 관한 질문을 던졌다.

"여기서 뭘 하려고 오는 거야?"

그러더니 덧붙였다.

"동족의 예속 앞에 너의 자유가 무슨 의미지?"

대답할 말을 찾지 못했다. 왜냐하면 어린아이가 어머니 치마폭에 웅크리고 있으려고 달려가듯 고향으로 돌아가는 참이었으니까. 내가 중얼댔다.

"다넬의 예전 농장에 있던 내 집을 우선 찾아보고, 그리고……."

데오다투스가 조롱하는 표정을 지었다.

"그 집이 네가 오기를 기다리고 있을 거라고 생각해? 언제 떠났더라?"

그 모든 질문이 불안감을 안겨줬다. 대답을 할 수 없는 것들이어서 그랬다. 그래서 기다리고, 나의 사람들에게서 신호가 오기를 바랐다. 어쩌랴! 아무런 일도 일어나지 않았고, 여전히 홀로였다. 홀로. 샘이나 강의 물은 영들을 끌어당기지만 끝없이 움직이고 있는 바다의 물은 그들에게 겁을 주기 때문이다. 영들은 그 거대한 물을 사이에 두고 서 있고, 가끔씩 자신에게 소중한 사람들에게 메시지를 보내지, 바다를 건너지는 않으며, 특히 대양 한가운데 멈춰 서는 법은 없다.

　물을 건너세요, 오, 나의 아버지들!
　물을 건너세요, 오, 나의 어머니들!

　기도는 아무런 소용이 없다.
　나흘째 되던 날, 내가 그럭저럭 치료할 수 있었던 데오다투스에게 나타났던 열병이 다른 선원에게 나타나더니, 또 다른 선원, 그리고 또 다른 선원으로 퍼져나갔다. 전염병이라는 걸 받아들이지 않을 수 없었다. 수많은 열병과 고약한 병들이 더러움, 잡거와 부실한 영양 때문에 아프리카, 아메리카, 앤틸리스제도 사이에서 돌고 돌았다! 배에는 럼주도, 아소르스제도의 레몬도, 카옌 후추도 있었다. 난 그것들로 후끈거리는 물약을 만들었다. 땀을 흘리며 괴로워하는 환자들의 몸을 뙤리로 문질러줬다. 그렇게 내가 할 수 있는 일을 했고, 아마도 만 야야의 도움이 있었겠지만, 내 노력은 성공으로 보상받았다. 네 명의 사망에 그쳤고, 그들의 시신을 바다에 던지니 바다가 그들을 출렁이는 염포로 휘감았다.
　선장이 그 어떤 감사 표시라도 했을 거라고 생각하는가……? 여드레째 되던 날, 바람이 잦아든 통에 바다가 기름 부은 듯 반짝였고 선박은 베란다에 내놓은 할머니의 흔들의자처럼 나아가지는 못하고 좌우로 흔들리기 시작했다. 스태너드가 내 머리채를 휘어잡고 커다란 돛대 발치까지 끌고 갔다.
　"검둥이, 죽고 싶지 않으면 바람에게 일어나라고 부탁해! 썩는 화물이 있어서 만약 계속 이 모양이면 그것들을 전부 다 뱃전 너머로 내던져야 할 텐데, 어쨌든 그러기 전에 너부터 내던지겠지."

내가 자연의 원소들을 부릴 수 있으리라고는 꿈도 꿔본 적이 없었다. 실제로 이 남자가 내게 도전해온 것이었다. 내가 그를 향해 몸을 돌렸다.

"살아 있는 동물들이 필요해요!"

살아 있는 동물들이라고? 항해가 이 정도 진행된 상황에서 선장의 식탁에 올릴 예정이었던 닭 몇 마리와 선장의 아침 식사에 염소 우유를 공급해주는 젖이 퉁퉁 불은 염소 한 마리, 덤으로 배 안의 쥐들을 쫓는 데 쓰이는 고양이 몇 마리가 있을 뿐이었다. 그들을 내 앞으로 데리고 왔다.

젖, 피! 제물들의 고분고분한 살덩어리와 함께 필수적인 액체들을 갖췄지 않은가?

내가 바다를, 그 불타오르는 숲을 응시했다. 갑자기 새 한 마리가 미동조차 없는 잉걸불에서부터 솟구쳐 올라 곧장 태양을 향해 날아갔다. 그러더니 멈춰서 원을 그리고, 다시 가만히 있다가 놀라운 기세로 비상했다. 그것이 하나의 신호임을, 내 마음의 기도에 반응이 온 것임을 알 수 있었다.

새가 감지하기 힘든 하나의 점이 되어 종종 내 눈이 긴가 민가 하고 있는 상황에서 끝없는 시간이 흘러가고, 그러는 동안 모든 것이 신비로운 결정을 기다리고 있다는 듯 정지됐다. 그러더니, 엄청난 휘파람 같은 소리가 수평선 한 귀퉁이에서부터 다가오며 공간을 가득 채웠다. 하늘이 시퍼런색에서 일종의 아주 부드러운 회색빛으로 바뀌었다. 바다에 하얗게 포말이 일기 시작하더니 회오리바람이 불어와 돛 주위를 빙빙 돌았다. 그러자 돛들이 헝클어지고 밧줄이 풀리며 돛대 하나가 두 동강이 나면서 부러졌고, 그 사고로 선원 하나가 즉사했다. 내가 바친 희생이 충분하지 않아서, 보이지 않는 존재가 '뿔 나지 않은 숫양' 한 마리를 추가로 요구한 것임을 깨달았다. 우리는 열여섯 번째 날 동틀 무렵, 바베이도스가 보이는 곳에 도달했다.

하선의 혼잡함 속에서 작별 인사를 고하려고 데오다투스를 찾았으나 이미 사라지고 없었다. 그 일로 슬픔이 고였다.

11

절름발이에 몸이 뒤틀린 나의 다정한 연인! 당신을 영원히 잃기 전 우리가 누렸던 그 가난한 행복을 기억한다!

당신이 다락방의 커다란 침대로 나를 찾아들면, 취한 배가 거센 풍랑이 이는 바다 위를 떠돌듯 우리는 출렁였다. 당신이 두 다리로 노를 저어 나를 인도했고, 우리는 마침내 해안가에 도달했다. 잠과 함께 해안의 온화함이 우리에게 찾아들었고, 아침이면 새로운 활기로 가득 차서 우리는 일상의 일들을 시작할 수 있었다.

절름발이에 몸이 뒤틀린 나의 다정한 연인! 우리가 함께 보낸 마지막 밤에 우리는 육신이 영혼 앞에서 지워져버린 듯 사랑을 나누지 않았다. 한 번 더, 당신은 자신의 가혹함을 자책했다. 한 번 더, 나는 나를 묶은 쇠사슬을 그대로 놔두라고 간청했다.

헤스터, 헤스터, 넌 내가 만족스럽지 못하겠지. 하지만 약함이라는 덕목을 지닌 어떤 남자들은 우리에게 노예가 되고 싶다는 욕망을 불러일으킨다!

12

그들, 보이지 않는 삼인조는 나를 맞으러 나온 노예, 선원, 구경꾼들
무리에 섞인 채, 거기 있었다. 영들은 늙지 않고 되찾은 젊음의 형태를
간직한다는 그런 특이점이 있다. 만 야야, 이가 반짝이는 나고족 출신의
늘씬한 검둥이. 나의 어머니 아베나, 흑옥 같은 피부에 관자놀이께의 상
흔 문신이 뚜렷한 아샨티의 공주. 야오, 넓적하고 강한 두 발을 지닌 마
푸족.

그들이 나를 껴안아주는 동안 느꼈던 감정들을 묘사하지는 않겠다.

그 일을 빼고 나면 내가 왔다고 잔치를 열어주진 않았다, 나의 섬은!
비가 내렸고, 브리지타운의 기와지붕들이 예배당의 거대한 형체 주위
로, 비에 젖은 가축처럼 몰려 있었다. 길에는 흙탕물이 흘러내렸고, 사람
과 가축이 한데 섞여 첨벙대고 있었다. 노예무역선 한 척이 막 닻을 내
린 모양이었다. 이엉을 덮은 노예시장의 처마 아래에서, 남녀 가리지 않
고 영국인들이 검둥이들의 치아와 혀와 성기를 살피고 있었고, 갓 배에
서 내린 검둥이들이 모욕감에 치를 떨고 있었다.

얼마나 추한지, 나의 도시는! 작고. 더럽고. 금전욕과 고통으로 악취를 풍기는 협소한 식민 기지.

나는 브로드 스트리트를 따라 올라가다가, 그러고 싶었던 건 아니지만, 나의 적 수재나 엔디콧이 점유했던 저택 앞을 지나게 되었다. 하지만 만 야야가 그 고약한 여편네가 여러 주 동안 본인의 뜨끈한 오줌으로 엉덩이를 절이다가 영혼을 떠나보내게 될 거라며 내 귀에 말해줬던 이야기들이 떠올라, 즐거워지기는커녕 예상치 못한 감정으로 가슴이 메어왔다.

여러 해 동안 밤마다 존 인디언의 품에 안겨, 쾌락을 안겨주는 그 물건에 손을 얹고 잠을 자던 그 시절을 되찾을 수만 있다면, 무언들 내주지 않겠는가! 그가 나지막한 문간에 모습을 드러내기만 한다면, 빈정거리면서도 다정하게 굴 줄 알았던 만큼 여전히 그러한 태도로 나를 맞아주기만 한다면, 무언들 내주지 않겠는가!

"아! 녹초가 된 나의 아내! 이제 왔구나! 이끼가 끼지 않는 돌처럼 이곳저곳 굴러다니며 살다가 이제 빈손으로 돌아왔네!"

눈물을 삼키려고 애를 썼지만 나의 어머니 아베나는 그걸 놓치지 않았고 한숨을 쉬었다.

"이런! 내 딸이 그런 개자식 때문에 눈물을 흘리다니!"

이렇게 거슬리는 소리를 한 뒤, 세 영은 서로 합쳐 몸을 돌돌 말고 반투명 구름이 되어 가옥들 위로 떠올랐고, 만 야야의 설명이 들렸다.

"어디선가 우리를 부르네! 오늘 저녁에 찾아가마!"

그리고 나의 어머니 아베나가 덧붙였다.

"여기저기 돌아다니지 마라! 곧장 집으로 가!"

집으로! 이 말에는 잔인한 아이러니가 들어 있었다. 한 줌의 망자들을 빼면 이 섬에선 그 누구도 나를 기다리지 않았고, 10년 전에 불법으로 점유했던 가옥은 아직 똑바로 서 있는지조차 알지 못했다. 그게 아니라면 다시 목수로 변신하여 어딘가에 피난처를 지어야 할 거다. 어디 한군데 매력적인 구석이 없는 전망이라, 벤저민 코헨 다제베두가 갖고 가서 보이라던 편지를 들고 그 데이비드 다코스타라는 인물을 찾으러 가고 싶다는 유혹을 느꼈다. 그는 어디에 살고 있을까?

그 자리에 서서 앞으로 어떤 행동을 취할지 망설이고 있을 때, 한 무리의 사람들이 바나나 잎사귀로 그럭저럭 비를 가린 채 진창을 걸어 내게 다가오는 모습이 보였다. 여자 두 명에게 에워싸인 인물이 데오다투스임을 알아보고 기뻐서 외쳤다.

"대체 어디에 있었어? 사방 찾아다녔다고."

그가 수수께끼 같은 미소를 지었다.

"네가 왔다고 친구 몇 명에게 알리러 갔었지. 그들 모두 틀림없이 기뻐할 걸 알고 있었거든."

젊은 여자들 가운데 한 명이 내 앞에서 허리를 굽혔다.

"우리에게 모시는 영광을, 어머니!"

어머니? 그 호칭에 펄쩍 뛰었고 분노가 끓어올랐다. 그 호칭은 존경심을 품고 대해야 한다는 합의가 있는 나이 든 여자들에게나 쓰는 거였으니까. 그런데 나는 고작 서른이었고 남자의 정액이 내 엉덩이를 적신 게 한 달도 채 안 되었다! 불만을 감추며 데오다투스의 팔을 붙들고 물었다.

"친구들이 어디 사는데?"

"벨플레인 근처야."

항의할 뻔했다.

"벨플레인이라고! 완전 끝 쪽이잖아!"

어쨌든 침착함을 되찾았다. 나를 기다려주는 사람이 아무도 없다는 것을, 그리고 그 아래에서 쉴 만한 지붕이 없다는 걸 방금 깨닫지 않았는가? 그러니 벨플레인이라고 안 될 이유가 있을까?

우리는 도시를 떠났다. 이 고장에서 흔히 그러듯이 갑자기 비가 그치고 태양이 다시 빛나기 시작하면서, 빛의 붓이 여기저기 솟아오른 낮은 산의 윤곽을 어루만졌다. 사탕수수에 꽃이 피어서 들에 연보랏빛 베일이 너울댔다. 참마의 번쩍거리는 잎사귀들이 맹렬히 버팀목을 타고 올랐다. 조금 전 나를 엄습했던 감정과 상반되는 희열의 감정이 샘솟았다. 그 누구도 나를 기다리지 않는다, 그런 생각을 했다고? 이 고장이 오롯이 나의 사랑에 스스로를 내줬는데? 제나이다 비둘기가 이토록 절묘한 트릴로 지저귀고 있는 게 나를 위해서가 아닌가? 파파야, 오렌지 나무, 석류나무가 열매를 주렁주렁 매달고 있는 것도 역시 나를 위해서가 아닌가? 나는 기운이 나서 나의 침묵을 존중하여 묵묵히 옆에서 걷고 있던 데오다투스에게로 몸을 돌렸다.

"그런데 네 친구들은 어떤 사람들이지? 어느 농장에서 일을 하는데?"

그가 살짝 웃자 옆의 두 여자도 따라 웃었고, 그러더니 그가 답을 줬다.

"그 어떤 농장에서도 일을 안 한다는 거지!"

잠시 무슨 말인지 이해하지 못해서 의심쩍은 목소리로 말했다.

"대농장에서 일을 하지 않는다고? 그러면…… 도망노예들?"

데오다투스가 고개를 끄덕였다.

도망노예라고? 10년 전 바베이도스를 떠날 무렵만 해도 도망노예들이 드물었다. 티노엘이라는 인물과 그의 가족들이 팔리 힐스 일대를 장악하고 있다는 소문만 어쩌다가 들려왔다. 누구도 그 인물을 본 적이 없었다. 그가 사람들의 상상력 속에서 살아가게 되었으니, 이제는 노인일 터였다. 하지만 사람들은 그에게 여전히 젊음과 대담함을 부여하며 그의 대단한 업적을 되뇌었다. "백인의 총으로는 티노엘을 죽일 수 없어. 백인의 개는 그를 물어뜯지 못해. 백인이 불을 질러 그를 불태울 수 없어. 티노엘 아버지시여, 저를 위해 장벽을 뚫어주세요!"

데오다투스가 설명했다.

"몇 년 전에 프랑스인들이 섬을 침공했을 때, 내 친구들이 낮은 산들을 장악했어. 그때가 영국인들이 방어전을 위해 노예들을 강제로 징집하려고 들 때였거든. 하지만 노예들은 이렇게 말했지. '뭐라고! 백인들끼리의 다툼에 끌려 나가 죽으라고!' 그러고는 다리야 날 살려라 도망가 버렸거든! 달아난 노예들은 초키 마운틴으로 들어가 숨었고, 영국인들은 아직 그들을 몰아내지 못했어."

다시 여자들이 아까처럼 웃었다.

어떻게 생각해야 할지 알 수 없었다. 막 겪었던 그 모든 일에도 불구하고, 그리고 단 한 번도 채워지지 못한 복수의 욕망이 내 안에서 들끓고 있음에도, 도망노예들의 이야기와 얽히고 싶은 마음도, 내 생명을 위태롭게 할 마음도 전혀 없었다. 앞뒤가 안 맞는 소리지만, 무엇보다도 마침내 되찾은 나의 섬에서 평화롭게 살기를 열망했다. 그래서 묵묵히 남은 길을 걸었다. 태양이 거의 하늘 한가운데에 이르렀을 때 여자들이 멈추자는 손짓을 보내왔고, 갖고 있던 바구니에서 과일과 말린 고기를 꺼내 들었다. 우리는 소박한 식사를 나누었고, 데오다투스는 럼주를 내놨다. 그러고 나서 다시 길을 떠났다. 길이 점점 가팔라졌고 식물도 범법자들을 기꺼이 보호하고 싶다는 듯 더 흐드러지고 더 무성해졌다. 어느 순간 여자들이 커다란 목소리로 말했다.

"아고('실례합니다'를 의미하는 크레올어—옮긴이)!"

덤불숲이 흔들리더니 총으로 무장한 남자 세 명이 모습을 드러냈다. 그들이 열렬한 인사를 건넸지만, 그렇다고 우리의 두 눈을 가리지 않은 건 아니어서, 앞이 안 보이는 깜깜한 상태로 도망노예들의 진영으로 들어갔다.

도망노예들은 나를 빙 둘러싸고 내 이야기에 귀를 기울였다. 그렇게 수가 많지 않아서 여자들과 아이들까지 모두 합해 열댓 명을 넘지 않았다. 내가 겪은 고생, 법정 출두, 근거 없는 고발, 영합 끝에 해치운 자백, 사랑했던 사람들의 배신이 되살아났다. 입을 다물자 그들 모두 한꺼번에 말을 하기 시작했다.

"그 사탄이라는 것, 몇 번이나 만났는데?"

"우리네 마술사 중에 제일 위대한 이보다도 더 센가?"

"사탄이 자기 책에다가 글자를 적게 했다니, 당신이 글을 쓸 줄 안다는 소리야?"

꿋꿋하게 바다로 흘러가는 강물처럼 평온한 사십대의 남자인 대장 크리스토퍼가 손짓으로 그들을 제지하더니, 사과 조로 말했다.

"이 사람들을 용서해줘. 전사들이지 '그랑그레크'('학식 있는 사람'을 가리키는 크레올어—옮긴이)가 아니거든. 이 사람들은 네가 억울하게 고발당했다는 사실을 이해하지 못했어. 넌 죄가 없으니까, 그렇지?"

그렇다고 고개를 끄덕였다. 그가 고집스레 물었다.

"그런데 어떤 힘도 없는 거야?"

어떤 감정에 굴복했는지는 나도 모르겠다. 허영심? 이 남자의 눈에 보다 생생한 호기심을 불러일으키고 싶은 욕망? 진솔해지고 싶은 갈망?

어쨌든 설명을 시도했다.

"나를 키워줬던 나고족 여인에게서 몇 가지 힘을 받았어. 하지만 그 힘들은 선행을 베푸는 데에만 쓰여……."

도망노예들이 이구동성으로 말을 가로막았다.

"선행을 베푼다고? 적들에게도……?"

뭐라고 대답해야 할지 몰랐다. 다행히 크리스토퍼가 일어나 하품을 하더니, 다들 물러가라는 신호를 보냈다.

"내일도 날이라고!"

내게 배당된 가옥은 그의 집에서 멀지 않았다. 그는 반려 두 명과 함께 살고 있었으니, 자기 좋을 대로 아프리카의 일처다부제 전통을 부활시켜놓은 셈이었다. 나로서는, 이엉을 이은 지붕 아래의 맨바닥에 깔아놓은 이 짚자리보다도 더 푹신한 매트리스는 겪어본 적이 없는 느낌이었다. 아, 그렇다! 내가 거친 풍랑을 헤쳐나가게 만들었지, 삶은! 세일럼에서부터 입스위치까지! 바베이도스에서 아메리카까지, 그리고 돌아오는 길도! 하지만 휴식을 갖게 된 지금, 이제는 삶에게 말하리라. "더는 날 함부로 대하지 못할걸."

멈췄던 비가 다시 떨어지기 시작하여, 문간에 세워둔 방문객처럼 비가 짜증을 내며 발을 구르는 소리에 가만히 귀 기울이고 있었다.

막 무의식으로 빠져들려는 순간, 현관에서 소리가 들려왔다. 틀림없이 보이지 않는 존재들이 자신들을 따돌렸다고 타박을 하러 온 것이겠거니 생각하고 있는데, 크리스토퍼가 머리 위로 희미한 빛이 새어 나오는 등을 쳐들고 들어왔다. 내가 몸을 일으켰다.

"아니, 뭐야? 네 여자 둘로는 만족 못 해?"

그가 어이가 없다는 듯 눈을 들어 하늘을 쳐다보더니, 그 동작에 대번에 자존심이 상한 나를 무시하고 대답했다.

"들어봐, 난 널 어째볼 생각이 전혀 없어!"

나도 모르게 교태를 부리며 물었다. 내가 겪은 그 모든 불행한 일에도 불구하고 내가 여자이게 해주는 그 뿌리 깊은 본능이 줄어든 건 아니었으니까.

"그럼 무슨 생각인데?"

그가 나무 의자에 걸터앉았더니 등을 바닥에 내려놓았고, 그러자 수많은 그림자가 춤을 추기 시작했다.

"널 믿어도 되는지 알아보려고!"

내가 입이 쩍 벌어져서 이렇게 외쳤다.

"맙소사, 도대체 왜?"

그가 내게로 몸을 기울였다.

"티노엘의 노래 기억해?"

티노엘? 나는 이해하려고 애쓰기를 포기했다. 그가 나를 둔한 아이 보듯 연민이 가득한 눈으로 응시하더니, 놀랄 정도로 듣기 좋은 목소리로 노래하기 시작했다.

"오, 티노엘 아버지, 백인의 총으로는 그를 죽일 수 없어. 백인의 총알로는 그를 죽일 수 없어. 총알이 그의 피부에서 미끄러지니까. 티투바, 네가 날 불굴의 몸으로 만들어주면 좋겠어!"

그러니까 이런 거였어? 웃음을 터뜨릴 뻔했지만 그의 성질을 건드릴지도 모른다는 두려움에 애써 차분히 대답했다.

"크리스토퍼, 내가 그런 일을 할 수 있을지 모르겠어!"

그가 짖어댔다.

"넌 마녀야? 그래, 안 그래?"

내가 한숨을 쉬었다.

"사람마다 이 말에 부여하는 의미가 달라. 각자 자신의 야심, 꿈, 욕망을 만족시키려고 자기 방식대로 마녀의 모습을 만들어내려고 해……."

그가 내 말을 끊었다.

"들어봐, 네가 개똥철학 하는 소리나 들으려고 여기 온 게 아니야! 거래를 제안하겠어. 날 불굴의 몸으로 만들어줘. 그러면 그 대가로……."

"그 대가로?"

그가 몸을 일으키자 머리가 거의 천장에 닿을 듯했고, 그의 그림자는 수호 정령처럼 내 위로 길게 뻗쳤다.

"그 대가로 여자라면 꿈꿀 법한 것을 전부 다 주겠어."

내가 빈정거리면서 말했다.

"그 말인즉슨?"

그가 대꾸하지 않고 몸을 돌렸다. 그가 떠나자마자 한숨 소리가 터져 나왔고 그 장본인이 누군지 모르려야 모를 수가 없었다. 나는 나의 어머니 아베나는 모른 척하기로 마음먹고, 벽을 향해 돌아앉아 만 야야를 불렀다.

"내가 그를 도울 수 있을까요……?"

만 야야가 짤막한 파이프에서 입을 떼더니 연기로 동그라미를 만들어서 허공으로 보냈다.

"네가 어찌 그 일을 하겠니? 죽음은 그 누구도 잠글 수 없는 문이란다. 모두 제시간에, 제 날짜에, 그곳을 통과해야만 해. 우리가 사랑하는 사람들이 뒤에 남기고 온 사람들을 언뜻이나마 볼 수 있게 그 문을 열어 잡고 있어주는 것, 그 정도만 우리가 할 수 있다는 걸 잘 알면서."

내가 끈질기게 물었다.

"그를 도우려는 시도도 할 수 없어요? 그 사람은 고귀한 명분을 위해 싸우고 있는데."

나의 어머니 아베나가 웃음을 터뜨렸다.

"위선자! 네가 흥미를 갖는 게 그 사람의 투쟁 명분이니? 설마!"

어둠 속에서 눈을 감아버렸다. 어머니의 무시무시한 통찰력에 짜증이 났다. 게다가 나는 스스로를 탓하고 있었다. 남자라면 이제 신물이 나지 않는가? 애정을 뒤따라오는 환멸을 충분히 맛보지 않았는가? 그런데도 바베이도스에 들어오자마자 그 끝을 내다보기 힘든, 그런 연애 사건으로 뛰어들 생각을 하고 있다니. 이들은 도망노예 집단이고 이들에 대해 아는 게 하나도 없는데. 데오다투스에게 그의 친구들에 대해 물어봐야겠다고 다짐한 뒤 서서히 잠에 빠져들었다.

커다란 백련이 그 화려한 꽃잎으로 나를 감싸자 곧 헤스터, 메타헤벨, 그리고 나의 유대인이, 나의 사랑과 그리움 속에 녹아든 산 자와 죽은 자가 내게로 와 침대 주위를 빙빙 돌았다.

나의 유대인은 그곳 로드아일랜드에서 적어도 자신의 신을 커다란 소리로 경배하는 일은 허락받았다는 듯이 평온하고 거의 행복해 보였다.

어느 순간, 비가 다정하게 속삭이면서 풀과 나무와 지붕을 적셨고, 그러자 반사적으로 내가 떠나온 곳의 얼음장처럼 차갑고 적대적인 비가 생각났다. 아, 그랬다. 자연은 어느 하늘 밑이냐에 따라서 언어를 바꾸고, 재미있게도 그 언어는 사람의 언어와 어우러진다! 잔인한 자연에는 잔인한 사람들이. 친절하고 보살피는 자연에는 온갖 관대함을 향해 열려 있는 사람들이!

내 섬에서의 첫날 밤!

개구리와 두꺼비의 울음소리, 문버드의 경쾌한 재잘거림, 몽구스 때문에 겁먹은 닭의 꼬꼬댁 소리, 영들의 친구인 호리병박 나무에 묶어둔 당나귀 울음소리가 끊이지 않는 음악을 만들어냈다. 아침이 기지개를 켜지 않고 밤이 죽음으로 이어졌더라면 좋았을 텐데. 퍼뜩 보스턴과 세일럼에서의 나날들이 생각났지만, 그 시간을 자신들의 악의로 검게 얼룩지게 했던 사람들이나 마찬가지로, 그러니까 새뮤얼 패리스와 다른 사람들처럼 그 시간도 이미 형체가 풀어졌다.

첫날 밤!

섬은 다정한 속삭임을 들려줬다.

"돌아왔네. 여기로 왔어, 아베나의 딸이, 만 야야의 딸이. 이제 우리 곁을 떠나지 않을 거야."

13

신비로운 힘과 관련해서 만 야야를 능가하겠다는 생각은 결코 해본 적이 없었다. 이제 가르침을 받지 않겠다는 생각 역시 결코 해본 적이 없었으며 나를 그녀의 자식, 그녀의 학생으로 생각했다. 어쩌랴! 창피하지만 그런 사고방식이 바뀌었고, 학생이 선생과 겨루려고 나섰음을 고백해야겠다. 어쨌든, 내가 뽐낼 만한 이유가 있긴 했다. 블레스 더 로드호에서 자연의 원소들을 내 뜻대로 부렸고, 그렇게 할 수 있었던 게 외부의 도움 덕분이라고 주장할 그 어떤 근거도 없지 않은가……!

그 이후로, 풀을 캐내는 데 사용하는 작은 칼과 그 풀들을 갈무리해둘 바구니를 들고 주위 들판을 누비면서, 혼자 힘으로 해보는 실험에 몰두했다. 마찬가지로, 강의 물과 바람의 숨결에 깃든 비밀을 발견하려고, 그들과 이야기를 나누어보려고 애를 썼다.

삶이 죽음을 향해 가듯 강물은 바다를 향해 가며, 그 무엇도 그 흐름을 멈춰 세울 수 없다. 왜 그럴까?

바람이 인다. 때로 우리를 어루만진다. 때로 폐허를 남긴다. 왜 그럴까?

신선한 과일, 음식물, 살아 있는 동물을 갈림길에, 나무 몇 그루가 서로 뒤얽혀 있는 뿌리 사이에, 영들이 은둔하기를 좋아하는 장소인 천연 동굴 안에 놔두면서 희생 제의를 더 늘려나갔다. 만 야야가 나를 도와주러 오는 걸 바라지 않았기 때문에, 유일한 자산인 나의 지성과 직관에 의지해야만 했다. 보다 높은 차원의 지식에 홀로 도달해야만 했다. 그래서 나는 노예들에게 농장에서 기거하는 토착 마술사들에 대해 묻기 시작했고, 그때부터 엄청난 불신을 드러내며 나를 맞는 남녀에게 이것저것 물어보러 다녔다. 남자든 여자든 간에 마술사들은 자신들의 기예에 관한 한 평등분배론자들이 전혀 아니라는 것을 알아둬야 한다. 자신의 요리법을 절대로 넘기려고 하지 않는 요리사들과 흡사하다.

어느 날, 나의 어머니 아베나처럼 아샨티 출신의 검둥이인 토착 마술사와 만나게 되었다. 노예들은 자신이 속한 '민족'에 따라서 서로 연을 맺기를 선호하는 만큼 역시 아샨티족인 그의 아내가 저녁거리로 쓸 뿌리식물의 껍질을 벗겨내는 동안, 그는 아프리카 해안의 아콰핌 난바다에서 생포된 이야기를 시시콜콜하게 늘어놓기 시작했다. 그러더니 뭐라콕 꼬집어 말하기 힘든 어조로 내게 말했다.

"어디 머물고 있는데?"

내가 얼버무렸다. 도망노예들의 진영이 어디 있는지 밝히지 말라는 당부를 받은 터였다.

"낮은 산 지대 너머."

마술사가 비웃었다.

"티투바 맞지? 백인들의 명령으로 밧줄 끝에 대롱대롱 매달릴 뻔했던 그 여자?"

나는 늘 하던 대답을 내놨다.

"욕먹을 만한 짓을 해서 그런 게 아니라는 걸 잘 알 텐데!"

"유감이야! 정말 유감이야!"

기가 막혀서 그를 응시하자, 그가 말을 이어갔다.

"내가 그 입장이라면, 아! 모두에게 주술을 걸었을 거야. 아버지, 어머니, 자식, 이웃 가리지 않고…… 서로가 서로를 반박하게 만들고, 그들이 서로 갈가리 찢어발기는 걸 보면서 즐겼을 텐데. 고발당한 백여 명의 사람만이 아니라, 처형당한 스무 명 남짓 되는 사람들만 아니라, 매사추세츠 전체가 그 일을 겪게 했을 테고, '세일럼의 악마'라는 꼬리표를 달고 역사 속으로 들어갔을 텐데. 그런데 넌 무슨 이름을 갖게 되려나?"

그런 말에 자존심이 엄청난 상처를 입었다. 더구나 그런 생각이 이미 내 머릿속을 스쳐 간 적이 있었으니까. 그 사건이 진행되는 내내, 금방 잊히고 그 누구의 관심도 끌지 못할 게 뻔한 하수인 역할만 한 것에 대해 이미 개탄한 적이 있지 않은가. "티투바, 바베이도스 출신의 노예로 후두를 진짜로 행했음." 매사추세츠에서 벌어진 그 사건을 다룬 두툼한 백서에도 고작 몇 줄. 대체 왜 이렇게 잊혀야 하는가? 그 질문 또한 역시 내 머릿속을 스쳐 갔더랬다. 그 누구도 검둥이 여자에 대해, 그녀의 고통과 고뇌에 대해 신경 쓰지 않기 때문인가? 그런 건가?

세일럼의 마녀들을 다룬 이야기에서 나의 이야기를 찾아보지만 그런 건 보이지 않는다.

1706년 8월, 앤 퍼트넘이 세일럼 교회 한복판에서 유년기의 잘못을 고백하며 그것이 초래했던 끔찍한 결과에 대해 유감을 표한다. "흙구덩이 속에 드러누워, 제가 피해와 모욕을 안겨줬고 이로 인해 부모가 체포되고 고발당했던 모든 사람들에게 용서를 구하려고 합니다."

그녀가 이렇게 공개적으로 자신의 잘못을 고백한 첫 번째 사람도 마지막 사람도 아니며, 희생자들 또한 한 명씩 한 명씩 복권된다. 나에 대해선, 그 누구도 언급하지 않는다. "티투바, 바베이도스 출신의 노예로 후두를 진짜로 행했음."

아무런 대답도 내놓지 못하고 머리를 떨구었다. 그 토착 마술사가 내 머릿속에서 벌어지는 일들을 읽어냈기에 더는 압박하고 싶지 않다는 듯이 분위기를 누그러뜨렸다.

"사는 게 칸나 한 사발 마시는 것 같지는 않으니까, 안 그래?"

그의 동정을 거부하고 일어섰다.

"어두워지니 가봐야겠어."

그의 두 눈을 반짝 스쳤던 연민의 표정이 꾀바른 눈빛에 의해 지워지더니, 이런 말을 던졌다.

"네 머릿속에 든 생각, 그건 불가능해! 자신이 살아 있다는 걸 잊은 건가?"

도망노예들의 진영으로 가는 길에 올랐고, 그의 마지막 말을 머릿속에서 곰곰이 반추했다. 죽음만이 최고 지식을 가져다준다는 의미였을까? 살아 있는 한 넘을 수 없는 문턱이 있다는 말일까? 나의 불완전한 지식을 체념하고 받아들여야 한다는 걸까?

농장에서 벗어나려는 순간, 노예 여럿이 내게 몰려왔다. 나는 물약을 원하는 여자들, 상처에 바를 연고를 요구하는 아이들, 압착기에 팔다리를 다친 남자들 등 환자일 거라고 생각했다. 초목으로부터 아주 능숙하게 최상의 효능을 끄집어내는 여자라는 명성이 빠르게 섬을 한 바퀴 돈 터라, 내가 나타났다 하면 환자들이 둘러쌌기 때문이다.

하지만 완전히 다른 사안이었다.

노예들이 그럴싸한 얼굴로 내게 말했다.

"조심해, 어머니! 농장주들이 어제저녁에 회합을 가졌어. 놈들이 당신 목숨을 원해."

너무나 뜻밖이었다. 나에게 무슨 죄를 뒤집어씌울 수가 있지? 이 섬에 도착한 뒤로 그 누구도 돌보지 않는 사람들을 치료해준 일 말고 내가 뭘 했는데?

어떤 남자가 설명을 해줬다.

"놈들은 당신이 이 농장 저 농장 돌아다니면서 사람들에게 메시지를 전달해서 반란을 계획할 수 있게 돕는다고 하더군. 그래서 당신에게 덫을 놓으려는 거야!"

당혹감에 휩싸인 채 기지로 가는 길에 올랐다.

여기까지 내 이야기를 따라온 사람들이라면 짜증을 내고 있을 테지. 대체, 증오할 줄도 모르고, 매번 사람 마음이 드러내는 악의에 당황하기만 하는 이 마녀는 뭐야!

수천 번도 넘게 무관심해야겠다고, 악착같이 거리를 두겠다고 다짐했었다. 아! 내 마음을 바꿔야지! 마음의 내벽에 뱀독을 발라야지! 내 마음을 폭력적이고 가혹한 감정의 저수조로 사용해야지. 악을 사랑해야지! 그러기는커녕, 내 안에서는 헐벗은 사람들에 대한 애정과 연민만이, 불의에 맞서는 반항만이 느껴졌다!

해가 팔리 힐스 뒤로 넘어가고 있었다. 밤벌레들의 끈질긴 합창 소리가 하늘을 향해 올라가기 시작했다. 누더기를 걸친 노예들이 무리 지어 검둥이 가옥 거리를 향해 올라가고, 작업반장들은 어서 베란다 지붕 아래에서 앞뒤로 의자를 흔들며 한잔하고 싶은 생각에 말에 의기양양 올라탄 채 바삐 나아갔다. 그들은 쓴맛을 보여주려고 내게 채찍을 휘두르고 싶어 안달이 난 것처럼, 나를 보자 채찍을 철썩거렸다. 하지만 그들

가운데 그 누구도 그런 일을 감행하지는 않았다.

어둠이 내릴 무렵 기지에 도착했다.

줄지어 늘어선 붉은솜나무 그늘에서, 여자들이 베이럼 나뭇잎을 뿌린 뒤 레몬과 고추로 미리 문질러뒀던 커다란 고깃덩어리로 훈제 요리를 만들고 있었다. 크리스토퍼의 반려 둘이 내게 눈을 흘겼다. 그 여자들은 자신들의 남자와 나 사이에 무슨 일이 진행되고 있는지 궁금해하고 있었다. 평소라면 그들의 젊음에 대해 연민을 느끼고, 그들에게 상처를 주는 일을 절대 하지 않겠다고 스스로에게 맹세했을 거다. 하지만 그날 저녁에는 그들에게 눈길조차 주지 않았다.

크리스토퍼는 자신의 거처에서, 섬에서 자라며 몇몇 농장주들에게 한재산 안겨준 담뱃잎으로 담배를 말고 있었다. 그가 조롱하듯 말을 건넸다.

"대체 어딜 그렇게 하루 종일 쏘다니는 거지? 그러다가 내가 부탁했던 처방을 발견하길 바라는 건가?"

내가 어깨를 으쓱했다.

"나보다 기예가 더 출중한 사람들에게 물어보았지. 그들 모두가 하는 말이 있어. 죽음에는 처방이 없다는 거. 부자, 가난한 자, 노예, 주인, 모두 가리지 않고 거길 통과해야 해. 내 말을 들어봐. 내가 완전히 변해야 한다는 걸 뒤늦게 깨달았어. 너와 함께 백인들에 맞서 싸우게 해줘!"

그가 고개를 뒤로 젖히며 웃음을 터뜨리자, 그의 경쾌한 웃음소리가 담배 연기의 소용돌이와 뒤섞였다.

"싸운다고? 허풍은. 여자들의 임무는, 티투바, 싸우고 전쟁을 하는 게 아니라 사랑을 하는 거야!"

그 뒤 몇 주 동안은 모든 것에서 평온함이 묻어났다.

노예들의 경고에도 불구하고, 농장까지 내려가는 걸 포기하지는 않았다. 하지만 그때부터는, 영들이 공간을 장악하는 시간이기도 한, 일몰 뒤의 시간을 골랐다. 만 야야와 나의 어머니 아베나가 내가 팔리 힐스에 거처를 정한 걸 보고 몹시 불만스러워했지만, 어쨌든 그 둘은 매일 나를 찾아와, 들판을 가로질러 구불구불 뻗어나간 울퉁불퉁한 길을 따라 걸어갈 때면 나와 함께해줬다. 나는 두 사람이 꾸짖어도 신경 쓰지 않았다.

"대체 그 도망노예들 사이에서 뭘 하고 있는 거니? 그들은 훔치고 죽일 생각만 하는 질이 안 좋은 검둥이들이야!"

"은혜를 모르는 사람들일 뿐이죠. 그게 다예요. 어머니와 형제는 노예생활을 하게 내버려두고 자신들은 자유를 되찾았으니!"

다퉈봤자 무슨 소용이랴?

그즈음, 크나큰 행복을 맛봤다! 어떤 어린아이의, 모태의 어둠으로부터 갓 빠져나온 여자 아기의 생명을 되살려놓은 것이다. 그 아기는 죽음의 문을 넘어가지는 않았지만 죽음을 향한 출발 준비가 이루어지는 복도의 어둠 속을 여전히 서성이고 있었다. 내가 그 아기를, 미지근하고 점막과 배설물로 덮인 그 아기를 붙잡아 살그머니 아기 어머니의 가슴팍에 올려놔줬다. 그 여자의 얼굴에 떠오른 표정이라니!

신비로운 모성!

처음으로, 내가 거부했기 때문에 목숨을 잃었던 나의 아이가 어찌 됐든 내 삶에 풍미와 의미를 부여하지 않았을까, 라는 생각이 들었다!

헤스터, 우리가 틀렸던 거고, 너도 아이와 함께 죽기보다는 아이를 위해 살아야 했던 게 아닐까?

크리스토퍼는 내 거처에서 밤을 보내는 습관이 들었다. 이 새로운 연애가 어떻게 시작되었는지 나도 잘 모르겠다. 아직은 너무 무거운 짐을 졌던 안장처럼 완전히 망가지고 휜 것은 아님을 스스로에게 입증하고 싶은 욕망이었을까? 하지만 그걸 굳이 말할 필요가 있을까? 이 관계는 그저 감각과만 관련이 있었다. 나머지 내 존재는 계속해서, 놀라운 역설에 의해 매일매일 더욱더 생각나는 존 인디언에게 오롯이 속했다.

만 야야가 예전에 그를 두고 그렇게 규정했듯이, 헛바람과 뻔뻔함으로 꽉 찬 나의 검둥이! 배신자이자 용기 없는 나의 검둥이!

크리스토퍼가 내 몸 위에서 날뛸 때면 나의 정신은 떠돌면서, 아메리카의 밤과 그 밤에 누리던 쾌락을 되살았다. 겨울과 추위가 밤의 어둠 속에서 서로 꼭 붙어 있다. 그들의 기나긴 울부짖음을 들어보라! 서리 내려 단단해진 땅 위를 내닫는 그들의 발소리!

나의 검둥이와 나, 우리는 아무런 소리도 듣지 못한다. 우리는 사랑을 나누느라 숨이 가쁘다. 머리에서 발끝까지 검은색 옷으로 휘감고 단추를 채운 새뮤얼 패리스가 기도를 읊조린다. 그의 입에서 나오는 그 거슬리는 푸념을 들어보라!

까닭 없이 나를 미워하는 자가
나의 머리털보다 많고
부당하게 나의 원수가 되어 나를 끊으려 하는 자가 강하였으니……

나의 검둥이와 나, 우리는 아무런 소리도 듣지 못한다. 우리는 사랑 속에서 스러져간다.

차츰차츰, 아무 말 없이 나를 가지기만 하던 크리스토퍼가 속내를 털어놓기 시작했다.

244

"사실 우리는 수가 그리 많지 않아. 백인을 공격할 수 있는 무장한 사람들은 특히나 더하고. 총 여섯 자루 정도, 그리고 유창목으로 만든 곤봉들, 그게 우리가 가진 전부야. 그래서 항상 공격에 대한 두려움 속에서 살아가지. 바로 이게 진실이야!"

살짝 실망하여 물었다.

"그래서 당신을 불굴의 몸으로 만들어주기를 바란 거야?"

그가 내 목소리에 담긴 조롱기를 느꼈는지 벽을 향해 몸을 돌렸다.

"네가 그걸 할 수 있든 없든 그런 건 전혀 중요하지 않아! 어쨌든 나는 불멸의 존재가 될 테니까. 벌써 농장에서 일하는 검둥이들이 부르는 노래가 여기저기서 들려오거든……."

그러더니 듣기 좋은 목소리로 자신이 얼마나 위대한가를 자랑하는 내용으로 자신이 만든 노래를 부르기 시작했다. 그의 어깨를 건드렸다.

"그럼 난, 날 위한 노래는 있어? 티투바를 위한 노래?"

그가 어둠 속에서 귀를 기울이는 시늉을 하더니 똑 부러지게 말했다.

"아니, 없어!"

그러더니 코를 골기 시작했다. 나도 그러려고 애를 썼다.

농장에서 일하는 노예들을 치료하지 않을 때면 도망노예들의 여자들과 어울려 지냈다. 그들은 처음에는 나를 아주 공손하게 대했다. 그러다가 내가 크리스토퍼와 잠자리를 나눈다는 사실을, 결국 나도 그들과 다르게 생기지 않았다는 사실을 알고 나서는 내게 적의를 드러냈다. 이제는 그 적의 또한 녹아버려서, 무뚝뚝한 연대감에 자리를 내주고 말았다. 그러고 나니 그들이 나를 필요로 했다. 어떤 여자는 비어버린 젖통에 젖을 채우려고. 또 어떤 여자는 몸을 풀고 난 뒤 가시지 않는 고통을 다스리려고. 나는 그 여자들의 이야기를 들으면서, 그 안에서 재미, 휴식, 쾌감을 찾아냈다.

"오래전, 아주 오래전에, 악마가 빳빳하게 풀 먹인 무명천 반바지 차림의 어린 소년이었던 시절, 지상에는 여자들만 살고 있었지. 여자들은 함께 일하고, 함께 잠자고, 함께 강물에 들어가 목욕을 했어. 어느 날 어떤 이가 사람들을 모아놓고 말했어. '자매들, 우리가 사라지고 나면 누가 우리를 대신할까? 우리는 우리의 모습을 닮은 인간을 단 한 명도 창조하지 못했잖아!' 그 말을 듣고 있던 여자들이 어깨를 으쓱했다. '대신해야 할 필요가 뭐가 있겠어?' 하지만 몇 명은 그래야만 한다는 의견이었다. '우리가 없으면 누가 땅을 갈겠어? 열매를 맺기는커녕 황무지로 돌아갈 거야!' 갑자기 모든 여자들이 번식할 방법을 찾기 시작했고 그리하여 남자를 만들어내게 되었던 거야!"

나도 그녀들과 함께 웃어댔다.

"대체 남자들은 왜 그 모양이지?"

"글쎄, 그걸 알 수만 있다면야!"

가끔씩 여자들끼리 수수께끼를 주거니 받거니 했다.

"밤의 컴컴함을 낫게 해주는 건?"

"촛불!"

"낮의 열기를 낫게 해주는 건?"

"강물."

"삶의 씁쓸함을 낫게 해주는 건?"

"아이!"

그러고는 아이를 낳아본 적이 없는 나를 불쌍하게 여겼다. 그러고 나면 실에서 바늘로 이어지듯이 질문 공세를 펼쳤다.

"세일럼의 재판관들이 널 감옥으로 보냈을 때, 형체를 바꿀 수는, 예를 들면 쥐로 모습을 바꿔서 마루 판자가 서로 어긋난 사이로 빠져나갈 수는 없었어? 아니면 성난 황소로 변해서 모두 뿔로 받아버리지 그랬어?"

어깨를 으쓱해 보인 뒤, 한 번 더, 사람들이 내 능력을 과장하면서 나에 대해 잘못된 생각을 하고 있다고 설명했다. 어느 날 토론이 더 멀리 나아가는 바람에 내 입장을 옹호해야만 했다.

"만약 내가 모든 걸 다 할 수 있다면, 왜 여러분을 자유롭게 해주지 않겠어? 왜 여러분 얼굴의 깊게 팬 주름을 없애주지 않겠어? 왜 여러분 잇몸에 남은 부스러기 이들을 진주알처럼 동글동글하고 반짝이는 치아로 바꿔주지 않겠어?"

사람들의 얼굴에 의심적은 빛이 감돌아서, 낙심한 내가 어깨를 으쓱하고 말았다.

"내 말을 믿어. 난 대단한 사람이 아니야!"

이 말이 입길에 올랐을까? 변질됐을까? 잘못 해석됐을까?

어쨌든 크리스토퍼가 나에 대한 태도를 바꾸기 시작했다. 자정의 어둠을 틈타 내 거처로 들어와서는 옷도 벗지 않고 나를 가졌고, 이로 인해 엘리자베스 패리스의 불평이 기억 속에서 되살아났다. "가여운 티투바, 그이는 자기 옷도 벗지 않고 내 옷도 벗기지 않고 날 안아!"

그가 하루를 어떻게 보냈는지 묻기라도 할라치면 짜증이 묻어나는 단음절 대답이 돌아왔다.

"세인트제임스의 사람들과 함께 대대적 반란을 준비한다는 말이 돌던데?"

"여편네, 입 닥쳐!"

"윌디의 보급품 창고를 급습해서 총 여러 자루를 손에 넣었다며?"

"여편네, 내 귀가 좀 쉬게 내버려둘 수는 없어?"

어느 날 그가 이런 말을 던졌다.

"그러니까 너는 아주 평범한 검둥이 계집에 불과한데, 마치 네가 귀한 사람이라도 되는 듯 대접해주길 바라는구나?"

그때 이제는 떠나야 한다는 걸, 내가 여기 있는 걸 원하지 않는다는 걸 깨달았다.

동이 트기 전, 며칠 전부터 나의 참패를 목도하길 거부한다는 듯이 나타나고 있지 않던 만 야야와 나의 어머니 아베나를 불렀다. 그 둘은 부름에 응하기 전에 기도를 바치게 하더니, 구아버와 로즈애플의 향으로 집 안을 가득 채우며 내 곁에 나타나서, 꾸지람이 가득한 눈길로 나를 응시했다.

"머리가 벌써 희끗희끗해졌는데도 남자 없인 살 수 없니?"

아무런 대답도 하지 않았다. 잠시 뒤 그들을 정면으로 바라보기로 작정했다.

"우리 집으로 돌아갈 거예요."

이상하기도 하지. 내가 떠난다는 소식이 돌자 여자들이 무거운 표정으로 모여들었다. 어떤 여자는 깔끔하게 발과 날개를 몸통에 동여맨 닭을, 또 어떤 여자는 과일 몇 개를, 또 어떤 여자는 갈색과 검은색이 섞인 바둑판무늬의 마드라스 천을 제각각 내게 건넸다. 여자들은 용혈수 울타리까지 나를 배웅해줬지만, 크리스토퍼는 자신의 거처에서 남자들과 함께 회의를 여는 척하면서 문간에 나와보는 수고조차 하지 않았다.

내 집을 되찾고 보니, 버려뒀던 상태 그대로였다. 조금 더 기울어진 정도였다. 잘못 씌워놓은 머리쓰개 같은 지붕 아래가 조금 더 낡은 정도

랄까. 포인세티아의 새빨간 잎들이 창가에서 피 흘리고 있었다. 흰개미들이 갉아 먹은 두 개의 판자 사이에 둥지를 튼 문버드들이 구슬픈 지저귐을 남기며 날아올랐다. 두 짝 미닫이문을 열었다. 깜짝 놀란 쥐들이 달아났다.

내가 돌아왔다는 소식을 어떻게들 알았는지 노예들이 나를 열렬히 맞아줬다. 그새 농장은 주인이 한 번 더 바뀌었다. 처음에는 어떤 부재지주의 소유였는데, 이윤을 본국으로 가져가면서도 끝없이 성에 차지 않아 하는 인물이었단다. 그러다가 최근에는 에린이라는 인물에게 넘어갔고, 이 인물은 영국에서부터 성능 좋은 기계를 들여와서 최단시간 내에 한재산 일구려고 드는 참이었다.

노예들이 주인 소유의 가축 떼에서 슬쩍 빼내 온 암송아지 한 마리를 가져다주었는데, 마치 운명의 징표인 양, 이마에 진한 색깔의 털이 삼각형 모양으로 나 있었다.

동이 트기 직전, 그 암송아지를 제물로 바침으로써 그 동물이 흘린 진홍색 피가 그에 버금가게 거의 진홍색에 가까운 대지를 적시게 했다. 그러고는 곧장 일을 시작했다. 내 기예를 펼치는 데 필요한 갖가지 식물들을 구하기 위해서라면 야생의 상태 그대로이고 가장 후미진 곳일지라도 들어가기를 두려워하지 않았고, 그렇게 구한 식물들로 채운 정원을 만들었다. 동시에 채마밭을 만들었는데, 노예들이 하루의 노동을 마치고 나면 도우러 와서, 가래질을 하고 잡초를 뽑으며 관리해줬다. 그들은 이것저것 가져다주느라 애를 써서, 어떤 이는 오크라와 토마토 종자를, 또 어떤 이는 레몬 나무 묘목을 들고 왔다. 그들이 힘을 합쳐 구덩이를 파고 참마를 심어줘서, 곧 덩굴이 무섭게 뻗어나가 버팀목을 감고 오르는 걸 보게 되었다. 암탉 몇 마리와 도가머리가 근사하고 호전적인 수탉 한 마리를 손에 넣게 되자, 더는 부족한 게 아무것도 없었다.

일과는 단순했다. 동틀 무렵 일어나서 기도하고, 오먼드강으로 멱 감으러 내려갔다가, 후다닥 식사를 마치고는 연구와 치료에 몰두했다. 그 무렵엔 콜레라와 천연두가 주기적으로 농장을 휩쓸며 수많은 남녀 검둥이들을 땅속에 잠들게 했다. 그 병들은 어떻게 치료해야 하는지를 알아냈다. 또한 어떻게 매종을 치료하는지, 나의 동족들이 매일매일 입게 되는 온갖 상처들을 어떻게 낫게 하는지도 알아냈다. 또한 멍들고 찢어진 살을 아물게 만들었다. 뼛조각을 다시 붙이고 팔다리를 고쳤다. 물론 이 모든 일은 내 곁을 거의 떠나지 않는 보이지 않는 존재들의 도움을 받아서였다. 헛된 꿈, 그러니까 인간을 불굴의, 불멸의 존재로 만들겠다는 생각을 좇기를 그만뒀다. 그렇게 인간 조건의 제약을 받아들였다.

채찍이 우리 어깨를 힘껏, 세게 내려치던 이 시기에 내가 이런 자유를, 이런 평화를 누릴 수 있었다는 데 어쩌면 사람들은 놀랄지도 모르겠다. 그건 우리 나라가 두 개의 얼굴을 갖고 있기 때문이다. 하나는, 주인은 마차를 타고, 그를 위해 일하는 경찰은 구식 보병총으로 무장한 채 맹렬하게 짖어대는 개를 뒤에 달고 말을 타고 누비는 나라. 다른 하나는, 신비롭고 은밀하며, 암호와 속삭이는 충고와 침묵 속에 꾸며지는 음모로 만들어진 나라. 나는 바로 그런 나라에서 모두가 결탁하여 보호해주는 가운데 살았다. 만 야야가 내 집 주위로 무성한 초목이 자라나게 하여, 그곳에 있으면 성채에 있는 것 같았다. 신경 써서 보지 않으면, 그저 구아버, 나무고사리, 협죽도, 아코마가 뒤엉켜 있을 뿐이고, 그 사이사이로 히비스커스의 연보라색 꽃들이 점점이 보일 뿐이었다.

어느 날 나무고사리의 이끼 낀 뿌리 사이에서 난초를 발견했다. '헤스터'라고 이름을 붙여줬다.

14

몇 주 전 집으로 돌아온 뒤 식물 연구와 노예 치료에 시간을 나눠 쓰고 있던 중 아이를 가졌다는 사실을 알게 되었다. 임신이라니!

내 첫 반응은 믿어지지 않는다는 거였다. 나는 흐물거리고 납작한 가슴이 가슴팍을 따라 늘어지고 뱃살이 축 처진 늙은 여자가 아니었나? 어쨌든 사실을 받아들이지 않을 수 없었다. 나의 유대인 연인은 일어나게 할 수 없었던 일, 그것이 크리스토퍼의 거친 포옹에서 피어났다. 체념하고, 아이는 사랑의 결실이 아니라 우연의 결실임을 받아들여야만 한다.

만 야야와 나의 어머니 아베나에게 내 상태를 알리자 두 사람은 애매하게 고작 이런 말을 했을 뿐이다.

"그러냐, 어쨌든 이번에는 아이를 떼버릴 순 없다!"

"네 몸이 원했네!"

이런 미지근한 반응은 두 존재가 크리스토퍼에 대해 느꼈던 반감 탓으로 돌리고, 그 뒤 나 자신에게만 신경을 썼다. 초기에 느꼈던 불안과 의심이 지나가자, 기꺼이 행복의 높은 파도에 휩쓸리고, 구르고, 잠겼다. 도취의 물결. 이후로 나의 모든 행위는 내 안에 품은 그 생명에 의해 결정되었다. 나는 신선한 과일과 흰 염소의 젖, 옥수수알을 먹여 키운 암탉이 낳은 달걀을 섭취했다. 그 어린 존재가 좋은 시력을 타고나라고 물레나물 달인 물에 두 눈을 씻었다. 그 어린것이 머리카락이 검어지고 윤기가 흐르라고 머리를 감을 때 피마자 씨앗을 갈아서 사용했다. 망고 나무 그늘에서 길고 깊은 낮잠을 잤다. 동시에 내 아이는 나를 싸움꾼으로 만들었다. 이 아이는 여자아이였다. 확신이 들었다! 그 아이는 어떤 미래를 겪게 될까? 내 형제자매의 미래, 삶의 조건과 노동에 피폐해진 노예의 미래일까? 아니면 강가에 숨어들어 은둔하며 살아갈 수밖에 없는 배척당한 사람인 나의 미래와 비슷한 미래일까?

그럴 수는 없다. 세상이 내 아이를 받아들이려면 세상이 바뀌어야만 한다!

팔리 힐스의 크리스토퍼 곁으로 돌아갈까 하는 유혹을 잠깐 느꼈다. 그에게 말해봤자 신경도 쓰지 않을 내 상태에 대해 알리기 위해서가 아니라, 그가 어떤 행동이든 행동에 나서게 밀어붙이고 싶어서였다. 우리의 섬 바베이도스의 협소함에 수많은 농장주들이 실망했고, 그래서 이들이 자신들의 야망을 보다 순조롭게 이룰 수 있는 넓은 토지를 찾아 떠나간다는 사실은 나도 알고 있었다. 영국 군대가 최근에 스페인에게서 빼앗아 온 자메이카를 향해 대거 몰려가고들 있었다. 그들에게 지독한 공포를 불러일으킴으로써, 대대적으로 바다로 몰려가서 출발을 서두르게 만들 수 있는 건 아닐까? 하지만 곧 그런 생각을 포기하고 말았는데, 그가 나에 대해 그다지 영예롭지 못한 행동을 보였다는 기억보다도 그가 자신의 약함을 털어놓던 게 생각이 나서였다. 나는 스스로만 믿기로 결심했다. 하지만 어떻게?

나는 보이지 않는 존재가 내게 신호를 주기를 바라면서 기도와 공여의 횟수를 배로 늘렸다. 그래도 소용없었다. 결국 만 야야와 나의 어머니 아베나에게 물어보기로 했다. 내 생각에 그들의 경계가 느슨해졌다 싶을 때 기습적으로 질문을 해서, 그들이 내게 숨겨야만 한다고 생각하는 것을 털어놓게 만들려고 애를 썼다. 헛수고였다.

꾀바른 두 존재는 늘 얼버무리면서 보기 좋게 빠져나갔다.

"바다가 왜 그렇게 푸른지를 알고 싶어 하는 사람은 곧 바닷속 저 깊은 곳에 누운 모습으로 발견된단다."

"태양은 자신에게 가까이 다가오려는 허풍선이의 날개를 불태운단다."

내가 그런 상황에 빠져 있을 때, 작업반장의 채찍질에 맞아 죽었다고 생각하고 버려둔 소년 한 명을 노예들이 데려왔다. 그 소년은 다리, 엉덩이, 등에 채찍으로 250대를 맞았고, 이는 감옥에 갇혀 있느라 약해진 그의 몸이—불손하고 지치지도 않고 반복하는 반항적인 검둥이어서, 그 고약한 성격을 그 누구도 꺾지 못했기 때문이다—견뎌낼 수 없는 것이었다. 노예들이 그 아이를 기니아그라스 풀밭에 파놓은 구덩이에 던지려다가, 아직 움직인다는 걸 알아차렸다. 그래서 그 아이를 내게 맡기기로 결정했다.

이피게니(그 아이의 이름이었다)의 숨소리 하나도 놓치지 않으려고, 아이를 내 방 모퉁이에 깔아놓은 짚자리에 눕히게 했다. 아이의 상처에 붙일 연고를 만들고 약초 가루를 개어 찜질 준비를 했다. 감염이 된 상처 위에는 갓 썬 신선한 동물의 간을 올려놓아 상처에 고인 고름과 나쁜 피를 뽑아냈다. 자리를 뜨지 않고 계속 이마에 올려놓은 습포를 갈아줬고, 이곳의 기름진 황토를 몹시 좋아하여 다른 곳에서는 번식하지 않는 황소개구리에게서 침을 받아내기 위해 코드링턴 웅덩이까지 내려갔다.

24시간 동안 악착같이 치료를 하고 난 뒤 보상이 찾아왔다. 이피게니가 눈을 뜬 것이다. 세 번째 날 그가 말했다.

"어머니, 어머니, 돌아왔군요! 영원히 사라졌다고 생각했는데."

열 때문에 아직 따끈할 뿐만 아니라 벌써 틀어지고 굳은살이 박인 그의 손을 잡아줬다.

"난 네 어머니가 아니야, 이피게니. 하지만 내게 어머니 이야기를 해주면 좋겠다."

이피게니는 두 눈을 크게 뜨고 나를 제대로 바라봤고, 자신이 잘못 본 것을 깨닫자 고통에 겨워 하며 다시 짚자리에 몸을 뉘었다.

"세 살 때 어머니가 돌아가시는 걸 봤어요. 티노엘의 여자들 중 하나였죠. 그가 자신의 씨앗을, 그의 정액을 퍼뜨리는 수고를 맡긴 여자들이 수없이 여러 농장에 퍼져 있었거든요. 내가 바로 거기에서부터 나온 거예요. 어머니는 나를 지극정성으로 키웠어요. 하지만 어쩌죠! 어머니는 불행히도 아름다웠어요. 어느 날, 압착장에서 돌아오는 길에, 땀투성이에 누더기를 걸친 차림이었는데도, 그만 주인인 에드워드 대시비의 눈에 들고 말았답니다. 그가 작업반장에게 어두워지면 어머니를 데려오라고 명령했어요. 어머니가 그놈 앞에 갔을 때 무슨 일이 벌어졌는지는 저도 몰라요. 어쨌든 그다음 날, 농장의 노예들을 둥글게 세워놓고서 어머니를 죽을 때까지 매질했어요!"

그의 이야기가 얼마나 나의 이야기와 흡사하던지! 이처럼, 이를테면 정당한 근거를 찾아냈기에, 이피게니를 보자마자 느꼈던 애정이 대번에 활짝 피어올랐다. 이번에는 내가 나의 삶에 관한 이야기를 들려줬다. 그가 이미 단편적으로 알고 있는 이야기였으니, 나의 짐작 이상으로 나는 노예들 사이에서 이미 전설이었던 셈이다. 내 이야기가 벤저민 코헨 다제베두네 화재 사건에 도달하자, 그가 눈살을 찌푸리며 내 이야기를 끊었다.

"그런데 대체 왜죠? 그 사람도 그들처럼 백인 아니었나요?"

"물론!"

"그들은 서로서로마저도 증오할 정도로 그렇게까지 증오하는 일을 필요로 하나요?"

벤저민과 메타헤벨이 자신들의 종교와 그들과 이방인과의 갈등에 관해 이런저런 내용을 가르쳐준 만큼, 기억나는 것들을 설명해주려고 애를 썼다. 하지만 나만큼이나 이피게니도 그에 대해 이해한 게 별로 없었다.

차츰차츰, 이피게니는 자리에 일어나 앉을 수 있게 되었고, 일어설 수도 있게 되었다. 곧 집 밖에서도 몇 발자국 옮기게까지 되었다. 그가 가장 먼저 신경을 쓴 건, 잘 닫히지 않는 대문을 거만한 표정을 지어가며 수리하는 거였다.

"어머니, 곁에 남자가 꼭 있어야겠어요!"

그가 자신이 하는 말에 대해 너무나 확신에 차 있는 것 같아, 웃음이 터지려는 걸 참았다. 얼마나 잘생긴 젊은 검둥이인지, 이피게니는! 후추알처럼 촘촘한 머리카락 아래 완벽한 타원형의 머리. 높이 솟은 광대뼈. 늘 퇴짜 놓고 밀어내는 대신, 그럴 생각만 있다면 세상을 품을 준비가 되어 있다는 듯 보랏빛의 육감적인 입! 가슴팍과 상반신의 아름다움을 해치는, 매질이 남긴 상처들은 내게 끊임없이 그 잔인함을 기억하라고 일깨우는 듯했다. 그래서 피마자기름을 몸에 발라줄 때마다 내 마음은 분노와 반발심으로 터질 듯했다. 어느 날 아침, 더는 참을 수 없었다.

"이피게니, 내가 아이를 가진 건 눈치챘지?"

그가 수줍게 눈길을 떨구었다.

"대놓고 그 얘길 하긴 힘들었어요!"

"들어봐. 난 내 딸아이의 눈을 또 다른 태양을 향해 열어주는 꿈을 꿔!"

그가 내 말에 담긴 모든 의미를 헤아려보듯 잠시 묵묵히 있었다. 그러더니 내게로 뛰어와, 그가 아주 좋아하는 자세로 내 발치에 웅크리고 앉았다.

"어머니, 우리를 따를 사람들의 이름을 농장별로 전부 알고 있어요. 우리가 한마디만 하면 돼요."

"우리에겐 무기가 없잖니."

"불, 어머니, 영광의 불이 있잖아요! 모든 걸 삼키고 검게 태워버릴 불!"

"일단 놈들을 바다로 내쫓고 나면, 우린 뭘 하지? 누가 다스리지?"

"어머니, 정말이지 백인들이 어머니를 망쳐놨군요. 생각이 너무 많아요. 우선 놈들을 쫓아내자고요!"

오먼드강에서 매일 하는 목욕을 마치고 돌아와보니, 이피게니가 또래 아이 두 명과 한창 대화 중이었는데, 두 아이는 아프리카에서 태어난 나고족으로 보였다. 어쨌든 그들의 억양에서 만 야야의 모국어를 알아볼 수 없었는데, 이피게니가 그들은 산악 지역 출신이고 숲에 도사린 온갖 위험에 익숙한 몽동그족이라고 알려줬다.

"걔네는 진정한 장숫감이에요. 승리하거나 죽거나 할 준비가 되어 있죠."

대대적인 반란 계획을 내놓은 뒤 모두가 그 계획에 찬성하고 나자, 이피게니가 더 이상 내게 그 무엇에 대해서도 물어오지 않았다는 걸 털어놓겠다. 임신으로 인해 감미로운 나른함에 젖은 나는 점점 둥글게 부푸는 배를 손바닥으로 쓰다듬으며 아이에게 노래를 불러주느라, 이피게니가 하는 대로 내버려뒀다. 나의 어머니 아베나가 좋아하던 노래가 기억 속에 되살아났다.

숲 정상에
오두막이 하나 있어!
그 안에 뭐가 있는지는 아무도 몰라.
거기 누가 사는지는 아무도 몰라.
살찐 돼지를 너무나 좋아하는
바로 좀비……

곧 이피게니가 뱃밥을 다져 넣은 구아버 나무로 만든 횃대들을 차곡차곡 쌓아 올리는 모습을 보게 되었다. 그가 이런 설명을 했다.

"우린 각자 손에 횃대를 하나씩 들고 불을 붙인 뒤, 동시에 일사불란하게 농장으로 몰려갈 거예요. 아! 얼마나 근사한 기쁨의 횃불이 될까!"

내가 고개를 숙인 채 슬픔이 밴 목소리로 말했다.

"아이들도 스러지게 될까? 품에 안긴 아이들도? 젖니를 지닌 아이들도? 다 큰 처녀 아이들도?"

그가 엄청난 분노가 치받쳤는지 몸을 휙 돌렸다.

"어머니 입으로 직접 말했잖아요. 놈들이 도커스 굿을 불쌍히 여겼던가요? 벤저민 코헨 다제베두의 아이들을 불쌍히 여겼던가요?"

더욱더 고개를 수그리며 중얼거렸다.

"우리도 그들과 비슷해지는 건가?"

그가 아무런 대답도 하지 않고 성큼성큼 멀어져갔다.

호리병박 나뭇가지에 책상다리를 하고 앉아 있던 만 야야를 불러내어, 흥분하며 말했다.

"우리가 뭘 준비하고 있는지 아시죠. 그런데 행동해야 할 순간에, 전에 수재나 엔디콧에게 복수하려고 들 때 해주셨던 말이 생각나네요. '네 마음을 탁하게 만들지 마라. 그들과 같이 되지 마라!' 자유의 대가가 이건가요?"

하지만 내 예상을 벗어나 진지하게 답변을 해주는 대신 만 야야는 이 가지에서 저 가지로 폴짝폴짝 건너뛰기 시작했다. 나무 꼭대기까지 다다르자 이런 말을 흘렸다.

"네가 자유에 대해 말하다니. 그런데 그게 뭔지는 아니?"

그러더니 다른 질문을 꺼내기도 전에 사라져버렸다. 기분이 언짢아졌다. 내 곁에 머무는 남자마다 그녀에게서 한 소리를 들어야만 한단 말인가? 그저 아이에 지나지 않는데도? 대체 왜 내가 외롭게 살아가기를 바라는 걸까? 이피게니가 하는 일에 충고하지 않고 이피게니가 자유롭게 행동하게 내버려두기로 결심했다. 어느 날 그가 내 곁에 와서 앉았다.

"어머니, 도망노예들의 본거지로 돌아가서 크리스토퍼를 만나야 해요!"

내가 펄쩍 뛰었다.

"절대로 안 해! 절대!"

그가 공손한 동시에 고집스러운 표정으로 말했다.

"그래야만 해요, 어머니! 도망노예들이 실제로 어떤 인간들인지 모르죠. 농장주들과 도망노예들 사이에는 암묵적 협약이 존재해요. 도망노예들은 자신들이 누리고 있는 그 불안한 자유나마 지키려면, 섬에 떠도는 온갖 소문들을 통해 알게 된 반란 계획, 시도들을 몽땅 밀고해야 하거든요. 그래서 도망노예들은 도처에 스파이를 두는 거예요. 어머니만이 크리스토퍼를 무장해제시킬 수 있어요!"

내가 어깨를 으쓱했다.

"그렇게 생각해?"

그가 거북해하며 물었다.

"배 속의 아이가 그 사람 아이 아닌가요?"

아무런 대답도 주지 않았다.

하지만 이피게니가 한 말이 타당함을 깨닫고, 팔리 힐스로 가는 길에 올랐다.

"그가 개입하지 않겠다고 약속하던가요?"

"약속했어."

"진지해 보였어요?"

"내가 판단하는 한 그랬어! 어쨌든 그 사람을 잘 아는 건 아니니."

"그 남자의 아이를 뱄는데, 그 남자를 잘 모른다고요?"

모욕감이 느껴져 아무런 말도 하지 않았다. 이피게니가 일어섰다.

"나흘 뒤에 공격하기로 정했어요!"

내가 반발했다.

"나흘 뒤라고! 왜 그렇게 서두르는데? 적어도 그날이 적합한지 보이지 않는 존재에게 물어보게는 해줘야지!"

그가 웃자, 곧 그의 부관들도 그 웃음을 받아서 다 같이 웃었고, 그러다가 그가 이런 말을 던졌다.

"지금까지, 어머니, 보이지 않는 존재가 어머니를 그렇게 잘 대한 건

아니잖아요. 만일 그랬더라면 지금 이런 처지에 놓여 있지는 않겠죠. 그
날 밤이 유리해요. 그때에는 달이 상현달이라서 자정 전에는 뜨지 않을
거니까요. 어둠은 우리 쪽 사람들 편이겠죠. 동시에 뿔피리를 불고 손에
는 횃불을 든 채 농장으로 진군할 겁니다."

그날 밤 꿈을 꾸었다.

맹금 세 마리와 흡사한 남자들이 내 침실로 들어왔다. 검은색 두건을
얼굴에 쓰고 있어서 얼굴이 완전히 가려졌지만 그들 중 한 명은 새뮤얼
패리스이고, 다른 한 명은 존 인디언, 나머지 한 명은 크리스토퍼임을
알았다. 그들이 뾰족하게 깎은 막대기를 손에 든 채 내게 다가와서, 울
부짖었다.

"안 돼, 안 돼! 이미 이 모든 일을 겪지 않았나요?"

그들이 내 비명 따위는 전혀 개의치 않고 치마를 들추자, 곧 끔찍스러
운 고통이 엄습했다. 내가 더 세게 울부짖었다.

그 순간 어떤 손이 이마 위에 와서 놓였다. 이피게니의 손이었다. 정
신이 들어 일어나 앉았지만, 여전히 공포로 떨렸고 고통스러운 느낌이
들었다. 그가 물었다.

"무슨 일이에요? 내가 여기, 바로 가까이에 있다는 걸 모르는 건 아니
죠?"

내 꿈의 강렬함이 어찌나 대단했던지, 체포되기 전날의 그 끔찍스러웠
던 밤을 다시 겪으며 한참을 말없이 가만히 있었다. 그러다가 간청했다.

"이피게니, 내게 기도를 올리고, 제물을 바치고, 우리에게로 모든 힘
을 끌어올 시간을 줘……."

그가 내 말을 막았다.

"티투바…… (마치 내가 더 이상 어머니가 아니라 세상물정 모르고 억지 부리는 어린아이라는 듯이 그가 나를 이렇게 부른 건 이때가 처음이었다) ……치유사로서의 재능은 존중해요. 내가 이렇게 태양의 냄새를 들이마시며 여전히 살아 있는 게 당신 덕이 아니겠어요? 하지만 나머지에 대해서는 사양할래. 미래는 그 미래를 만들어낼 줄 아는 사람들 거니까. 날 믿어요. 주술과 동물을 제물로 바쳐서 거기에 도달하는 게 아니에요. 행동을 통해서입니다."

대답할 말이 전혀 떠오르지 않았다.

더 이상 그 문제에 대해 따지고 드는 대신, 내가 필요하다고 판단한 대로 조심하기로 결심했다. 하지만 앞으로 펼쳐질 판이 너무 엄청난 거라서 의견을 구하지 않고 넘어갈 수가 없었다. 오먼드강 가로 들어가서만 야야, 나의 어머니 아베나, 야오를 불러냈다. 그들이 나타났는데, 내게는 좋은 징조로 여겨지는 온화하고 행복한 표정이어서 기운이 났다. 내가 말했다.

"지금 무슨 일을 계획하고 있는지 다들 아시죠? 제가 무얼 하면 좋을지 의견을 주세요."

살아서나 죽어서나 과묵했지만 야오가 먼저 발언을 했다.

"내가 어렸을 때 겪었던 반란이 생각나는구나. 티노엘이 조직했는데, 그 당시만 해도 아직 낮은 산 지대를 장악하지 못한 때라서, 벨플레인 농장에서 검둥이답게 땀 흘리고 있었지. 그가 자기 사람들을 도처에 심어두고 합의했던 신호에 맞춰 농장을 잿더미로 만들기로 했단다."

그의 목소리에 담긴 뭔가로 그가 내게 경고를 보내고 있음을 알았지만, 무뚝뚝하게 물었다.

"그래서요, 그 모든 일이 어떻게 끝나는데요?"

그가 시간을 벌려는 듯이 담뱃잎을 말기 시작했고, 그러다가 내 얼굴을 똑바로 바라봤다.

"피로. 그런 일이 늘 그렇게 끝나듯이! 우리의 해방이 이루어질 때는 아직 오지 않았다."

내가 거친 목소리로 물었다.

"대체 언제요, 언제 오는데요? 아직도, 대체 왜, 얼마나 많은 피를 흘려야 하는데요?"

영 셋이 마치 이번에도 내가 규칙을 위반하려 들어서 당혹감에 빠졌다는 듯 가만히 침묵을 지켰다. 야오가 다시 입을 열었다.

"우리의 기억이 피로 뒤덮여야 할 거다. 우리의 기억이 연꽃처럼 피의 수면 위를 떠다녀야 할 거다."

내가 고집을 피웠다.

"분명하게, 얼마의 시간이죠?"

만 야야가 고개를 저었다.

"검둥이의 불행에는 끝이 없다."

나는 그의 숙명론에 익숙했기에 짜증을 내며 어깨를 으쓱했다. 따져봐야 뭔 소용이랴?

시간의, 밤과 물의
주인이시여,
어머니의 배 속에 든 아이를
움직이게 하는 분이시여,
사탕수수를 자라게 하시고
그 안을 끈적이는 액으로 채우시는 분이시여,

시간의, 태양과 별의
주인이시여……

그렇게 열정적으로 기도했던 적이 없었다. 주위에 펼쳐진 밤이 내 발
치에 쌓일 희생자들에게서 흐를 피의 냄새로 전율하는 어둠이었다.

현재의, 과거와 미래의
주인이시여,
당신이 없으면 대지는 그 어떤 결실도
코코프럼 열매도, 사과대추도,
워터레몬도, 황금사과도,
비둘기콩도 맺지 못하리……

기도로 빠져들었다.
자정이 되기 직전, 기운 없는 달이 구름 방석 위에서 몸을 사렸다.

15

내 이야기를 끝맺는 게 필요할까? 지금까지 이야기를 따라왔던 사람들이라면 그 끝을 짐작하지 않았을까?

예측할 수 있는, 너무나 쉽게 예측할 수 있는 결말이 아닐까?

게다가 이야기를 해나가자면 그 고통을 하나하나 되살아야 하지 않는가? 한 번 더 고통을 받아야만 할까?

이피게니와 그의 친구들은 그 무엇도 우연에 맡기지 않았다. 그들이 어떻게 총을 손에 넣었는지 모른다. 보급품 창고를, 예를 들자면 오이스틴스나 세인트제임스의 보급품 창고를 털었을까? 과거에는 에스파냐의 점령지를 공격할 때 우리 섬을 출발점으로 삼았기에, 그리고 프랑스인이 우리 섬을 공격해 들어올지도 모른다는 두려움 속에서 계속 살아갔기에, 우리 섬에는 보급품 창고가 여러 군데에 존재했다. 어쨌든 나의 집 앞에 총과 화약과 총알이 쌓였고, 그걸 이피게니와 부관들이 똑같이 나눠 가졌다. 그들이 어떻게 경작 중인 농지가 모두 합해 844개라고 계산했는지, 그리고 자신들이 믿어도 되는 사람 수를 어떻게 계산했는지 모른다. 그들이 이름과 숫자를 늘어놓는 소리를 들었다.

"부아 드부의 티로로, 총 세 자루와 화약 3파운드."

"캐슬리지의 네비스, 총 열두 자루."

"펌프킷의 부아 상 수아프, 총 일곱 자루와 화약 4파운드."

그러더니 밀사들이 나무들과 높이 자란 풀숲을 이용해 몸을 숨겨가면서 사방팔방으로 떠나갔다. 어느 순간, 이피게니가 너무 지친 모습이어서 간청했다.

"와서 좀 쉬지 않으련? 승리하기 전에 죽으면 다 무슨 소용이겠니?"

그의 손짓에서 초조함이 묻어났지만, 어쨌든 내 말을 따라 곁에 와서 앉았다. 햇빛을 받아 거칠고 붉게 변한 그 아이의 머리카락을 쓰다듬었다.

"내 삶에 대해 종종 말했지. 그런데 숨긴 게 하나 있어. 예전에 아이를 한 번 가진 적이 있었는데, 그 아이를 떼어냈단다. 그 아이가 네 모습으로 다시 내게 온 게 아닌가 싶어."

그가 어깨를 으쓱했다.

"당신네 여자들은 대체 어디에서 그런 얼토당토않은 생각들을 찾아내 갖고 오는지 가끔은 궁금해요."

그러더니 몸을 일으키며 이런 말을 던졌다.

"나를 아들처럼 취급하지 않기를 바랐을지도 모른다는 생각은 안 해봤어요?"

그러더니 나갔다.

그가 한 말의 의미에 대해 길게 따지고 들지 않는 쪽을 택했다. 게다가 그럴 여유를 부릴 때가 아니지 않은가? 이미 카운트다운이 시작되었다. 기습 공격까지 하룻밤도 채 남지 않았다. 이 음모의 결말에 대해서는 사실 그다지 불안하지 않았다. 솔직히 말하자면, 그것에 대해 생각하기를 피했다. 알록달록한 몽상들이 정신을 흐려놓게 내버려뒀고, 특히 내 아이 생각을 했다. 아이가 배 속에서 벌써 움직이기 시작했다. 아이는 마치 협소한 공간을 탐험하고 싶다는 듯 느긋하고 조심스럽게, 일종의 포복을 하는 모양이었다. 아직 앞은 보이지 않지만 머리카락은 난 올챙이 비슷한 존재가, 떠다니고 헤엄치고 배영을 시도해보고, 실패하자 거듭 끈질기게 다시 시도하는 모습을 그려봤다. 조금만 더 기다리면 우리는 서로 바라볼 수 있을 테고, 난 그 새 생명의 시선에 비치는 주름진 얼굴과 뿌리만 남은 이가 창피하겠지. 그 아이가 나의 원수를 갚아주겠지, 나의 딸이! 딸아이는 옥수수빵처럼 뜨거운 마음을 가진 검둥이의 사랑을 얻게 되리라. 그는 딸아이에게 충실하겠지. 두 사람은 아이가 생기면 아이에게 자기 안의 아름다움을 보는 법을 가르칠 거야. 하늘을 향해 올곧고 자유롭게 뻗어나가는 그런 아이.

5시쯤 이피게니가 토끼장에서 토끼 한 마리를 훔쳐내어 귀로 잡고 가져다줬다. 제물로 바치는 동물들을 죽여야 할 때는 아무런 양심의 가책을 느끼지 않지만, 인간이 먹기 위해서 이렇게 죄 없는 가축을 죽이는 건 싫었다. 닭이나 물고기에게 안겨주는 고통에 대해 용서를 구하지 않고 목을 비튼 닭은 한 마리도 없었고, 내장을 비운 물고기도 한 마리도 없었다. 동작이 둔해지기 시작한 터라 부엌 노릇을 하는 처마 밑에 어설프게 자리 잡고 앉아, 토끼를 다루기 시작했다. 토끼의 배를 가르자 검고 악취 나는 핏줄기가 얼굴까지 튀어 올랐고, 초록빛 도는 점막에 싸인 채 부패가 진행 중인 살 두 덩어리가 땅바닥에서 굴렀다. 그 냄새가 어찌나 역한지 나도 모르게 급하게 뒤로 물러섰고, 그 바람에 칼이 손아귀에서 빠져나가면서 왼쪽 발등에 박히고 말았다. 비명을 지르자, 이피게니가 기름칠을 하고 있던 총을 버려두고 도와주러 급히 달려왔다.

바로 발등에서 칼을 빼낸 뒤, 그가 끝없이 흐르고 또 흐르는 핏줄기를 멎게 하려고 애를 썼다. 상처에서 흐르는 피가 벌써 자그마한 웅덩이를 이룬 터라, 마치 이 사소한 상처로 온몸의 피가 다 흘러나갈 것만 같았으니까. 그 피 웅덩이를 보자니 야오의 말이 떠올랐다.

"우리의 기억이 피로 뒤덮여야 할 거다. 우리의 기억이 연꽃처럼 피의 수면 위를 떠다녀야 할 거다."

닥치는 대로 손에 잡히는 온갖 옷가지들로 급조한 붕대로 이피게니가 출혈을 잡은 뒤, 갓난아이처럼 감싼 나를 집 안으로 옮겼다.

"움직이지 마요. 내가 다 알아서 할게. 내가 음식을 만들 줄도 모른다고 생각하는 거예요?"

내 피의 톡 쏘는 냄새가 곧 콧속을 자극했고, 그 순간 수재나 엔디콧의 기억이 뇌리를 스쳤다. 끔찍스럽게 고약한 여편네! 내가 그 여자가 이렇게 감싸인 채 몇 달이고, 몇 년이고 자신의 몸에서 흘러나온 오줌에 전 채 생활하게 만들지 않았던가? 그녀가 장담했듯이 내게 이런 식으로 복수하는 게 아닐까? 오줌 대신 피일 뿐. 우리 둘 중 누가 더 끔찍한가? 기도를 드리고 싶었지만 정신이 꼼짝도 하지 않으려고 들었다. 자리에 누운 채 지붕을 지지하고 있는 얽어놓은 잔가지들을 뚫어져라 바라보고 있었지만, 실제로 눈에 들어오는 것은 아무것도 없었다.

잠시 뒤, 만 야야와 나의 어머니 아베나, 야오가 나를 보러 왔다. 어떤 토착 마술사의 부름에 응해서 노스 포인트에 있다가 내게 무슨 일이 벌어졌는지를 봤던 것이다. 만 야야가 어깨를 다독였다.

"별거 아니다. 곧 심지어 생각조차 안 날 거야."

물론 나의 어머니 아베나는 참지 못하고 한숨을 쉬고 투덜거렸다.

"네가 갖지 못한 재능이 하나 있다면, 그건 남자를 고르는 재능일 거야. 마침내 곧 모든 게 제자리로 돌아갈 거다."

내가 어머니를 마주 봤다.

"무슨 의미죠?"

하지만 어머니는 휙 몸을 돌려버렸다.

"아비 없는 자식들을 자꾸 낳을 생각이냐? 네 얼굴 주위의 머리카락을 봐라. 허연 게 케이폭 나무의 솜털 같구먼."

야오는 그저 내 이마에 입을 맞추고 이렇게 말하는 걸로 만족했다.

"조금 있다가 봐! 그래야 한다면 즉각 우리가 갈 거다."

그들이 사라졌다.

8시쯤 이피게니가 호리병박 그릇에 음식을 담아 가져왔다. 돼지 꼬리와 쌀, 그리고 동부콩을 넣어 제법 잘해냈다. 그가 상처에서 다시 피가 줄줄 흐르는 걸 보고도 아무런 걱정을 내비치지 않으며 붕대를 새로 갈아줬다.

최후의 행동에 돌입하기 전 마지막 밤, 의심, 공포, 비겁함이 서로 다퉜다. 다 무슨 소용이지? 그리도 맛이 고약했던가, 삶이? 삶이 그 인색함에도 불구하고 베푸는 얼마 안 되는 행복뿐만 아니라, 아예 삶을 잃어버릴지도 모를 위험을 왜 무릅쓰는 거지? 최후의 공격이 있기 전 마지막 밤! 떨면서, 촛불을 끌 엄두가 나지 않아서 내 몸뚱어리의 그림자가 괴물처럼 벽에서 춤추는 모습을 보고 있었다. 이피게니가 내 옆으로 와서 웅크리고 누웠다. 나는 그 아이의 좁다란, 하지만 무척이나 단단한 상반신을 꼭 끌어안고서, 그 아이의 가슴이 거세게 뛰는 걸 느꼈다. 내가 중얼거렸다.

"겁나니, 너도?"

그가 아무 대답도 않고서 어둠 속에서 더듬더듬 손을 움직였다. 그때서야 그가 원하는 게 무엇인지를 깨닫고 정말 깜짝 놀랐다. 어쩌면 두려움 때문이었을까? 어쩌면 나를 위로해주려는 배려였을까? 아니면 스스로를 위로하려는? 최후로 쾌락을 맛보려는 욕망? 아마도 그 모든 감정이 어우러져서 긴박하고 활활 타오르는 하나의 감정을 만들어냈나 보다. 젊고 정열적인 그 몸이 내 몸에 다가붙자, 처음엔 살이 움츠러들었다. 나의 늙음을 그의 애무에 내맡기는 게 창피해서 온 힘을 다해 밀어낼 뻔했다. 게다가 근친상간을 저지른다는 말도 안 되는 확신이 밀려들기까지 했으니까. 그러다가 그의 욕망에 나도 물들었다. 내 안 어디에선가 파도가 쌓이고 쌓인다는 느낌이 들었고, 그 파도가 점점 힘이 불어나고 점점 절박해지다가 끝내 날뛰며 나를 흠뻑 적시고 그를 흠뻑 적시고 우리 둘을 흠뻑 적셨고, 숨이 턱에 닿아 헐떡거리다가 애원할 정도로 여러 차례 우리를 굴리더니, 열대 아몬드 나무가 우거진 조용한 작은 만에 내동댕이쳤다. 우리는 서로에게 키스를 퍼부었고 그러다가 그가 속삭였다.

"내 아이가 아닌 이 아이를, 내가 경멸하는 남자의 아이를 품고 있는 걸 보는 게 얼마나 괴로웠는지. 실제로 크리스토퍼가 어떤 인물이고 그가 맡은 역할이 뭔지 알아요? 하지만, 어쩌면 죽음이 칼날을 갈고 있을지도 모르는 이때, 그자에 대한 이야기는 하지 말기로 해요."

"우리가 이길 것 같아?"

그가 어깨를 으쓱했다.

"그게 뭐 중요한가! 중요한 건, 시도해봤다는 것, 불운이라는 숙명론을 거부했다는 거지."

내가 한숨을 내쉬자 그가 나를 꼭 안았다.

인간에게 망각을 가져다주니, 사랑이여, 축복받을지어다. 노예에게 자신의 처지를 잊게 만들어주니. 불안과 공포를 물러나게 하니! 평온을 되찾은 이피게니와 내가 잠이라는 자비로운 물속으로 빠져들었다. 우리는 흐름을 거슬러 헤엄쳐 오르며, 학꽁치들이 큰징거미새우들에게 수작을 거는 모습을 봤다. 우리는 달빛을 받으며 머리를 말렸다. 하지만 아주 짧은 잠이었을 뿐이다. 황홀감이 스러지자 살짝 부끄러웠음을 고백한다. 아니! 이 아이는 아들뻘인데! 난 더 이상 스스로를 존중하지 않는 걸까? 게다가, 대체 왜 남자들이 줄줄이 내 침대로 들어오는 걸까? 이미 그 얘기를 해주지 않았나, 헤스터가!

"넌 사랑을 너무 좋아해, 티투바!"

바로 거기에 내 존재의 균열이 자리한 건 아닌지, 내가 벗어나려고 애썼어야 하는 결함이 있는 건 아닌지 스스로에게 물었다.

바깥에서는 밤을 태운 말이 빠르게 달려갔다. 다그닥다그닥. 내 아들이자 연인이 내게 몸을 꼭 붙이고 자고 있었다. 나는 그리되지가 않았다. 내 삶의 온갖 사건들이 유다른 강렬함을 띤 채 기억 속에 되살아났고, 내가 사랑했던, 증오했던 모든 얼굴들이 내 짚자리 주위로 몰려들었다. 오, 그들 모두를 알아보았다! 이름이 떠오르지 않는 얼굴은 단 하나도 없었다! 벳시. 애비게일. 앤 퍼트넘. 패리스 마님. 새뮤얼 패리스. 존 인디언. 내 몸이 막 그 경박함을 입증한 이 순간에 내 마음은 오직 그에게만 속했음을 일깨웠다.

그 춥고 을씨년스러운 아메리카에서 그는 어떻게 됐을까?

점점 더 그 수가 불어나는 노예상인들이 아메리카 해안에다가 노예들을 풀어놓고, 우리의 땀이 빚은 결실 덕분에 아메리카가 세계를 지배하려고 든다는 건 알고 있었다. 인디언들이 지도에서 지워져버렸고, 과거 그들의 것이었던 대지 위에서 떠돌 수밖에 없게 됐음도 알고 있었다.

존 인디언은 우리에게 그토록 가혹한 그 나라에서 무엇을 할까? 약자에게 그토록 가혹한. 꿈꾸는 자들에게도. 인간을 재산으로 평가하지 않는 사람들에게도.

밤을 태운 말이 빠르게 달려갔다. 다그닥다그닥. 그리고 그 모든 얼굴들이 밤이 창조한 존재들에서만 찾아볼 수 있는 선명함을 띤 채 내 주위를 맴돌았다.

내게 복수하는 존재가 수재나 엔디콧일까? 그녀의 힘이 내 힘보다 더 우위에 있는 걸까?

바깥에서는 바람이 일었다. 바람 때문에 나무에서 망고 열매들이 우박처럼 쏟아지는 소리가 들렸다. 바람이 호리병박 나무 주위를 맴돌자 열매들이 서로 부딪히는 소리가 들렸다. 겁이 났다. 추웠다. 어머니 배 속으로 다시 들어가고 싶었다. 바로 그 순간 딸아이가 자신의 존재로 나의 애정을 일깨우듯 움직였고, 차츰차츰 일종의 평정심이 밀려들었다. 마치 이제는 체념하고 앞으로 겪게 될 최후의 비극을 받아들인다는 듯 일종의 명철함이.

감각이 날카로워진 내 귀에 바람이 잦아드는 게 감지됐다. 몽구스 때문에 겁에 질린 닭 한 마리가 울안에서 울어댔다. 마침내 정적이 찾아들었다. 스르르 잠이 들었다.

눈을 감자마자 꿈을 꿨다.

숲으로 들어가고 싶었지만 나무들이 일치단결해 나를 막아섰고, 나무들의 꼭대기에서부터 쏟아져 내린 시커먼 넝쿨식물들이 나를 옭아맸다. 눈을 떴다. 방 안에 시커먼 연기가 가득했다. 이런 외침이 터져 나오려고 했다.

"이미 겪었던 일인데!"

그러다가 무슨 일인지 깨닫고, 환한 미소를 입술에 걸고 아이처럼 자고 있는 이피게니를 흔들었다. 그가 눈을 떴는데, 두 눈이 쾌락의 기억으로 아직 몽롱해 보였다. 하지만 재빨리 무슨 일이 벌어지고 있는지를 깨닫고는 펄쩍 뛰어내렸다. 나도 그를 따라 했지만 상처와 끝없이 흐르는 피 때문에 굼떴다.

우리는 밖으로 나갔다. 집을 둘러싸고 있던 군인들이 우리에게 총을 겨눴다.

누가 우리를 배반했을까?

농장주들이 본보기를 보이기로 결정했다. 3년 동안 이번이 두 번째 대규모 반란이었다. 인근의 공격으로부터 섬을 보호할 목적으로 영국 군대가 주둔하고 있던 터라 농장주들은 군대의 절대적 지원을 확보했고, 우연에 내맡겨둔 건 아무것도 없었다. 농장들을 하나도 빠짐없이 뒤지며, 의심스러운 노예들을 어느 붉은솜나무 아래로 몰아댔다. 그러고는 미리 열 개 남짓한 교수대를 세워놓은 공터로 그 사람들 전부를 장검으로 찔러가며 몰고 갔다.

눈가림 가죽을 한쪽 눈에 댄 에린이 동족들에 둘러싸인 채 처형장을 누비고 있었다. 그가 내게로 오더니 빈정거렸다.

"아니, 마녀로군! 세일럼에서 겪었어야 할 일을, 그걸 여기서 겪게 생겼구나! 먼저 떠나간 자매들을 곧 만나게 될 거야. 거기 가서 근사한 마녀 집회를 열면 되겠네!"

대답하지 않았다. 나는 이피게니를 보고 있었다. 그 아이는 주동자라서 너무나 심하게 얻어맞아 가까스로 서 있을 정도였고, 작업반장 한 명이 쉬지 않고 휘두르는 채찍에 매번 소스라치며 몸을 곧추세우지 않았더라면 무너졌으리라는 게 확실히 보였다. 얼굴이 너무나 퉁퉁 부어올라서 눈이 거의 보이지 않았을 텐데, 빛보다는 열기를 원하는 장님처럼 태양을 찾아 얼굴을 돌렸다. 그 아이를 향해 외쳤다.

"두려워하지 마! 절대 겁먹지 마! 우리는 다시 만날 거란다."

그가 내 목소리가 들려오는 쪽을 향해 몸을 돌리더니 말을 할 수 없는 지경이라 그저 내게 손짓을 보냈다.

그 아이의 육신이 튼튼한 들보에 매달려 가장 먼저 허공을 맴돌았다. 나는 가장 마지막으로 교수대로 끌려갔다. 특별 취급을 받아 마땅해서였다. 세일럼에서 처형으로부터 '빠져나갔으니', 그걸 지금 집행하는 게 맞았다. 검고 붉은 위압적인 의복을 걸친 어떤 남자가 내가 과거와 현재에 저지른 죄를 전부 다 일깨워줬다. 평화롭고 하느님을 경외하던 마을 주민들에게 주술을 걸었다. 속고 분노하며 서로 맞서도록 주민 한가운데로 사탄을 불러들였다. 어떤 정직한 상인의 집에 불을 질렀고, 내 죄를 개의치 않았던 상인은 자신의 순진함에 대해 아이들의 죽음으로 대가를 치렀다. 종교재판이 벌어지고 있는 그 자리에서 그건 거짓이라고, 거짓말, 잔인하고 비열한 거짓말이라고 울부짖을 뻔했다. 하지만 곧 생각을 바꾸었다. 무슨 소용이 있겠는가? 곧 진리가 오롯이 빛을 발하는 왕국에 도달한 텐데. 내가 매달릴 교수대의 나무 위에 말 타듯 걸터앉은 만 야야, 나의 어머니 아베나, 야오가 내 손을 잡아주려고 기다리고 있었다.

나는 마지막으로 교수대로 끌려갔다. 내 주위의 기이한 나무들이 기이한 열매로 뒤덮였다.

에필로그

    내 삶의 이야기가 끝났다. 씁쓸한. 너무나 씁쓸한 이야기가.

    내 진짜 이야기는 끝이 난 바로 그 자리에서 시작되어, 끝없이 계속되리라. 틀렸다, 크리스토퍼가. 아니, 어쩌면 그는 내게 상처를 주고 싶어 했던 건지도 모른다. 존재한다니까, 티투바의 노래는! 섬의 이쪽 끝에서부터 저쪽 끝까지, 노스 포인트에서 실버 샌즈까지, 브리지타운에서 보텀 베이까지, 어디서고 그 노래가 들려온다. 그 노래는 곳곳에 솟아 있는 산의 마루를 내닫는다. 그 노래는 칸나 꽃송이 끝에 매달려 흔들거린다. 저번 날, 네다섯 살 되는 어떤 사내아이가 그 노래를 흥얼거리는 소리를 들었다. 기뻐서 그 아이의 발치에 아주 잘 익은 열대 망고 세 개를 떨궈줬더니, 아이가 그 자리에 꼼짝 않고 서서 제철도 아닌데 그런 선물을 자기에게 내려준 나무를 뚫어져라 바라봤다. 어제는 강가 바위에서 누더기를 내려치며 빨래하던 여자가 그 노래를 흥얼거렸다. 고마워서, 그녀의 목을 내 몸으로 한 번 감았다. 그렇게 그녀에게 아름다움을 되돌려줬고, 아름다움에 대한 기억마저 잃어버렸던 그녀는 강물에 자신의 모습을 비춰보다 그걸 되찾았다.

매 순간 그 노래가 들려온다.

죽어가는 사람의 침대맡으로 달려갈 때도. 아직도 겁에 질려 있는 망자의 영을 내 두 손으로 거둘 때도. 잃어버렸다고 믿는 사람들의 모습을 얼핏이나마 다시 보게 해줄 때도.

나는 죽어서나 살아서나, 보일 때나 안 보일 때나, 쉼 없이 치료하고 치유한다. 하지만 특히 나의 아들이자 연인, 내 영원의 동반자인 이피게니의 도움을 받아 또 다른 임무를 스스로 떠안았다. 남자들의 마음을 단련하기. 그들의 마음을 자유의 꿈으로 북돋는다. 승리의 꿈으로도. 나로 인해 잉태되지 않은 폭동은 단 하나도 없다. 반란도. 불복종도.

17**년에 그 대규모 반란이 실패로 돌아간 뒤, 방화 사건이 일어나지 않고 지나간 달이 단 한 달도 없다. 이 농장 혹은 저 농장에서 독극물로 인해 수많은 사람이 죽어나가지 않고 지나간 달도. 나의 명령에 따라, 에린이 사형시켰던 사람들의 영이 밤마다 그를 찾아가 침대를 에워싸고 그워카(서아프리카의 이주 노예들과 함께 앤틸리스제도로 들어온 핸드 드럼—옮긴이)를 연주하고 난 뒤로, 그는 다시 바다를 건너 돌아갔다. 내가 페이스호(號)까지 배웅해줬고, 그가 꿈을 꾸지 않고 잘 수 있기를 헛되이 바라면서 독주를 연거푸 마셔대는 모습을 지켜봤다.

크리스토퍼 역시 잠자리에서 이리 뒤척이고 저리 뒤척이며 더 이상 여자들에 대해 흥미를 느끼지 못한다. 그 사람에게 더 심하게 해를 끼치는 건 자제하고 있다. 어쨌든 그는 태어나지 않은, 살아보지도 못하고 죽은 내 딸아이의 아버지가 아닌가?

새뮤얼 패리스와 재판관들, 목사들을 괴롭히려고 바다를 건너지는 않았다. 다른 이들이 그 일을 맡아 하리라는 걸 안다. 새뮤얼 패리스의 관심과 자부심의 대상이었던 아들이 미쳐서 죽게 되리라는 걸 안다. 코튼 매더는 명예를 잃게 될 터이고, 어떤 작은 계집아이가 그를 지목하게 되리라는 것도. 재판관 전부 오만함을 잃게 되리라는 것도. 레베카 너스의 말을 따르자면, 다른 심판의 시간이 다가오리라는 것도. 거기에 내가 속하지 못한들, 뭐 그리 중요하겠는가!

나는 성서와 증오의 문명에 속하지 않는다. 나의 사람들이 나에 대한 기억을 간직하는 곳은 그들의 마음속이다. 그들의 마음과 그들의 머릿속이다. 아이를 낳지 못하고 죽었기 때문에 보이지 않는 존재들이 계승자를 한 명 고르게 허락해줬다. 난 오랜 시간 찾아다녔다. 집들마다 엿봤다. 빨래하다가 아이에게 젖을 물리는 여자들을 유심히 봤다. 사탕수수를 단으로 묶는 일을 하는 여자들이 어쩔 수 없이 젖먹이를 달고 나와, 겹쳐놓은 누더기 위에 뉘어놓는 모습도 살폈다. 비교하고, 무게를 재보고, 손으로 만져보다가 마침내 찾아냈다. 내게 필요한 아이, 사만타를.

그 아이가 세상에 태어나는 것을 보았으니까.

그 아이의 엄마 델리스는 내가 꾸준히 돌봐오던 크레올 태생의 검둥이로, 보텀 베이에 위치한 윌러비 농장에 기거했다. 이미 두세 번 사산한 경험이 있던 터라 일찌감치 나를 자기 곁으로 불러들였다. 그녀의 반려는 불안감을 감추려고 베란다에서 독주를 비워대고 있었다. 분만에는 여러 시간이 걸렸다. 아이가 거꾸로 들어선 상태였다. 아이 엄마가 피를 흘리다 기운을 소진해버렸고, 그 가여운 영혼은 저세상으로 넘어가기만을 요구했다. 태아는 거부하며, 아주 연한 살의 막으로만 나뉘어 있는 이 세상으로 들어오려고 격렬하게 싸웠다. 태아가 마침내 승리하여, 눈에 호기심이 가득하고 입매가 단단한 여자아이를 내 손으로 받아내게 되었다. 그 아이가 자라는 것을, 앙가발이 걸음으로 비틀비틀 걸어 다니며 대농장이라는 닫힌 지옥을 탐험하는 것을, 그럼에도 불구하고 구름의 모양에서, 일랑일랑 나무의 흐드러진 머리 타래에서, 혹은 껍질이 두툼한 비터 오렌지의 쌉싸름한 맛에서 행복을 찾아내는 모습을 지켜보았다. 말을 할 줄 알게 되자마자 아이가 질문을 해댔다.

"왜 코끼리 잠바는 그렇게 멍청하죠? 왜 토끼 라팽이 자기 등에 앉아도 내버려두죠?"(앤틸리스제도에서 전해오는 옛날이야기—옮긴이)

"왜 우리는 노예고 저들은 주인인 거죠?"

"왜 신이 하나뿐이죠? 노예들의 신도 하나 있어야 하는 거 아닌가요? 주인들에게는 신이 하나 있잖아요?"

어른들의 대답이 만족스럽지 않았기 때문에 아이는 자기만을 위한 대답을 스스로 만들어냈다. 처음 아이 앞에 모습을 드러냈을 때, 아이는 섬에 돌아다니는 시끌시끌한 소문을 통해 나의 죽음을 알고 있었음에도, 마치 자신이 아주 특별한 운명을 타고났다는 걸 잘 이해한 것처럼 전혀 놀라움을 드러내지 않았다. 지금 그 아이가 나를 경건하게 따라다닌다. 나는 밝혀도 되는 비밀들을, 식물의 숨은 능력을, 동물의 언어를 아이에게 알려준다. 세상의 보이지 않는 형체를, 세상에 퍼져 있는 소통망을, 상징인 신호들을 간파하는 법을 가르쳐준다. 아이의 아버지와 어머니가 일단 잠이 들면, 아이는 내가 밤을 사랑하는 법을 가르쳐줬던 만큼 밤을 틈타 내게로 온다.

내가 품지 않았지만 내가 지목한 아이! 보다 고귀한 모성이 아닌가!

내 아들이자 연인인 이피게니도 가만히 있는 건 아니다. 살아서 끝을 내지 못했던 반란, 그것을 완수하려고 애쓰고 있다. 그도 아들을 한 명 골랐다. 단단한 장딴지를 자랑하는 콩고 출신 어린 검둥이로, 벌써부터 작업반장들의 감시를 받고 있다. 저번 날에는 그 아이가 티투바의 노래를 선창하지 않았던가?

나는 절대 혼자가 아니다. 만 야야. 나의 어머니 아베나. 야오. 이피게니. 사만타.

그리고 나의 섬이 있다. 나는 그 섬과 하나로 어우러진다. 내가 누비지 않았던 오솔길은 단 하나도 없다. 내가 멱을 감지 않았던 개울 역시 단 하나도 없다. 내가 가지에 앉아 흔들거리려고 타고 오르지 않은 케이폭 나무는 단 한 그루도 없다. 나와 섬 사이에 항상 존재하는 이 특별한 공생관계는 아메리카의 황무지에서 겪은 그 오랜 고독에 대한 앙갚음이다. 영들이 잉태시키는 것이라고는 악뿐인 곳, 그 잔인하고 광활한 대지! 곧 보다 효율적으로 우리를 처형하기 위해 그들이 얼굴을 두건으로 가리게 되리라. 그들이 우리 아이들을 게토로 들여보낸 뒤, 게토의 무거운 문을 닫아버리리라. 그들이 온갖 권리를 놓고 우리와 다툴 테고, 피가 피를 부르리라.

후회스러운 건 한 가지뿐이다. 행복이 좀 더 감미로우려면 후회가 있어야 하는 만큼, 보이지 않는 존재들 또한 자기 몫의 후회를 갖기 마련인데, 그건 바로 헤스터와 떨어져 있어야 한다는 것이다. 물론 우리는 소통한다. 그녀의 숨결에 실려 오는 말린 아몬드 냄새가 맡아진다. 그녀의 웃음소리가 일으킨 울림이 감지된다. 하지만 우리는 대양의 양쪽에 각기 머물며 그 대양을 건너지는 않는다. 그녀가 꿈을 추구하고 있음을 안다. 여자들의 세상, 보다 정의롭고 보다 인간적인 세상을 창조하는 일. 난 남자를 너무 사랑했고 지금도 여전하다. 가끔, 남은 욕망을 해소하려는 욕구에 사로잡혀 어느 잠자리로 슬며시 들어가면, 나의 찰나의 연인은 홀로 얻는 쾌감에 경탄하고 만다.

그렇다. 지금 나는 행복하다. 나는 과거를 이해한다. 나는 현재를 읽는다. 나는 미래를 안다. 이제는 왜 고통이 넘쳐흐르는지, 왜 우리 검둥이 남녀의 눈이 짭짤한 눈물로 번득이는지를 안다. 하지만 이 모든 일에 끝이 있으리라는 것도 안다. 언제? 그게 뭐 중요한가? 이제 참을성이 부족하다는 인간 고유의 속성에서 해방되었기에 조급하지 않다. 시간의 광대함에 비춰볼 때 삶이란 무엇인가?

지난주, 아프리카 태생이며 나의 어머니 아베나와 마찬가지로 아샨티 족 출신인 어떤 젊은 검둥이 여자가 자살을 했다. 목사는 그녀에게 레티시아라는 세례명을 줬지만, 무례하고 야만스러운 그 이름으로 불릴 때마다 그 여자는 소스라쳤더랬다. 그녀가 세 번이나 혀를 삼키려고 시도했다. 내가 세 번 다 그녀를 되살려냈다. 한 걸음 한 걸음 그녀 뒤를 졸졸 따라다녔고, 꿈을 불어넣어주었다. 어쩌랴, 그녀는 아침이면 그 꿈 때문에 더욱 절망한 상태가 되고 말았다. 그녀가 잠시 내 주의가 흩어진 틈을 타 마니옥 이파리를 뜯어서 독성이 있는 뿌리와 함께 씹어 먹었고, 노예들이 그녀를 발견했을 때에는 뻣뻣하게 굳은 채 입술에 거품을 보글거리며 벌써 지독한 냄새를 풍기는 상태였다. 이런 일은 아주 예외적인 경우이고 구해내는 경우가 훨씬 더 많은데, 절망에 빠져드는 노예를 끌어내면서 그의 귀에 이렇게 속삭여준다.

"우리의 대지가 얼마나 찬란한지 봐. 곧 오롯이 우리의 것이 될 텐데. 눈앞에 펼쳐진 쐐기풀밭과 사탕수수밭을. 북돋아놓은 참마밭을, 마니옥밭을. 전부 다!"

가끔 이상하게도, 갑자기 유한한 존재의 형체를 되찾고 싶다는 생각에 사로잡힐 때가 있다. 그러면 변신을 꾀한다. 작은 도마뱀으로 모습을 바꾸고, 아이들이 짚을 꼬아 만든 올가미를 들고 다가오면 예리한 혀를 휘둘러준다. 가끔은 투계장의 싸움닭으로 변해서 럼주보다 더한 취기를 안겨주는 닭 울음소리를 목청껏 내지른다. 아! 내가 싸움에서 이기게 만들어준 노예가 흥분하는 모습을 보는 게 얼마나 좋던지! 그는 춤추는 듯한 걸음걸이로 주먹을 휘두르며 가는데, 이 몸짓은 곧 또 다른 승리를 상징하는 몸짓이 되리라. 가끔은 새로 변해, 공놀이를 하며 "득점!"이라고 외치는 악동들에게 도전장을 내민다.

날개를 파닥이며 날아올라 아이들의 당황해하는 얼굴을 보며 웃어젖힌다. 가끔은 염소로 변해 사만타 주위에서 이리저리 뛰어다니지만, 사만타는 속지 않는다. 나의 것인 그 아이는 동물의 털이 바르르 떨리는 모습에서도, 돌 네 개를 괴어놓고 피운 불이 탁탁 타오르는 소리에서도, 무지갯빛 아롱진 강물이 튀어 오르는 모습에서도, 산의 울창한 나무들을 흐트러뜨리며 지나가는 바람의 숨결에서도 나의 존재를 알아보는 법을 배웠으니까.

역사적 사실에 관한 기록

세일럼의 마녀 재판은 1692년, 세라 굿, 세라 오즈번, 그리고 '자신의 죄'를 인정한 티투바가 체포되면서 시작되었다.

열아홉 명이 교수형을 당했고, 자일스 코리라는 남자 한 명은 압사형에 처해졌다.

1693년 2월 21일, 본국에서 베이 콜로니의 총독으로 파견한 윌리엄 핍스 경이 주술에 관한 보고서를 런던으로 보냈다. 그는 50여 명에 달하는 여자들이 여전히 콜로니의 감옥에 수감되어 있는 처지임을 알리면서 그들의 형량 삭감을 허락해달라고 요청했다. 1693년 5월, 요청이 받아들여져 마지막까지 수감되어 있던 피고인들이 대사면의 혜택을 받아 풀려났다.

새뮤얼 패리스 목사는 마을 주민들과 제공되지 않은 장작과 미지급된 봉급을 놓고 오랫동안 다투다가, 1697년에 세일럼 마을을 떠났다. 그의 아내는 그 전해에 아들 노이스를 출산하다가 사망했다.

1693년경, 우리의 주인공 티투바는 감옥에서의 '체류 비용'과 쇠사슬

및 족쇄 비용을 지불하지 못해 다시 노예로 팔렸다. 누구에게? 의식적이든 무의식적이든 역사학자들의 인종차별주의는 어찌나 대단한지 그 누구도 그녀에게 관심을 보이지 않는다. 우리와 마찬가지로 이 인물에게 열광적인 관심을 보이는 미국의 흑인 소설가 앤 페트리에 의하면, 티투바는 어떤 직조공에게 팔렸고 보스턴에서 생을 마감했다고 한다.

확실하지는 않지만, 어떤 전승에 따르면 티투바는 노예상에게 팔려서 바베이도스로 돌아갔다고도 한다.

오늘날 세일럼 마을은 댄버스로 이름이 바뀌었으며, 마녀 사냥의 기억으로 유명세를 얻은 곳은 집단 히스테리가 벌어진 세일럼 마을이 아니라 재판 대부분이 진행되었던 세일럼 시임을 알려둔다.

M. C.

마리즈 콩데는, 스웨덴 한림원이 성 추문에 휩싸이게 되면서 수상자 선정이 불발로 끝났던 2018년, 그 대안으로 제정된 뉴 아카데미 문학상의 수상자로 선정되어 한국의 언론과 대중에게 이름을 알린다. 평생 흑인, 여성, 피식민지 경험이라는 삼중고를 짊어지고 꼿꼿이 걸어갔던 이 노(老)작가는, 유독 제3세계 문학에 낯가림이 심한 한국에서야 실감하기 힘들지만, 사실 이미 거장의 반열에 오른 대가이다.

마리즈 콩데는 1937년, 프랑스의 식민지 과들루프에서 은행가인 아버지와 최초의 흑인 교사인 어머니 밑에서 태어나 노예제도라는 말조차 들어보지 못할 정도로 과보호를 받으며 유복한 환경에서 자라난다. 16세에 프랑스 파리에서 유학 생활을 시작하면서 본국인의 눈에 비치는 자신의 모습에 눈뜨게 되고, 이렇게 타자화의 대상이 되는 경험을 통해 이제껏 과들루프의 흑인 부르주아 계급의 일원으로서 자신이 얼마나 역사적, 사회적 현실과 유리된 삶을 살아왔는지를 깨닫는다. 백인의 언어와 문화를 내재화하여 백인보다 더 백인답게 '검은 피부, 하얀 가면'

으로 살아왔음을 인지한 순간, 허위의식 위에 쌓아 올렸던 정체성은 터져나가고 새로운 정체성을 구축하려는 그녀의 끈질기고 집요한 추구가 시작된다.

그녀에게 '검둥이'라는 자의식을 확실히 심어준 사건은 불행히도 그녀의 첫사랑이었다. 콩데는 파리의 유학생 시절, 훗날 독재에 맞서 아이티의 민주화를 위해 싸우다 암살당하게 될 장 도미니크라는 아이티의 언론인을 만나 사랑을 하게 되나, 도미니크는 아이티의 민주화 운동이라는 대의명분을 내세워 마리즈 콩데를 홀로 파리에 내버려두고 아이티로 돌아가버린다. 콩데는 이 연애담의 비극적 결말이, 흑백 혼혈이어서 덜 '검둥이'인 도미니크가 더 '검둥이'인 그녀를 마치 백인이 경멸과 우월감을 갖고 흑인을 대하듯 대한 결과였다는 분석에 이르게 된다. 이는, 강제로 백인의 피와 섞이게 된 뒤로 더 이상 흑인이라는 추상적 범주는 존재하지 않으며, 흑인 안에서도 더 '검은' 흑인과 덜 '검은' 흑인으로 나뉘는 끝없는 차별화의 과정이 진행 중임을 깨달은 계기였다. 도미니크와 헤어진 그 이듬해인 1956년, 순탄하게 인생이 흘러갔다면 엘리트 양성의 산실인 파리 고등사범학교의 입학고사를 치르고 있었을 날에 아들을 출산하며 미혼모가 된다. 이제 가문의 수치가 되어버린 그녀에게 아버지는 경제적 지원을 끊어버렸고, 가난, 결핵, 미혼모라는 수치만이 가족에게서 버림받은 그녀의 벗으로 남는다.

콩데는 1958년, 기니 출신의 얼치기 연극배우이자 날라리 대학생이었던 마마두 콩데를 만나 결혼에 이른다. 애정 반, 편의 반의 이유로 감행한 결혼 덕분에 보수적 성 관념이 지배하던 사회에서 미혼모를 향해 쏟아지는 따가운 눈총으로부터 벗어나는 데는 성공하나 경제적 곤란은 여전하여, 결국 1960년에, 알코올중독에다가 모든 면에서 그녀와 현격

한 수준 차이를 보이는 남편을 달고 프랑스어 교사 자격으로 아프리카 대륙으로 들어간다. 콩데의 삶과 작품을 거론할 때 건너뛸 수 없는 아프리카 시기가 이렇게 시작된다. 1960년부터 1973년까지 무려 13년 동안 콩데는 코트디부아르, 기니, 가나, 세네갈, 말리 등을 거치며, 검은 백인으로 자랐던 자신에게는 미지의 대지이자 모든 흑인의 어머니인 아프리카를 알아간다.

이 시기에 그녀는 에메 세제르의《식민주의에 대한 담론》을 다시 진지하게 읽었고, 세제르, 생고르 등이 주창하는 네그리튀드 운동에 대해 관심을 갖게 되었으며, 더 나아가 식민주의의 폭력성을 파헤친 프란츠 파농의 사상을 깊이 파고들기 시작했다고 고백한다. 콩데는 파농의 사상에는 깊은 공감을 표명하지만 네그리튀드 운동에 대해서는 비판적 거리를 유지한다. 오랜 기간 아프리카의 여러 나라들을 돌아다니면서 아프리카의 찬란함과 어두움을, 무지와 야만과 지혜의 뒤엉킴을 속속들이 들여다봤던 그녀에게 하나로 묶일 수 있는 아프리카란 신화였다. 아프리카는 이미, 백인이 소유한 자본의 침탈에 속수무책으로 스스로를 내준 이래로 찢기고 뒤틀리고 엉망으로 나뉘어버리고 말았고, 이는 돌이킬 수 없는 현실이었다. 콩데는 아프리카에 체류하면서, 신격화된 아프리카가 아니라 온갖 약점과 문제점을 노정한 아프리카를 그 자체로 사랑하게 되고 흑인이라는 자부심을 갖기에 이른다.

그 뒤 아프리카를 떠나 다시 프랑스로 돌아온 콩데는 1975년에 파리 소르본 대학에서 비교문학 박사학위를 취득한 뒤 여러 대학에서 프랑스어권 문학을 가르치는 한편, 아프리카 체류 경험에서 착안한 소설《에레마코농》을 발표한 1976년부터 본격적인 작가의 길로 들어선다. 이후 1985년에 풀브라이트 장학금을 받고 미국 대학에서 가르치기 시작하면서 2002년까지 미국과 과들루프를 오가며 강의와 창작에 힘을 쏟는다. 콩데는 파킨슨병이 발병한 가운데에서도 자신의 작품을 영어권에 번역·소개하는 일을 도맡아왔던 남편이자 번역가 필콕스에게 구술하여 2017년에 소설 《이방과 이바나의 슬프고 놀라운 운명》을 발표한다. 콩데는 이 작품을 끝으로 절필했다.

삶 자체가 디아스포라 문학이라고 해도 지나치지 않을 정도로 앤틸리스제도, 유럽, 아프리카 대륙과 아메리카 대륙을 오가는 그녀의 삶의 궤적을 따라가다 보면, 흑인이고 게다가 여자고 심지어 가난한 미혼모라는 최악의 삶의 조건에 놓이지 않았더라면, 최고의 엘리트 교육을 받은 그녀는 어쩌면 고국에서 본국의 이익을 대변하는 흑인 부르주아 엘리트로 편안한 삶을 살았을지도 모른다는 생각을 하게 된다. 역설적이게도, 콩데 개인에게는 비극적이었던 경험이 작가 콩데의 삶을 풍성하게 만들었고, 사회적 약자와 폭력과 차별의 희생자에 대한 남다른 공감과 이해로 이끌었다.

이번에 번역·소개하는 《나, 티투바, 세일럼의 검은 마녀》 역시 그러한 콩데의 면모를 뚜렷하게 보여주는 작품이다. 1692년에 보스턴 근교의 세일럼 마을 전체를 마녀 사냥의 광란으로 몰아넣으며 수없이 무고한 희생자를 양산했던 마녀 재판 사건은 경건한 신앙과 맹목적 광신 사이의, 합리성과 미신 사이의, 과학과 무지 사이의 거리가 얼마나 가까울 수 있는지를 희한한 방식으로 보여준 상징적인 사건이다. 그런 만큼 온갖 연구 대상이 되었고, 그 사건에 얽혀들었던 인물 개개인에 대한 이야기가 쏟아져 나왔음에도, 앤틸리스제도 출신의 흑인 노예 티투바에 대한 언급은 찾아보기 힘들다. 좋은 이야기이든 나쁜 이야기이든 아예 언급의 대상조차 아니다. 살아서, 존재하나 비존재의 삶을 살며 '인간 지도에서 말소'되었던 티투바는 죽어서도 그러한 조건에서 벗어나지 못했으니, 똑같이 마녀로 지목되어 똑같이 무고한 희생을 치렀지만 백인의 희생과 흑인의 희생은 그 역사적 무게가 같지 않다고나 할까.《나, 티투바, 세일럼의 검은 마녀》는 이러한 현실을 마주한 작가 콩데의 정당한 분노가 티투바를 위해 빚어낸 극상의 진혼곡인 셈이다.

티투바의 일대기를 상상으로 복원한 이 작품에서 작가는 '성서와 증오' 위에 쌓아 올린 백인 세계가 얼마나 위선과 모순으로 가득한 세계인지를 끊임없이 지적한다. 때로는 백인의 세계에 기생하는 만큼 백인 세계의 관찰자로 손색이 없는 존 인디언의 입을 통해 대놓고, 때로는 슬쩍슬쩍 넌지시. 인간에 대한 태도나 다른 인종 및 다른 종교에 대한 태도 등 모든 면에 있어서 티투바와 대조를 보이는 패리스 목사는 대척점에서 이 작품을 떠받들고 있는 중요 인물이다. 고약한 작가는 백인들의 종교 지도자인 패리스에게 하필이면 그들이 가장 질색할 사탄-뱀의 형상을, '세모꼴' 얼굴에 '푸르스름하고 차가운' 두 눈동자를 부여한다. 그러면서 그들의 종교가 주장하듯 사탄이 인간의 모습을 띠고 인간 사이에 끼어 있는 것이 아니라, 그 두 눈이 '도처에서 악을 보기 때문에 악을 만들어'낼 뿐임을 강조한다.

패리스로 대표되는 백인의 세계는 또한 폭력과 억압을 여성에게 휘두르는 가부장적 세계이다. 문명인임을 주장하는 백인 부부 패리스와 엘리자베스의 관계는 그들이 야만인이라고 규정하는 티투바와 존 인디언의 관계보다도 더 예속적이고 더 야만적이다. 엘리자베스는 티투바에게는 주인마님이지만 패리스에게는 티투바가 그렇듯이 노예나 다름없다. 바로 그래서 흑인 여성인 티투바와 백인 여성인 엘리자베스 사이에서, 비록 한쪽이 보내는 신뢰에 다른 한쪽이 배신으로 답하기는 했지만,

연대감과 우정이 잠깐이나마 가능했던 것이다.

두 여성 사이에서 그 윤곽이 살짝 드러났던 여성의 연대는 티투바와 헤스터의 관계에서 보다 뚜렷해진다. 절망과 울분으로 가득한 암울한 감옥에서 갑자기 튀어나온 《주홍 글자》의 주인공 헤스터의 등장에 웃지 않을 수 없는데, 콩데가 유머러스하게 헤스터를 자신의 작품 세계로 초대한 이유는 분명하다. 엘리자베스는 예속관계는 그대로 둔 채 백인 여성과 흑인 여성 사이에 진정한 연대가 싹틀 수 있으리라고 생각하는 것 자체가 어리숙한 착각임을 보여주기에 적합한 인물이었다면, 헤스터는 인종을 넘어선 여성 간 연대의 시작은 바로 평등이 그 전제 조건임을 분명하게 보여준다. 티투바와 헤스터의 사이는 서로의 다름까지도 보듬어 안는 관계이다. 남자가 없는 세상을 꿈꾸는 극렬 페미니스트 헤스터와 그와는 대조적으로 영(靈)이 되어서조차 당당하게 남자를 품는 티투바는 서로의 다름을 인정하고, 더 나아가 성의 구분을 초월한 사랑까지도 가능함을 보여준다.

사실, 남녀 사이의 불평등 문제에 헤스터만큼이나 예민하고 심각하게 반응하면서도 헤스터의 페미니즘에 거리를 두는 티투바의 독립적 정신에서, 흑인의 정체성 회복과 흑인 해방 운동에 네그리튀드가 지대한 공헌을 했음을 인정하면서도 특정 이론의 맹목적 추수를 경계했던 콩데의 유연한 자세가 겹쳐 보인다. 어쩌면 콩데는 백인 여성이 위주가 되어 이끌고 있는 페미니즘 운동이 성 불평등뿐만 아니라 경제적 불평등과 인종 간 불평등까지 중첩적으로 감내하고 있는 흑인 여성의 현실을 다 담아내기에 적합하지 않다는 생각인지도 모르겠다.

콩데는 하나의 이론이나 하나의 범주에 현실을 가두기에는 제국주의자들의 동화와 차별화 정책이 이미 막강한 효력을 발휘한 지 너무 오래

되었음을 잘 알고 있다. 그 결과, 헤스터와 엘리자베스와 티투바가 보여주듯이 여성이라고 다 같은 여성이 아니며, 부역자 존 인디언과 크리스토퍼가 보여주듯이 흑인이라고 다 같은 흑인이 아닌 현실을 마주하게 된 것이다. 비평가들은 콩데의 작품 세계를 제국주의, 후기 제국주의, 여성주의 등 온갖 '주의'로 재단하기 좋아하지만, 정작 콩데 작품의 가장 큰 매력은 그 온갖 '주의'들을 넘어선 곳에 존재하는 살과 피로 이루어진 인간의 모습들을 섬세하게 형상화해내는 데에 있다.

콩데가 창조한 여성 서사의 주인공 티투바의 매력은 끝이 없다. 티투바는 독립적인 정신의 소유자이자 자신의 욕망을 주장하는 데 있어서 거침없이 당당하며, 온갖 시련에도 불구하고 끝내 인간에 대한 이해와 애정을 놓지 못한 인물이다. 이제 티투바의 또 다른 매력을 발굴하는 일은 독자에게 맡긴다.

2019년 겨울 초입에
번역가 정혜용

나, 티투바, 세일럼의 검은 마녀

1판 1쇄 인쇄   2019년 12월 3일
1판 1쇄 발행   2019년 12월 10일

지은이 · 마리즈 콩데
옮긴이 · 정혜용
펴낸이 · 주연선

총괄이사 · 이진희
책임편집 · 심하은
표지 및 본문 디자인 · 손주영
책임마케팅 · 이선행
마케팅 · 장병수 김진겸 이한솔 강원모
관리 · 김두만 유효정 박초희

(주)은행나무
04035 서울특별시 마포구 양화로11길 54
전화 · 02)3143-0651~3 | 팩스 · 02)3143-0654
신고번호 · 제 1997—000168호(1997. 12. 12)
www.ehbook.co.kr
ehbook@ehbook.co.kr

잘못된 책은 바꿔드립니다.

ISBN 979-11-90492-17-1 03860